FAMA

SÉRIE QUANTUM — LIVRO 08

MARIE FORCE

Série Quantum

Livro 1: Virtude (Flynn & Natalie, parte 1)
Livro 2: Valentia (Flynn & Natalie, parte 2)
Livro 3: Vitória (Flynn & Natalie, parte 3)
Livro 4: Arrebatador (Hayden & Addie)
Livro 5: Voraz (Jasper & Ellie)
Livro 6: Delirante (Kristian & Aileen)
Livro 7: Escandaloso (Emmett & Leah)
Livro 8: Fama (Marlowe)

SINOPSE:

Achei que finalmente havia conhecido o homem dos meus sonhos...

Marlowe

Planejei essa noite por semanas, até o último detalhe. Quero que seja perfeita. Trazer alguém novo para a minha vida particular não é algo que faça de forma leviana, já que aprendi da maneira mais difícil ao longo dos anos que ser celebridade tem um lado obscuro que evito sempre que possível.

Mas ele é diferente. Estamos juntos há meses e é o momento certo para dar o próximo passo.

Não demorou muito para perceber que cometi um erro enorme ao confiar neste homem.

Antes que tudo vá de mal a pior, tenho a presença de espírito de saber que estou com um problema enorme.

A história de Marlowe Sloane, FAMA, é a emocionante conclusão da série *bestseller* do *The New York Times*, Quantum.

Série Quantum

Livro 1: Virtude (Flynn & Natalie, parte 1)

CAPÍTULO 1

Marlowe

Planejei essa noite por semanas, até o último detalhe.

Quero que seja perfeita. Trazer alguém novo para a minha vida particular não é algo que faça de forma leviana, já que aprendi da maneira mais difícil ao longo dos anos que ser celebridade tem um lado obscuro que evito sempre que possível. Mas Rafe é diferente. Estamos juntos há meses, e me sinto pronta para dar o próximo passo com ele. No calabouço, que é acessível só aos sócios da Quantum e nossos convidados, dou uma olhada cuidadosa nos itens que expus — uma venda para os olhos, um flogger, o menor plug que possuo, uma embalagem de lubrificante e um anel peniano. Vou começar devagar com ele até que eu possa ter uma ideia se ele compartilha do meu apreço pelo estilo de vida.

Embora eu esteja bem satisfeita com nossa vida sexual, ainda falta algo e é por isso que estou tentando adicionar um pouco de tempero ao nosso relacionamento.

Antes de conhecer Rafe, confessei aos meus amigos mais próximos e sócios que estava me sentindo incomodada e cansada. Passar um tempo nos clubes que possuímos aqui em Los Angeles e em Nova York se tornou chato, principalmente porque meus amigos encontraram o amor e meio que desistiram dos clubes. Ficar nu em público perdeu a graça para eles depois de encontrarem suas "almas gêmeas". Em nosso mundo, estamos sempre a um passo do desastre com a possibilidade de uma foto sair em uma revista de fofocas, então sinto que eles precisam proteger as companheiras desse tipo de exposição.

Nos esforçamos ao máximo para proteger os sócios em nossos clubes, incluindo a exigência do pagamento de uma taxa de adesão de um milhão de dólares para novos membros e contratos de confidencialidade. Mas isso não impediu ninguém no clube, igualmente exclusivo, de Devon Black de tirar fotos do nosso sócio Jasper Autry, que mais tarde foram usadas para chantageá-lo. Todos nós ficamos um pouco tímidos depois desse episódio.

Rafe entende a cultura das celebridades, porque trabalha em nossa indústria. Como executivo da Cirque, empresa que distribui os filmes da Quantum — e muitos outros — na França, ele viaja frequentemente entre Paris e Los Angeles, conversando com celebridades e trabalhando nos negócios. Desde o início, me senti confortável em estar com ele, porque ele entende as pressões que enfrento. Faz muito tempo que não me sinto assim com um cara e, mesmo sabendo que meus amigos não gostam dele, eu amo, e isso é o que importa.

Ou é o que digo a mim mesma.

A verdade é que as opiniões deles são importantes para mim, mesmo que eu desejasse que não fossem.

Especialmente Flynn e Hayden, que são meus melhores amigos há anos. É tão raro eu estar fora de sincronia com qualquer um deles, ainda mais com os dois, mas desde o início, eles têm sido bastante óbvios com relação à aversão que sentem por Rafe. Gostaria de saber o porquê, uma vez que os dois nunca deram uma chance a ele. A esposa de Flynn, Natalie, e eu conversamos sobre isso nas férias quando ficamos juntos por quatro dias memoráveis em St. George, Utah.

Enquanto acendo as velas no calabouço, penso nessa conversa, como fiz tantas vezes desde então.

— Não é que ele não goste do Rafe — Natalie disse. — É que ele não acha que seja o cara certo para você.

— *Por quê?* — perguntei e imediatamente me odiei por isso, bem como pelo tom desesperado em que a pergunta foi feita. Sou Marlowe Sloane. O que me importa se Flynn Godfrey ou qualquer outra pessoa não gosta do meu namorado? Exceto... eu me importo e odeio isso.

Eu poderia dizer que Nat escolheu suas palavras com cuidado.

— É só que ele acha que você pode encontrar alguém... melhor. — Ela se encolheu ao dizer a última palavra, e percebi que a havia colocado em uma posição terrível ao trazer isso à tona. Os caras foram procurar uma árvore de Natal para os filhos de Aileen e, de má vontade, convidaram Rafe para se juntar a eles. Foi isso o que me levou a perguntar qual era o problema de Flynn com ele.

Cuidado com o que deseja. Flynn acha que ele não é bom o suficiente para mim, o que significa que Hayden, Jasper, Kristian, Emmett e Sebastian provavelmente concordam com ele.

— Todo mundo se sente assim? — perguntei a Nat.

— Não tenho certeza. — Ela mordiscou o lábio inferior, o que é um "sinal" para ela. Ela sabe, mas não quer dizer. Justo. Nenhum dos rapazes gosta dele.

— Importa para alguém o fato de eu gostar dele?

— Sim! Claro que sim. Isso é tudo que importa. Se ele te faz feliz, estamos felizes. Você sabe disso.

Olhei para ela com ceticismo.

— Estou feliz com ele.

— Está bem então.

— Certo.

Mudamos de assunto, mas a conversa desconfortável ficou comigo desde então. Natalie tentou ser diplomática, seguindo uma linha tênue entre manter as confidências de Flynn e tentar não ferir meus sentimentos. Ela falhou na última parte. Meus sentimentos foram feridos e ainda estão. Faz cinco anos desde que namorei alguém a sério, então meio que sinto que os caras poderiam pelo menos *tentar* me dar um tempo com Rafe.

Olho para o relógio ornamentado na parede. Ele estará aqui em quinze minutos. Hora de me trocar e parar de pensar no porquê meus amigos não gostam dele. Todo mundo tem direito a sua opinião, mesmo que esteja errado.

Me lembro novamente que eles não estão nesse relacionamento. Apenas Rafe e eu estamos, e somos os únicos que importam. Só eu preciso gostar dele, confiar nele e amá-lo. A vida é minha e ninguém mais a viverá por mim, não importa o quanto eu ame meus amigos. Vou provar que eles estão errados fazendo esse relacionamento dar certo.

Decidi que é hora de trazer Rafe para o estilo de vida, porque sei que não podemos ter sucesso a longo prazo a menos que eu o deixe entrar. Cada um dos meus amigos teve que fazer o mesmo com suas companheiras e tiveram um sucesso impressionante, se os sorrisos felizes e bobos forem alguma indicação.

Essa noite entre mim e Rafe é para isso. Dar o próximo passo. Dependendo de como isso acontecer, estarei para seja lá o que vier para um casal que está lidando com um relacionamento com um oceano de distância.

Estou nervosa com esta noite, porque não tenho muita certeza de como ele reagirá ao meu desejo de dominá-lo. Mas não saberei até abordar o assunto com ele. Ele já sabe que sou aventureira na cama, mas não faz ideia do quanto. Esta noite ele descobrirá, então estou empolgada e nervosa.

Entro no banheiro feminino, tomo um banho rápido e visto uma das minhas roupas favoritas — um bustiê de couro vermelho, calcinha fio dental combinando e meias sexy com um padrão de flores. Fiz um corte mais curto no cabelo há pouco tempo, então o prendo em um coque, faço um delineado gatinho esfumado e aplico brilho labial. No momento em que meu telefone vibra com a mensagem dele que eu estava esperando, estou pronta.

Depois de vestir uma túnica de seda vermelha e um salto altíssimo preto Louboutin com as fabulosas solas vermelhas, me olho rapidamente no espelho de corpo inteiro e respiro fundo, deixando o ar escapar lentamente. *É agora ou nunca...*

No saguão, pressiono o botão do elevador e subo um andar até a entrada principal do prédio de escritórios da Quantum. A maioria das pessoas que trabalha aqui não tem ideia do que há no porão. Quando as portas se abrem, Rafe está virado para mim, olhando para o estacionamento.

— Oi.

— Por que quis me encontrar aqui? — Ele se vira para mim, arregalando os olhos quando me vê usando o robe de seda e os saltos altos. — Isso é algum tipo de fantasia de sexo no escritório ou algo assim?

— Não exatamente. — Estendo a mão para ele. — Pode vir comigo e manter a mente aberta? — Ele é absolutamente lindo, com cabelos escuros ondulados e grossos e olhos azuis brilhantes que enrugam nos cantos quando sorri, o que geralmente acontece quando estamos juntos.

Ele parece hesitante, mas segura minha mão, une nossos dedos e beija as costas dela.

— Vou seguir alegremente para onde quer que você me leve, amor.

Agora imagine isso dito com um sotaque francês sexy. Não sou de desmaiar, mas é o que esse sotaque provoca em mim.

Ele observa enquanto coloco a mão no scanner que abre o elevador para o porão.

— Isso parece ser uma coisa "clandestina" — ele fala enquanto descemos.

— Na verdade, não é.

Saímos do elevador e a primeira coisa que encontramos é a recepção.

— É aqui que preciso pedir que você assine um contrato de confidencialidade que garante que você não discutirá nada do que vir aqui.

— Sério?

— Muito sério. Se precisar de um minuto para analisá-lo, ficarei feliz em esperar.

Me olhando de um jeito estranho, ele pega a caneta que eu entrego, examina o contrato que indica os termos que os sócios da Quantum estabeleceram para defender a privacidade de todos que pisam em nossos clubes e depois rabisca sua assinatura na linha prevista.

— O que é isso, Marlowe?

— Venha comigo e vou te mostrar.

Segurando sua mão, eu o conduzo pelas portas duplas com nosso distinto logotipo Q gravado no vidro. Para um observador casual, a grande sala em que entramos pode ser confundida com uma boate, especialmente agora, que não há mais ninguém aqui. Em uma noite normal, o local pulsava com pessoas, energia e tensão sexual. As cenas se desenrolariam nos três palcos e possíveis parceiros negociariam limites rígidos e flexíveis nas várias áreas de estar e no bar.

— Que lugar é esse?

— É o Club Quantum.

— Como eu nunca ouvi falar disso? — Antes de nos conhecermos, ele costumava frequentar clubes noturnos em Los Angeles quando estava na cidade.

— Porque é privado.

— Ainda assim, com você e seus ilustres parceiros envolvidos, como isso permanece em segredo?

— Você leu o contrato. É assim que continua.

A expressão que ele faz indica seu ceticismo de que mesmo um sólido contrato de confidencialidade possa esconder qualquer coisa hoje em dia e talvez ele esteja certo. Não aprendemos isso quando Jasper foi chantageado?

Do outro lado da grande sala, coloco a mão em outro scanner que abre a porta do calabouço. Quando descemos as escadas, começo a me sentir muito ansiosa. Estou fazendo a coisa certa? Ele vai entender? E se não entender? Posso manter o relacionamento caso ele não entenda ou não tente entender?

Não pule etapas. Um passo de cada vez. Você já fez isso antes e está tudo bem.

Rafe para na entrada do calabouço.

— Puta merda. Você está brincando comigo?

— Você prometeu manter a mente aberta. — Sinto a inquietação percorrer minha espinha dorsal quando começo a me perguntar se tomei a decisão certa.

Ele caminha até a mesa onde arrumei os itens e pega o flogger, se virando para mim com a sobrancelha levantada e a boca curvada em uma expressão dura que só vi uma vez antes.

— Que merda é essa, Marlowe?

Normalmente, adoro o jeito melódico com que ele diz meu nome, mas não há melodia agora. Seu tom rude me assusta quando percebo que ninguém mais sabe onde estou ou o que planejei para esta noite. Nem mesmo minha assistente, Leah, que sempre sabe onde estou. Enquanto ele segue na minha direção, com os olhos azuis brilhando de raiva, dou um passo para trás, furiosa comigo mesma por ser tão idiota. Tenho trinta e cinco anos. Tinha que saber que nunca deveria me colocar à mercê de um homem.

Geralmente são eles que estão à minha mercê, e eu não aceitaria isso de outra maneira.

— Pare. — Levanto a mão para impedi-lo de se aproximar de mim. Ele não para. — Rafe, estou falando sério. Pare aí.

— Não me diga o que fazer quando está trazendo essa bizarrice para o nosso relacionamento depois de *meses*. — Uma veia em sua testa salta quando ele resmunga as palavras duras para mim. — Por que você não me disse antes que queria ser amarrada, açoitada e esse tipo de coisas?

Ele está ficando irado, e estou tentando descobrir o porquê enquanto penso no que devo dizer.

— Marlowe! Que porra é essa? Você me deve uma explicação!

É por *isso* que Flynn e os outros não gostam dele. Eles podiam ver esse lado enquanto eu estava muito ocupada me apaixonando para ver além da superfície brilhante das palavras francesas de amor e do romance.

Ele me fez de boba e a única coisa que quero agora é ficar o mais longe possível dele. Imediatamente.

— Sinto muito, Rafe. Obviamente, cometi um erro e entendo se você preferir não me ver novamente.

— Não te ver de novo? É isso que você acha que vai acontecer aqui?

— Não estou confortável com o seu comportamento.

Ele não gosta disso e rapidamente percebo que só o deixei mais irritado.

— Isso não é *interessante*, querida? Você não está confortável com o modo como *eu* estou me comportando. Depois de passar meses juntos, você decide me mostrar que é uma prostituta excêntrica e não gosta do jeito com que *eu* estou me comportando? — Ele baixa o tom de voz. — Quer que eu te bata antes de te comer, é isso?

— Não — eu sussurro. — Não é nada disso.

— Então, por favor, me explique, porque não estou entendendo.

Meu lado rebelde, o lado que lutou e batalhou por seu caminho para o sucesso em um dos ramos mais difíceis do mundo, surge dentro de mim. Foda-se essa merda.

— Sou uma dominadora. Queria bater em você antes de te deixar transar comigo, mas não quero mais. O que eu realmente quero agora é que você saia daqui e nunca mais entre em contato comigo.

Seu choque é aparente pela maneira como seu rosto perde todas as cores e seus lábios ficam tensos antes que ele fale novamente em um tom muito mais baixo.

— É isso? Depois de tudo o que compartilhamos, você vai me dispensar como se eu fosse algum tipo de criado?

— Estou pedindo para você sair.

— Vai se foder. Você não vai me tratar como se eu não fosse nada. — Ele se move tão rapidamente que só me dou conta do que está acontecendo quando minha cabeça retrocede, bate na parede atrás de mim e meu rosto explode com a dor que sacode meus dentes. Então ele agarra meu cabelo e me arrasta pela sala. Luto com ele com tudo o que tenho, mas não sou páreo para ele fisicamente. Ele me supera em trinta quilos.

Antes que tudo vá de mal a pior, tenho a presença de espírito de perceber que estou com um enorme problema.

CAPÍTULO 2

Sebastian

Adoro segundas-feiras no clube, um dos dois dias da semana em que estamos fechados. Normalmente, cuido da documentação da semana anterior, faço inventário e limpeza em um dia para poder tirar a terça-feira de folga. Meus amigos me dizem que sou estranho, porque sou a única pessoa no mundo que anseia por segundas-feiras, mas que seja. Esse é só um dos muitos motivos pelos quais eles me acham estranho.

Estou bem com isso, porque graças a esses mesmos amigos, tenho a vida mais inacreditável do mundo e sou grato a eles por me fazerem parte da família Quantum.

Enquanto corto o tráfego de Los Angeles na hora do rush, me esquivando dos veículos lentos e de pessoas que preferiam mandar mensagens a dirigir, penso — como faço quase todos os dias — sobre como minha vida deveria ter terminado versus onde estou hoje. Estava enfrentando problemas com gangues quando meu melhor amigo de infância, Hayden Roth, interveio e me ofereceu um emprego em sua empresa.

Rejeitei a oferta no início. Depois, ele me dedurou para minha mãe, Graciela, que também ajudou a criar Hayden quando era governanta na casa de seu pai. Depois que ela me pressionou, não tive escolha a não ser aceitar a oferta de emprego de Hayden ou arriscar o temperamento mexicano da minha mãe. Minha *madre* é uma boneca, mas você não deve irritá-la. Hayden e eu aprendemos essa lição desde o início.

Aceitei a porra do emprego, no qual Hayden basicamente me transformou em seu empregado na locação do seu primeiro filme na Virgínia Ocidental. Sair das ruas de Los Angeles para as colinas da Virgínia Ocidental foi um choque para mim, para dizer o mínimo, e eu odiava o trabalho com todas as minhas forças, quase tanto quanto o odiava por me provocar.

Dou uma risada enquanto penso sobre o quanto eu era jovem e estúpido. É claro que eu não sabia que Hayden cresceria e se tornaria um dos diretores mais importantes e famosos do nosso tempo. Naquela época, ele era apenas o filho de artistas que haviam perdido a fama, tentando deixar sua marca em um negócio implacável e resolveu me levar junto à força.

Graças a Deus por Hayden. Sem ele, eu provavelmente estaria morto ou na prisão. Estava afundando rapidamente quando ele interveio e, por mais que me ressentisse por isso na época, agora tenho uma enorme gratidão, do tipo que vem com a idade e a maturidade.

Tenho o mesmo pensamento todos os dias quando dirijo do meu condomínio nos arredores de Malibu até o prédio da Quantum que abriga o clube exclusivo que administro em nome dos sócios. Embora eu não seja tão bem-sucedido quanto eles, eles nunca me tratam como algo diferente de um membro da família e, por isso, eu me considero um dos caras mais sortudos do mundo.

Não há nada que eu não faria por nenhum deles ou suas companheiras. Vê-los se apaixonar, um após o outro, tem sido incrível. Primeiro Flynn conheceu Natalie, depois Hayden finalmente admitiu que estava apaixonado por Addison há anos — todos nós sabíamos disso — e então Jasper e Ellie decidiram ter um bebê. Aileen e os filhos se mudaram para Los Angeles para morar mais perto de Kristian e agora eles são uma grande e feliz família. O que mais me surpreendeu foi o principal advogado da Quantum, Emmett, que se apaixonou pela atrevida e desbocada assistente de Marlowe, Leah. Tenho que admitir, não imaginei isso, mas os dois são tão felizes quanto pinto no lixo e tudo o que fazem é rir.

A única de nós, além de mim, que ainda é solteira é Marlowe, que se envolveu com aquele francês imbecil. Não suporto esse cara. Nenhum de nós o suporta. Ele é pretensioso e se acha melhor que todos. Ele não é nada divertido e suspeito que tenha um lado sombrio, não que eu tenha provas disso. É só um sexto sentido que tenho por causa dos meus anos nas ruas, algo que guardei comigo. Não posso acusar o cara de algo sem provas, mas fico de olho nele.

Flynn e Hayden mal conseguem ficar na mesma sala que ele, mas tentam fingir o contrário por causa de Marlowe. Apesar de ser um excelente ator, Flynn é péssimo em esconder seu desdém pelo francês.

Marlowe não parece se importar com o que eles pensam, o que acho um tanto notável. O grupo deles é restrito e é incomum que eles estejam tão fora de sincronia um com o outro. O amor faz coisas engraçadas com as pessoas. Falei com Flynn sobre isso no Natal, quando ficamos presos em Utah por alguns dias devido a uma nevasca. Indiquei que ele estava tão decidido a se casar com Natalie no ano passado que não queria que ninguém lhe dissesse que precisava de um acordo pré-nupcial. Nenhum de nós podia acreditar que ele se casaria com alguém — nem mesmo com uma garota como a Nat — sem proteger sua fortuna considerável.

Flynn concordou, mas disse que o relacionamento dele e de Nat não tinha nada em comum com o de Marlowe e Rafe. Não discordo dele, nem apontei que Marlowe sente por Rafe a mesma coisa que ele sente por Nat. Embora seja difícil de entender como ela pode se sentir assim por ele. Mas quem sou eu para dizer a outra pessoa como ela deve se sentir? Esse não é o meu estilo. Sou um cara que vive e deixa viver, e, como tal, mantenho minhas opiniões para mim mesmo quando vejo um amigo tomando uma decisão questionável.

Ela é uma mulher crescida que abriu caminho até o topo da sua profissão. Não precisa de mim nem de mais ninguém dizendo como viver a vida. No entanto, se ela olhasse na minha direção ao menos uma vez, eu ficaria tentado a... não, esqueça que eu disse isso. Nunca vai acontecer e desisti dessa possibilidade anos atrás.

Como eu disse, o amor faz as pessoas de tolo e essa é uma das razões pelas quais tenho evitado o tipo de compromisso que meus amigos têm assumido ultimamente. O pensamento de estar preso a uma mulher por toda a vida, mesmo a mulher mais espetacular que já conheci, me dá urticárias. A variedade é realmente o tempero da vida e através do meu papel como gerente do clube, tenho um buffet regular de variedades que me são apresentadas todas as noites. Ficaria louco por desistir disso para ter uma mulher na minha cama para sempre.

Não, obrigado. Monogamia não é para mim. Não me interpretem mal. Estou feliz por meus amigos. Posso ver como eles estão felizes com suas parceiras e o quanto estão animados com um futuro que inclui crianças para a maioria deles.

Estremeço com o pensamento de trazer crianças para este mundo fodido. Eu mal conheci meu próprio pai quando era criança e tive o desastre que era o pai de Hayden por perto para me dar um exemplo na primeira fila do que não fazer. Passei muito tempo na companhia do pai de Flynn, Max Godfrey, e me beneficiei da sabedoria paterna que ele transmite para quem precisa, mas não é como se eu fosse fingir que isso é o suficiente para me tornar digno de ser o pai de alguém.

Por que estou pensando em coisas que nunca vão acontecer? Faço essa pergunta a mim mesmo ao virar à direita no estacionamento da Quantum, onde vejo que, pela primeira vez, não sou o primeiro a chegar na segunda-feira de manhã. O Bentley branco de Marlowe é o único carro no estacionamento, embora ela seja a última pessoa que eu esperaria ver lá às sete horas de uma segunda-feira. Marlowe brinca sobre precisar de um sono de beleza e raramente ouvimos falar dela antes das dez quando estamos de férias juntos.

Ela me mandou uma mensagem ontem, dizendo que estava plane-jando uma festa privada e queria que eu soubesse que estaria usando o clube. Lembrei-a de que ela é dona do estabelecimento e não precisa da minha permissão para usar seu próprio clube. O que ela está fazendo aqui tão cedo? Talvez tenha ido para casa com Rafe.

Estaciono meu Ford F-150 preto ao lado do Bentley e sigo em

direção à porta principal. Quando insiro a chave, fico chocado ao encontrar a porta destrancada. Marlowe não se esqueceria de trancar a porta. Ou será que ela estava tão envolvida com o babaca do namorado que ignorou a segurança básica? Nesse caso, precisarei lembrá-la. Flynn e Hayden ficariam loucos se soubessem que a porta ficou destrancada a noite toda. Eles são loucos por segurança, e por boas razões.

Nenhum de nós jamais esquecerá Flynn sendo esfaqueado em uma pré-estreia em Londres, há alguns anos. As pessoas são loucas, especialmente quando se trata de celebridades de qualquer tipo e, após o incidente em Londres, Flynn e Hayden aumentaram a segurança em grande escala.

Coloco a palma da mão no scanner para chamar o elevador para o porão. Enquanto espero, envio uma mensagem para Marlowe.

Você deixou a porta destrancada ontem à noite.

Percebo que a mensagem foi entregue quando entro no elevador.

No saguão do andar de baixo, atravesso as portas duplas para o clube, onde as luzes estão acesas. Que merda é essa? Ela estava tão arrebatada que não conseguiu nem apagar as luzes?

Eu me encolho diante dessa possibilidade e depois congelo quando vejo a porta do calabouço aberta. Marlowe jamais a deixaria aberta — nem a porta principal destrancada.

Começo a correr antes mesmo de me dar conta do que estou fazendo. A adrenalina bombeia através de mim enquanto atravesso a ampla sala principal do clube e corro pela porta que leva a mais um nível, até a área privada disponível apenas para os diretores da Quantum. Desço as escadas e paro ao ver aquele horror. Essa é a única palavra para descrever e mesmo isso pode não ser adequado.

Marlowe, espancada e ensanguentada, suspensa no teto por cordas amarradas de tal maneira que se ela respirar fundo demais, será estrangulada, se ainda não foi. Não sei dizer se ela está viva. O peito dela não parece se mover, mas não posso ter certeza pela maneira como ela está amarrada.

— Ah, meu Deus — eu sussurro enquanto me movo em direção a ela, sentindo o medo me atingir e me deixar tonto. Vou matar aquele filho da puta e depois que ele morrer, vou matá-lo novamente.

Minha boca está seca e minhas mãos estão tremendo enquanto tento decidir o que devo fazer primeiro — libertá-la das cordas ou pedir ajuda.

— Marlowe. Meu anjo... — Meus olhos se enchem de lágrimas e meu coração bate tão rápido que tenho que me forçar a respirar para não desmaiar ou desabar. Ela precisa de mim para salvá-la.

Passo os dedos sobre sua testa, notando que ela tem uma grande contusão na bochecha esquerda.

— Marlowe.

Seu gemido baixo é o melhor som que já ouvi.

Ela não está morta.

— Me deixe buscar ajuda.

— Não. — A palavra é dita baixinho, mas de forma enfática.

— Marlowe, você está gravemente ferida.

— Sem polícia.

Com os dedos desajeitados, desamarro o nó em volta do seu pescoço e segurando-a em meus braços, uso a mão livre para desatar os outros nós que a seguram suspensa. Leva muito mais tempo do que deveria, mas finalmente solto o último nó e levanto seu corpo nu e machucado em meus braços.

Ela treme de forma tão violenta que temo que esteja tendo uma convulsão.

— Você precisa me deixar ligar para alguém, Mo. Por favor. Estou totalmente despreparado aqui.

— Ligue para a Addie. — Marlowe range os dentes e respira fundo antes de gemer. — Ela vai buscar ajuda. N-nada de policiais ou hospitais. — Seus dedos apertam meu braço. — Por favor, Seb.

— Tudo bem, querida. Sem policiais ou hospitais. — Eu a levo para se sentar em um dos sofás e pego um cobertor de uma cesta no chão, colocando-o gentilmente sobre ela antes de pegar o telefone e ligar para Addie.

— Oi — ela fala, como sempre. — O que manda?

— Onde você está?

— Acabei de chegar ao escritório, por quê?

— Venha para o clube. Sozinha. E se apresse, Addie. É uma emergência.

— Estou indo.

Enquanto esperamos por ela, seguro o corpo trêmulo de Marlowe o mais perto que ouso, com medo de aumentar a sua dor de alguma forma.

— Ele fez isso com você, amor?

Ela não responde, o que já diz tudo. Vou matá-lo e o farei com prazer. Vou fazer exatamente o que ele fez com ela primeiro, cada coisinha. Quando Flynn e Hayden souberem a respeito...

— Não.

A palavra soa cheia de dor, tanto que mal consigo suportar.

— Tudo o que você está pensando, apenas não. — Cada palavra parece um sacrifício para ela.

— Shhh, apenas respire, meu anjo.

Addie me chama lá de cima.

— Aqui embaixo.

Ouço o som dos saltos altos nas escadas enquanto ela desce rapidamente.

— O que há de errado, Sebastian?

— Por aqui.

Ela atravessa a sala, incapaz de distinguir muita coisa através da luz fraca até ver a cor distinta dos cabelos e ouvir os suspiros de Marlowe.

— O que aconteceu?

— Ela foi espancada e deixada suspensa pelas cordas a noite toda.

— Você pediu socorro?

— Não. — Marlowe mantém os olhos fechados. — Nada de hospitais. Nem de imprensa.

— Ela me disse para ligar para você. Disse que você saberia o que fazer.

— Marlowe. — Addie engole seu choque e consternação para assumir o comando. — O que dói?

— Tudo.

— Tem ossos quebrados?

— Não sei.

Addie olha para mim.

— Precisamos ter muito cuidado com ela até que tenhamos certeza disso. — Ela acaricia os cabelos de Marlowe. — Posso ligar para a dra. Breslow vir vê-la?

— Sim.

— Vamos levá-la para um dos quartos particulares. — Posso ouvir como ela está chateada e preocupada a cada palavra que diz. Marlowe é uma das melhores amigas de Addie.

Estou tremendo como um recém-nascido, mas seguro Marlowe perto de mim enquanto subo as escadas.

Ela grita de dor, o que me dá um aperto no estômago. Espero que o filho da puta esteja fugindo, porque quero localizá-lo e fazê-lo pagar pelo que ele fez com ela. Quero fazê-lo se *machucar* da mesma maneira que a machucou.

— Sinto muito, meu anjo.

— Não é culpa sua. — Suas palavras soam distorcidas.

Nem uma vez, em toda a minha vida, desejei tanto matar alguém como quero agora. Não consigo nem imaginar como Flynn e Hayden se sentirão. Eles sempre a protegem, os três são tão próximos quanto irmãos. Seguindo Addie, levo Marlowe por dois lances de escada até um dos quartos privados. Sou grato pela equipe de limpeza que esteve aqui no fim de semana e deixou o lugar perfumado.

Addie puxa a colcha e o lençol e faz uma pilha com travesseiros.

Coloco Marlowe com cuidado na cama e dou uma primeira olhada nos machucados no seu torso.

Respirando fundo para me acalmar, olho para Addie, cujo rosto ficou branco com o choque.

— Ligue para a médica, Addie.

Ela balança a cabeça diante do horror e pega o iPhone que governa sua vida — e a de Flynn.

Coloco gentilmente as cobertas sobre Marlowe, me sento na beira da cama e afasto os cabelos do seu rosto.

— Do que você precisa?

— Advil.

— Além disso.

— Água.

— Vou pegar.

Ela me para quando eu me levanto.

— Seb.

— O que foi, meu anjo?

— Não conte ao Flynn ou ao Hayden. Eles vão matá-lo.

— Eles não vão. Ele já estará morto se chegar perto de mim ou de você.

Seus olhos se enchem de lágrimas, o que me desestabiliza.

— Por favor.

Não suporto ver nossa Marlowe forte e poderosa machucada dessa maneira. Quero ir lá fora e uivar pela raiva que me domina.

— Não vou contar a eles.

— Ela está a caminho — Addie relata quando termina a ligação com a médica. Ela se senta com cautela do outro lado da cama e coloca a mão em cima da de Marlowe.

— Vou pegar um pouco de água para ela. — Saio do quarto e desço correndo as escadas para o bar, onde sirvo um grande copo de água gelada. Faz anos que não me sinto como agora: fora de controle, enfurecido, sedento por vingança. Amo todos os membros da família Quantum tanto quanto amo minha própria mãe.

Mas Marlowe... eu a amo como nunca amei ninguém e sou o único no mundo inteiro que sabe disso.

CAPÍTULO 3

Marlowe

Tudo dói e estou com tanto frio que não consigo parar de tremer.

Addie coloca outro cobertor sobre mim e limpa meu rosto com uma toalha quente que parece celestial.

— Estou brava comigo mesma.

— Não se atreva a fazer isso. A culpa não é sua.

Suas palavras ferozes trazem mais lágrimas aos meus olhos.

— Deveria ter ouvido os rapazes. Eles não confiavam nele.

— Não é culpa sua, Marlowe.

— Como não? Eu me coloquei em uma situação perigosa.

Ela me dá um gole da água que Sebastian trouxe.

— Ele já lhe deu motivos para ter medo antes disso?

A água fria parece o céu na minha garganta ressecada.

— Uma vez, mas... eu deveria ter tomado mais cuidado.

— Pare com isso, Marlowe. Você não fez *nada* de errado.

— Eu me apaixonei pelo cara errado.

Ela passa o pano pelo meu rosto, enxugando minhas lágrimas.

— Vou concordar com isso, mas não com o resto. A culpa é dele. Foi *ele* quem fez isso. Não você.

— Flynn e Hayden vão matá-lo.

— *Eu* quero matá-lo.

— Não quero que ninguém saiba.

— Shhh, não se preocupe com nada. Cuidaremos de você. Sabe disso.

Fecho os olhos e me forço a focar na respiração apesar da dor. Só respirar. Esse sempre foi o meu mantra quando as coisas se tornavam difíceis demais para mim e espero que ajude agora. Devo ter cochilado, porque acordo de repente com a presença da dra. Breslow.

— Estaremos lá fora — Addie fala enquanto sai do quarto com Sebastian.

— Diga-me o que aconteceu — Breslow pede sem preâmbulos. Seu cabelo loiro está preso em um rabo de cavalo e os olhos azuis estão cheios de preocupação. Me ocorre que a deixamos entrar no clube sem o contrato de confidencialidade. Quase rio da tolice de tal pensamento. O que importa agora?

— Trouxe meu namorado para o nosso clube de sexo, e ele se assustou quando descobriu que sou uma dominadora. Ele me bateu e me deixou pendurada nas cordas a noite toda.

Se eu a choquei, ela faz um bom trabalho em esconder de mim.

— Gostaria que você fosse levada ao pronto-socorro.

— Não. Se fizermos isso, estará na Internet que Marlowe Sloane foi espancada pelo namorado em um clube de sexo.

— Você pode ter ferimentos internos e não há como eu saber disso sem exames de raio-X.

— Nada de hospital.

Ela suspira com resignação quando parece entender que não vou mudar de ideia.

— Você não pode deixá-lo se safar disso, Marlowe.

— É provável que ele esteja a meio caminho da França agora e no tempo que levaria para extraditá-lo para um julgamento, a Internet estaria em chamas com meus problemas.

Sua boca endurece com desagrado, mas ela não insiste. Me sinto grata por isso.

— Preciso te examinar.

— Vá em frente.

Ela puxa as cobertas que estão enroladas em volta dos meus ombros e, assim como Addie, ela ofega quando vê a extensão dos ferimentos.

— Marlowe...

— Estou bem.

— Você *não* está bem. Está gravemente ferida.

— Só preciso descansar. Por favor... faça o que precisa fazer, me dê algo para a dor e, se piorar, irei ao pronto-socorro. Prometo.

Breslow examina cuidadosamente meus braços, costelas e abdômen enquanto eu engulo os gritos de dor, mesmo com o toque mais leve. Ela pergunta se posso me sentar para que possa olhar minhas costas.

— Ele usou um chicote em você? — Ela parece estar tentando não chorar.

Mordendo o lábio em sinal de concordância. Desmaiei durante parte do ataque, mas as costas é onde dói mais.

Ela me ajuda a me deitar novamente.

— Ele te estuprou?

— Não. — Não digo a ela que ele falou que sentia tanto nojo das minhas perversões que não conseguia acreditar que havia se sentido atraído por mim. Graças a Deus por isso.

— Gostaria de tirar fotos de seus ferimentos, caso você mude de ideia sobre dar queixa.

— Não vou mudar de ideia.

— Você não sabe disso agora.

— Sim, eu sei. — Meu plano é arruiná-lo de todas as formas possíveis – e existem várias maneiras de fazê-lo sem expor a mim e à minha vida ao escrutínio implacável da imprensa. E isso é o que aconteceria se denunciasse algo assim às autoridades.

— Me deixe tirar as fotos para caso você mude de ideia sobre as acusações. Por favor.

— Tudo bem. — O que for preciso para acabar com isso com mais rapidez.

Ela tira as fotos e me dá uma injeção para dor.

Tenho certeza de que Addie, Sebastian e a médica assumem que estou em choque e não estou pensando claramente, mas não há nada de errado com meu cérebro. Estou pensando muito bem e tive uma noite muito longa cheia de dor para planejar minha vingança.

Não só vou fazer com que ele se desculpe por ter me ferrado, como por ter nascido. Vou arruiná-lo. Isso vai me satisfazer muito mais do que qualquer transmissão prolongada e pública deste incidente jamais poderia.

Planejar minha vingança torna possível suportar a dor.

~

Sebastian

— Preciso contar ao Hayden e ao Flynn — Addie fala. — Eles vão querer saber.

— Ela disse para não contar.

— Não podemos esconder isso deles.

— Por que não?

— Como por quê? — Addie joga as mãos para o ar. — Eles a veem praticamente todos os dias quando estão na cidade. Como devemos esconder isso deles?

— Vou levá-la para casa comigo. Você dirá a eles que ela foi chamada. — Não tenho ideia do que estou fazendo. Tudo o que sei é que ela deve ter o que quer agora, e o que ela quer é privacidade – até dos seus amigos mais próximos. Quanto mais penso sobre essa ideia, mais comprometido com ela me torno.

— Por favor, não leve a mal. A Marlowe te ama. Claro que sim, mas vai precisar das amigas.

— Venha visitá-la quando quiser. Só você até ela chamar outra pessoa. Temos que assumir a liderança, Addie.

Posso dizer que ela não está feliz com isso, mas concorda com um aceno.

— Não me sinto confortável em esconder algo assim do meu marido.

— Caramba, nem eu. Seu marido e os demais sócios são meus chefes, sem mencionar meus melhores amigos. Esconder algo assim deles também não é legal para mim. Quando dissermos a ele que estávamos fazendo o que Marlowe nos pediu, que escolha ele terá além de entender?

— Você sabe como ele pode ser.

— Melhor do que ninguém, mas isso não significa que vou priorizá-lo enquanto ela está tão machucada – de várias maneiras.

— Você está certo. — Ela suspira profundamente. — Claro que está. Mas acho que precisamos chamar o Gordon, não apenas para que ele possa designar seguranças para ela, mas no caso daquele merda decidir fazer algo com as informações que obteve aqui.

— Ele assinou o contrato de confidencialidade. Verifiquei quando desci para pegar a água. Estava sobre a mesa da recepção.

— Só porque ele assinou, não significa que irá honrá-lo. Para quem fez isso com ela...

— Sim, verdade. Ligue para o Gordon e peça sua discrição. Mas mais ninguém, Addie. Ela dirá aos outros quando estiver pronta.

— Certo. — Seus olhos se enchem de lágrimas quando ela me olha. — Como ele pôde fazer isso com ela?

— Nunca vou entender como alguém pode machucar uma mulher, especialmente uma pessoa com quem ele finge se importar há meses. — E que ele machucou Marlowe, de todas as pessoas... a mulher mais gentil, doce e maravilhosa que já existiu. Ela faz tudo por todos. Eu já a vi dar o casaco que estava usando a uma pessoa que nem conhecia.

Fomos à praia uma vez e uma mulher sem-teto tremia no frio da noite. Marlowe tirou o casaco e o entregou à mulher, que chorou com sua bondade. Se me perguntam quem é Marlowe Sloane, sempre penso nisso antes de qualquer coisa que tenha a ver com sua fama ou status de celebridade. É quem ela é para mim e para o resto da nossa equipe.

Se me perguntassem há uma hora se eu admitiria para alguém, até para mim mesmo, que meus sentimentos por ela vão muito além dos limites da amizade platônica, eu teria rido. Mal me permiti alimentar esses pensamentos, pois ela está tão fora do meu alcance, que poderia estar em outro universo. Ela é *Marlowe Sloane*, mulher durona, atriz vencedora do Oscar e o ser humano mais magnífico do planeta.

Sebastian Lowe, nascido em Compton, não teria qualquer chance com uma mulher como ela. Nunca pensei em fazer algo sobre minha enorme admiração. Ela é uma das chefes e uma das melhores amigas de Hayden. A equipe Quantum me atura porque cresci com Hayden como se fossemos irmãos de outra mãe. Mas nem por um segundo acho que estou no mesmo patamar que ela, Hayden ou qualquer um deles.

Eles estão entre as pessoas mais talentosas que já conheci. Tudo o que fiz foi ter a sorte de fazer um bom amigo quando criança e depois *ouvi-lo* quando ele me confrontou e disse que eu acabaria morto ou na prisão a menos que fosse trabalhar para ele.

Aceitei o trabalho para calá-lo — e a minha mãe — e estou com ele desde então, quando ele passou de aspirante a vencedor do Oscar. Sinto muito orgulho dele e do que ele e Flynn construíram na Quantum. Não há nada que eu não faria por nenhum deles, e falo com sinceridade. Eu mataria por eles.

Só por Marlowe eu arriscaria meu trabalho e minhas amizades com eles. Sei que é pedir muito a Addie, que é casada com Hayden, para esconder isso dele. Entendo, mas Marlowe está dando as ordens e temos que respeitar seus desejos.

— Como você pretende tirá-la daqui sem ser visto por todos no escritório?

— Vou levá-la hoje à noite depois que todos se forem, e estarei com ela a cada minuto daí por diante.

Addie pensa sobre isso.

— Acho que vai dar certo. — É obvio que ela ainda está relutante em seguir meu plano. — Virei aqui hoje à noite e trarei tudo o que você precisa. É só me mandar uma lista.

— Farei isso. Obrigado.

Ela me dá um olhar estranho.

— Por que está fazendo isso, Sebastian?

Percebo que preciso ter muito cuidado aqui para não revelar coisas que nunca quis que ninguém soubesse, especialmente a sempre astuta e intuitiva Addison York Roth.

— Porque ela precisa de ajuda. Sou o membro mais discreto de nosso grupo. Ninguém pensaria em procurá-la na minha casa. É o melhor lugar para ela se esconder e se recuperar. Você não concorda?

— Sim, acho que é verdade.

Posso dizer que ela deseja falar mais coisas, mas a dra. Breslow sai do quarto, fechando a porta atrás de si.

Vou em sua direção.

— Como ela está?

— Ela está... — Que a médica estava chateada era óbvio para qualquer um. Breslow respira fundo e parece trazer de volta seu comportamento profissional. — Ela me deu permissão para atualizar vocês dois sobre sua condição. Pelo que posso dizer, nada está quebrado. Como eu disse a ela, não tenho como saber se há ferimentos internos sem exames de raio-X, mas ela está inflexível quanto a não ser levada ao hospital. — Breslow olha para mim e rapidamente desvia o olhar. — Dei a ela uma injeção para a dor que a fará dormir pela maior parte do dia. Ela sentirá dor ao acordar, por isso prescrevi analgésicos que ela precisará tomar e pomada antibiótica que deve ser aplicada nas feridas das costas.

Addie pega a receita da mão dela.

— Vou cuidar disso.

— Se houver sinal de sangue na urina ou nas fezes, ou dor que pareça excessiva, quero que liguem imediatamente para a emergência. Ela deveria estar no hospital.

Respondo por nós dois.

— Nós concordamos, mas ela foi insistente.

— Fiquem de olho nela e se sentirem que algo está seriamente errado, faça a ligação.

— Pode deixar.

— Agora, sobre a pessoa que fez isso...

— Vamos resolver. Cuidaremos dele.

— Presumo que ele será tratado através dos canais *legais* apropriados?

— Claro — digo o que ela precisa ouvir, mas sinceramente não posso prometer que nosso tratamento a Rafael Laurent será inteiramente adequado *ou* legal.

— Como alguém que tem a obrigação de reportar esse tipo de fato, me encontro em uma situação difícil. Eu deveria ligar para a polícia.

— Agradecemos sua discrição, como sempre, dra. Breslow — Addie fala.

A médica olha de volta para a porta fechada.

— Marlowe Sloane é uma das mulheres mais inteligentes e resistentes que conheço. Ela disse que não quer envolver a polícia por razões óbvias, mas ninguém deve se safar do que foi feito com ela.

— Não poderíamos concordar mais — Addie concorda com a mesma ferocidade que me envolve.

— Conversaremos com nossa equipe de segurança sobre a melhor forma de lidar com isso, tendo em vista o pedido de privacidade de Marlowe. — Espero tranquilizar a médica para que ela nos deixe cuidar de Marlowe.

— Tudo bem então. Falo com vocês mais tarde.

Aperto a mão dela.

— Muito obrigado por ter vindo.

— Claro.

Enquanto Addie a leva para fora, vou verificar Marlowe, que está dormindo de forma pacífica. Enquanto observo o rosto bonito e machucado, penso no que a médica disse, temendo arriscar a vida de Mo por não levá-la ao hospital para um exame mais minucioso. E se algo terrível acontecer com ela porque não fizemos a coisa certa?

— Pare. Respire fundo — sussurro as palavras para mim mesmo sempre que minha luta eterna contra a ansiedade ameaça me atingir como acontecia quando eu era mais jovem e ainda não sabia o que eu tinha. Anos de medicação e terapia me ajudaram a combatê-la a ponto de ter pouco efeito sobre minha vida diária. No entanto, em situações estressantes como essa, ela logo surge, pronta para erguer sua cabeça feia para me lembrar que há momentos em que sou impotente contra sua destrutividade.

Este não pode ser um daqueles momentos. Marlowe precisa de mim e estarei ao seu lado, não importa o que possa me custar pessoalmente. Ela e os outros da Quantum fizeram tudo por mim e é hora de retribuir o favor.

Fecho as mãos, desejando bater na cara daquele francês arrogante até que ele não seja mais tão bonito. Como ele ousa fazer isso com ela? Se eu não estivesse tão furioso, poderia sentir pena dele. Quando a equipe da Quantum buscar vingança por Marlowe, o que certamente fará quando descobrir isso, a vida do cara não valerá a pena ser vivida. Isso é o mínimo do que ele merece.

Addie retorna.

— Ela está dormindo?

— Sim.

— Preciso voltar lá para cima antes que deem por minha falta.

— Tudo bem.

— Tem certeza de que dá conta disso, Seb?

Nunca tive tanta certeza sobre algo na vida.

— Sim. Eu cuido disso.

— Ligue para mim se precisar de *qualquer* coisa. Tá?

— Pode deixar. — Olho para ela. — Você vai ser capaz de se manter calma lá em cima?

— Farei o meu melhor.

— Sei que isso é difícil para você, Addie.

— É *horrível*! — Ela ofega com um soluço. — Como devo fingir que não há nada errado quando *tudo* está? Hayden vai dar uma olhada em mim e saber que algo aconteceu. — Enxugando as lágrimas que caem em sua bochecha, ela faz um esforço visível para se recompor. — Ela vai ficar bem, não é?

— Vai. Vamos nos certificar disso.

Ela assente, respira fundo e segue para as escadas. Não invejo sua tarefa de fingir que está tudo bem quando não está.

Me sento ao lado da cama onde Marlowe está dormindo, determinado a vigiá-la enquanto ela precisar de mim.

CAPÍTULO 4

Marlowe

Ainda estou sentindo muita dor e não tenho ideia de onde estou. Minha boca está dolorosamente seca, meus olhos parecem estar colados e tenho que fazer xixi com urgência. Cometo o erro de me mover e o som que sai de mim se assemelha ao de um animal ferido. Tudo volta para mim em flashes, coisas que eu deveria esquecer bem rápido ao invés de reviver várias vezes na minha cabeça.

Onde estou? O quarto não me é familiar. Eu estava em um dos quartos privadas do Club Quantum. Então, como cheguei até aqui? Este quarto é pintado de bege escuro e a colcha na cama é listrada de vermelho e marrom. Os lençóis têm cheiro de amaciante.

Uma batida suave na porta precede Sebastian enfiando a cabeça pela fresta.

— Pensei ter ouvido alguma coisa.

— Você me ouviu gemer. Onde estamos?

— Na minha casa.

— Como chegamos aqui?

— Eu te trouxe ontem à noite depois que todos saíram do escritório.

— Uau, dormi direto.

— O que quer que a dra. Breslow lhe deu, te nocauteou.

— Graças a Deus por isso. — Tento me sentar e quase desmaio com a dor que percorre cada centímetro do meu corpo. Gemendo, caio de volta nos travesseiros.

— Vá com calma, querida.

— Tenho que fazer xixi.

— Vou te levar.

— Não precisa fazer isso.

— Sei que não. Me deixe te ajudar.

Olho para ele, que está me encarando com preocupação em seus olhos expressivos de um tom castanho escuro quase preto. Sempre achei seus olhos lindos. E os cílios grossos, que as mulheres matariam para ter, o tornavam ainda mais belos.

— Certo, obrigada. — Concordo só porque preciso muito ir e não tenho certeza de que conseguiria sozinha.

Ele é super gentil comigo enquanto desliza seus braços sob minhas costas e pernas antes de me levantar com cuidado, com tanto cuidado que mal sinto a pontada de dor que surge. No banheiro do corredor, ele me coloca no chão devagar e espera para ter certeza de que estou firme antes de me soltar.

— Você vai ficar bem se eu te deixar sozinha?

— Vou, sim. Obrigada por me ajudar.

— Quando precisar, meu anjo.

Ele é um doce por cuidar de mim desse jeito. Algumas mulheres seriam surpreendidas pelo corpo grande e musculoso que carrega seu quinhão de cicatrizes e tatuagens. Mas quem o conhece bem pode atestar que ele é um ursinho de pelúcia na embalagem de um lobo, e eu o adoro. Todos nós adoramos.

— Me chame quando estiver pronta para voltar para a cama.

— Pode deixar.

— Aí dentro tem escova de dentes, creme dental, escova de cabelo e aquele creme de rosto sofisticado que a Addie disse que você não pode viver sem. Me avise se precisar de algo mais.

Sorrio quando vejo o esforço que meus amigos fizeram para garantir que eu tenha tudo o que preciso. Addie me conhece muito bem, e o creme, que custa quatrocentos dólares por oitenta e cinco gramas, está no topo da minha pequena lista de itens indispensáveis.

— Obrigada.

Ele sorri e fecha a porta.

Faço o xixi mais satisfatório da minha vida e, lembrando o que a dra. Breslow disse, dou uma rápida olhada no vaso sanitário. Fico aliviada por não ver sinal de sangue. Obrigada, Senhor. Sei que não ir ao pronto-socorro era um grande risco, mas valeu a pena para proteger minha privacidade.

É difícil explicar às pessoas que não são famosas o que é ter que proteger sua privacidade de maneira tão feroz a ponto de renunciar ao atendimento médico de emergência para garantir que sua visita não esteja na internet em questão de minutos. As coisas acontecem rápido assim. Não podia deixar Addie e Sebastian ligarem para a emergência.

Só precisava que uma pessoa na sala de espera do pronto-socorro visse Marlowe Sloane entrasse ali depois de ter sido espancada, e esse incidente seria catapultado em todo o mundo em segundos — talvez até com fotos que ficariam comigo para sempre. Toda busca pelo meu nome exibiria essas fotos. *Para sempre.*

Ah, as alegrias da era digital. Se essa história for divulgada, será na hora e do jeito que eu quiser. De mais ninguém.

Uso um dos lenços brancos que Seb deixou para lavar o rosto machucado e depois aplico o creme que parece um oásis fresco contra o machucado doloroso na minha bochecha. Embora esteja com dor, não me sinto tão mal como ontem, o que é uma boa notícia.

— Você está bem aí? — Seb pergunta.

— Estou. — Escovo os dentes e cabelos, e me sinto muito mais humana quando abro a porta e o encontro encostado na parede do outro lado do corredor com os braços cobertos de tatuagem e os músculos proeminentes cruzados sobre o peito largo. Por conhece-lo tão bem, posso ver imediatamente que embora mantenha a expressão neutra, ele está extremamente chateado com o que aconteceu comigo. Há raiva nos olhos que geralmente transmitem apenas ternura para mim e para os outros com quem ele se importa.

— Estou bem, Seb. Pode relaxar.

— Você não está bem e não vou relaxar até que esse filho da puta esteja tão machucado quanto você. Talvez mais.

Uma carranca feroz acompanha as palavras pronunciadas com rigidez, o que faz meu coração palpitar de amor e gratidão por meus amigos incríveis e incomparáveis. Graças a Deus por eles. Depois que perdi minha mãe para o câncer, achei que jamais amaria alguém. Mas então conheci Flynn, que me fez parte da família Godfrey e, mais tarde, a família que ele e Hayden estavam construindo na Quantum. Graças a eles, nunca me senti sozinha neste mundo impiedoso em que vivemos e trabalhamos.

Como posso ver que Sebastian também está sofrendo, dou dois passos para atravessar o corredor, afasto seus braços e o abraço, apoiando a cabeça contra seu peito.

— Obrigada por cuidar de mim, por guardar meus segredos e por querer vingança em meu nome.

Seus braços me envolvem com cautela, acima e abaixo dos ferimentos nas minhas costas.

— Quero ele morto. Os outros também irão querer.

— Eu sei. — E mesmo que ninguém o mate, eu me aconchego no conhecimento de que qualquer um deles mataria por mim e sem pensar duas vezes sobre isso. Eles me amam muito, o que me torna uma garota de sorte.

— Precisamos contar a eles o que aconteceu. Antes que me demitam por esconder isso deles e Hayden se divorcie de Addie.

— Nenhuma dessas coisas jamais acontecerá.

— Eles vão querer estar ao seu lado, Mo.

— Também sei disso. Me dá mais um dia?

— O que você precisar. Você é a chefe. — Ele beija o topo da minha cabeça. — Está com fome?

— Com certeza eu poderia comer alguma coisa.

— Pode andar ou prefere uma carona?

— Posso andar, mas obrigada por se oferecer para me carregar.

— É um prazer levá-la aonde você precisar.

Seb me faz sorrir quando eu não achava possível. Ele me lembra que não importa o que aconteça — bom, ruim, mau — sempre terei meus amigos amados e há conforto em saber que eles estão ao meu lado. Seguro o braço que ele oferece, e ele me acompanha lentamente até a sala de estar, sala de jantar e cozinha de conceito aberto com vista para o enclave de Malibu e da costa do Pacífico.

— Este lugar é ótimo! — Observo o sofá secional de couro, as mesas de vidro e as luminárias feitas com compassos de latão. — Por que nunca estive aqui antes?

— Porque ficamos nas casas maiores agora que somos um grupo grande.

— Verdade. Nos tornamos uma multidão indisciplinada. — Vou até a janela para conferir a vista, que é fantástica. O lugar é alto o suficiente para ver toda Malibu e o oceano. — Eu não tinha ideia de que a vista era tão boa daqui de cima.

— Eu amo essa vista.

— Posso ver o porquê.

— Não é tão bom quanto o seu palácio à beira-mar, mas funciona para mim.

— Meu palácio à beira-mar, como você chama, vem com atividades ininterruptas e pessoas ao redor. Aqui é muito tranquilo.

— Até que a vizinha traga seu *ficante* da semana para casa, e eles fiquem juntos até altas horas.

— Sério?

— Aham. Fique por alguns dias e irá desfrutar do show. Ela adora gritar.

Eu rio e depois estremeço com arrependimento. Meu corpo reage ao riso.

— O que gostaria de comer? A Addie nos abasteceu com tudo que você gosta: ovos orgânicos, queijo de cabra, tofu, espinafre, iogurte grego, aquele pão que parece comida de passarinho que vocês gostam e frango assado orgânico.

Minha boca se enche de água quando ouço minhas escolhas.

— Farei uma omelete de queijo de cabra e espinafre, com torradas de semente. Eu posso fazer isso.

— Não há necessidade. Eu faço. — Ele se ocupa na cozinha, e eu me sento no bar para observá-lo, percebendo o quanto ele parece confortável enquanto se move da geladeira para o fogão.

Seus lábios se abrem com o começo de um sorriso.

— O que está olhando?

— Eu não tinha ideia de que você cozinhava.

— Cuido de mim mesmo há muitos anos. — Ele olha para mim. — Quer café?

— Se não for dar trabalho.

— Trabalho algum. A Addie trouxe leite de soja para você. — Ele faz uma careta que me diz o que ele acha do leite de soja e depois faz café suficiente para nós dois. Quando termina de preparar, enche uma caneca para mim e a coloca no balcão com leite de soja e uma colher. — Não tenho stevia nem açúcar.

Sorrio com seu tom rude.

— Tudo bem. Leite de soja é tudo que preciso.

— Argh.

— É bom!

— Não, não é. — Ele coloca creme na metade da caneca para deixar seu café mais claro. Depois de tomar um gole, ele umedece os lábios. — *Esse* sim deve ser o sabor do café.

— Estou surpresa que você ainda possa sentir o gosto do café com todo esse creme.

Fazendo uma careta de brincadeira para mim, ele vira os ovos, adiciona o queijo de cabra e passa manteiga na torrada antes de servir a comida e deslizar sobre a bancada para mim.

— Isso parece estar incrível. Muito obrigada.

Ele apoia os cotovelos na bancada.

— Estou feliz que você sinta vontade de comer. Você parece muito melhor do que estava ontem.

— O coma induzido pelo remédio ajudou — digo entre as garfadas do que é, possivelmente, a coisa mais saborosa que já comi. Querendo fazê-lo durar, largo o garfo e tomo um gole de café.

— Não tenho certeza se devo dizer que seu telefone está ficando louco com as mensagens do pedaço de merda. Tive que me esforçar muito para não responder a ele.

Essa notícia revira meu estômago, mas eu amo o apelido que Seb deu a *ele*.

— O que dizia?

— Que o que aconteceu não foi culpa dele e que não é justo que você tenha escondido algo tão importante. Perguntou se você estava fingindo toda vez que ia para a cama com ele. Entre outras coisas.

— Se eu o bloquear, ele vai saber?

— Ele também tem um iPhone?

— Sim.

— As mensagens de texto enviadas mudam de cor no telefone dele quando você o bloqueia, então ele vai saber que você não as está recebendo.

— Pode fazer isso.

Ele desliza o telefone pelo balcão para mim.

— Digite sua senha.

Empurro de volta para ele.

— Cinco, cinco, nove e cinco.

— Bloqueado. — Então ele olha duas vezes para a tela.

— O que foi?

— Ele disse que tirou fotos e que não tem medo de usá-las se você for uma vaca quanto a isso.

— Sério? — Luto para manter a calma. — Ele assinou o contrato de confidencialidade. Ele não ousaria.

— Não? Eu temia que ele tivesse um lado sombrio, mas se você tivesse me perguntado há dois dias se ele se atreveria a te açoitar e te deixar em choque e pendurada no teto, eu diria que não.

A maneira como ele diz isso — e como olha para mim — mexe comigo. Um profundo sentimento de bem-estar me vence.

— Por que você está sorrindo?

— Por sua causa. Você me faz sentir muito segura.

— Você está segura agora. Não vou deixar que ele chegue perto de você novamente.

— Por quê?

Ele arqueia as sobrancelhas em sinal de confusão.

— Por que o quê?

— Por que você se importa tanto?

— Por que eu me importo? Você é minha amiga, Marlowe. E minha chefe. E uma boa pessoa que não merece que isso aconteça.

— É muito gentil da sua parte se importar.

— Você se importaria se alguém me surrasse?

Dou um olhar cético.

— Como se isso fosse acontecer.

— Aconteceu.

— Quando?

— Eu costumava apanhar muito quando era mais jovem.

Eu o encaro, incrédula.

Ele exibe o sorriso que muitas vezes considero devastador, pois seria devastador estar no lado receptivo desse sorriso sexy. Eu tinha razão. É mesmo.

— Nem sempre tive um metro e noventa e cento e dois quilos de músculo, meu anjo.

Me ocorre que mesmo depois de passar várias horas na sua presença, eu realmente não conheço Sebastian Lowe tão bem e suspeito que seja de propósito da parte dele.

— Quem te bateu?

— Outros garotos.

— Por quê?

— Não fiz o que queriam que eu fizesse.

— O que queriam que você fizesse?

— Machucar pessoas. Roubar. Esse tipo de coisa.

— Bateram em você porque você não queria machucar as pessoas?

— Algo do tipo.

— E você recusou, mesmo sabendo que provavelmente apanharia por dizer não?

— Sim.

— Quem eram esses garotos?

— Não importa agora, não é? Tome seu café da manhã.

Claramente, ele não quer falar sobre isso, mas eu quero. Quero saber quem eram esses garotos que se atreveram a machucá-lo, porque ele se recusou a concordar com seu comportamento ilegal. E então me lembro de algo que ouvi uma vez sobre Hayden resgatar Sebastian de uma gangue e levá-lo para uma locação para tirá-lo da cidade.

Ele tem sorte de não o terem matado.

Dou uma garfada e me forço a engolir.

As cicatrizes. Coloco o garfo no prato, limpo a boca com um guardanapo de papel e tomo um gole do café. Vi as cicatrizes nas costas e no pescoço, mas Hayden me disse uma vez que Sebastian não fala sobre elas. É isso que ele quis dizer com "bater"?

— Não está com fome? — ele pergunta com as sobrancelhas franzidas.

— Estou ficando um pouco cheia. Posso deixar o resto para depois?

— Claro.

Ele abre uma gaveta funda cheia de recipientes de plástico organizados em vários tamanhos e formas.

— Olhe para você, com recipientes de plásticos de adultos.

— Ao contrário de quê?

— Potes descartáveis que nunca têm tampas que cabem?

— Já sei o que vou te dar no seu aniversário. Esta foi a melhor coisa que já comprei para mim.

— Você me surpreende.

Ele olha na minha direção e seus lábios tremem com o início de um sorriso.

— Por quê? Por que tenho recipientes com tampas que cabem?

— Isso e você cozinha, e seu apartamento é muito bom.

— Você sabe o quanto ganho. O que estava esperando? Um casebre?

Agora receio tê-lo ofendido.

— De modo nenhum! Na verdade, tenho vergonha de confessar que nunca pensei muito em onde você mora ou como seria sua casa.

— Não tenha vergonha. Por que você se importaria com onde eu moro? Você é Marlowe Sloane.

Ele diz isso do jeito que as pessoas sempre fazem, como se a fama, de alguma forma, fosse pretexto para a falta de cortesia comum.

— Não faça isso — falo baixinho.

— Não faça isso o quê?

— Não me prive da responsabilidade porque as pessoas sabem quem eu sou. Somos amigos há muito tempo. Eu deveria ter visitado sua casa antes.

— Pare de ser dura consigo mesma, meu anjo. Você é uma mulher ocupada. Não me deve nada.

— Isso não é verdade! Te devo a mesma cortesia que você sempre me deu. — Antes que eu tenha um segundo para processar a onda de emoção que vem ao perceber que não fui uma grande amiga para ele, um soluço irrompe da minha garganta.

Ele dá a volta na bancada e envolve os braços ao meu redor.

— Shhh. — Sua mão faz um círculo suave nas minhas costas, acima de onde estou machucada. — Não sei de onde você tirou que não tem sido uma boa amiga para mim. Onde eu estaria sem todos vocês da Quantum? Hayden recebe os créditos por salvar minha vida, mas você e os outros me deram um propósito e uma família.

Com a cabeça em seu peito, respiro fundo para me acalmar e descubro que o cheiro dele é *muito* bom, como sabonete, sabão em pó e ar fresco. Ele me abraça por um longo tempo, mas, como ele não parece ter pressa de me soltar, fico lá pelo tempo que ele me quiser.

— Por que não falamos sobre o que realmente está acontecendo?

Demoro muito tempo para encontrar as palavras para articular meus pensamentos.

— Não acredito que deixei isso acontecer.

Todos os músculos do grande corpo de Sebastian ficam tensos quando ele se afasta de mim, mantendo as mãos nos meus ombros.

— O que você disse? — Sua expressão feroz quase me desafia a me culpar pelo que aconteceu com Rafe.

— Vocês tentaram me mostrar.

— Isso é besteira e você sabe disso. A culpa não é sua. Foi ele quem achou que seria uma boa ideia bater em uma mulher e deixá-la amarrada a noite toda. De jeito nenhum você é responsável por isso.

— Talvez eu seja. Namoramos por meses e nunca mencionei o BDSM até que joguei isso em cima dele.

— Você poderia ter jogado seu desejo de transar com vacas sobre ele e isso não lhe daria o direito de fazer o que fez com você.

Sei que ele está falando sério, mas não consigo parar o riso nervoso que escapa de mim.

— Não é engraçado!

— Vacas? Sério?

— Você entendeu! — Ele é feroz, furioso e maravilhoso.

Sorrio, mesmo que isso faça meu rosto doer.

— Entendi seu ponto de vista.

— Me diga que você sabe que isso não foi culpa sua. — Sua voz é rouca, seus olhos cheios de emoção crua. Naquele segundo fugaz, começo a me perguntar se ele sente mais por mim do que amizade platônica, se talvez ele sempre tenha sentido mais por mim e eu não percebi.

Hoje não estou em condições de analisar isso, então dou o que ele quer.

— Não foi minha culpa.

— Você acredita nisso de verdade ou só está me enrolando?

— Acredito nisso, mesmo que também acredite que poderia ter lidado melhor com as coisas.

Ele balança a cabeça e embala meu rosto ferido em suas mãos grandes e gentis.

— Nada disso. Você não fez nada de errado. Você estava compartilhando parte de si mesma com ele. Ele deveria estar honrado por respirar o mesmo ar que você, sem falar em ser aceito em sua vida particular.

Enquanto ele me olha, tenho a mais estranha suspeita de que ele gostaria de me beijar. Já beijei muitos homens e gosto de pensar que sei quando alguém quer me beijar. Posso estar errada, mas antes que eu possa decidir com certeza, ele afasta as mãos e dá um passo para trás para cuidar da louça.

O momento se foi, mas fiquei curiosa. Como seria beijar Sebastian Lowe?

CAPÍTULO 5

Sebastian

$\mathcal{N}$ ão acredito que quase a beijei. No que eu estava pensando? Não estava, e esse é o problema. Só porque estou lhe proporcionando um refúgio por alguns dias, não significa que tenho o direito de tocá-la, beijá-la ou pensar em fazer uma dessas coisas.

Se manca, seu imbecil. Ela é *Marlowe Sloane*, pelo amor de Deus. E depois do que ela acabou de passar, a última coisa que ela precisa é outro cara incomodando-a.

É muito cedo para vodca?

Merda, sim, é.

Ela se junta a mim na pia com seu prato e talheres, me dando um empurrãozinho com o quadril que quase me faz voar, porque eu não estava esperando.

Isso a faz rir — muito — e Deus, o som da sua gargalhada me faz querer ser um homem melhor, ser alguém digno de uma deusa como ela. Eu aceitaria de bom grado a monogamia se pudesse ser monogâmico com ela. Tudo o que posso fazer é sorrir, porque essa risada, caramba, é incrível. Sempre pensei assim, mas ser o único a fazê-la rir dessa maneira é o melhor tipo de coisa.

— Está se sentindo bastante satisfeita consigo mesma, não é? — pergunto quando volto ao meu lugar na pia.

— Não esperava poder mover você, muito menos fazê-lo voar. — Ela começa a rir novamente.

Espero que ela nunca pare de rir.

— Não esperava por isso. Da próxima vez, você pode se machucar.

Isso a faz bufar e depois dá mais risadas.

Ela pode rir de mim o dia todo, se quiser. Contanto que não haja mais choro, estou bem com o que ela quiser fazer. Simplesmente não suporto vê-la chorar.

— Já terminou de rir de mim?

— Por enquanto.

Eu lavo e ela seca. É tudo tão doméstico e tranquilo, como se já tivéssemos feito isso um milhão de vezes antes. Me pergunto como seria ter alguém como ela por perto todos os dias para chamar de minha. Eu não saberia. Nunca tive ninguém que me pertencesse e gostasse assim.

Como uma manhã com Marlowe pode me fazer pensar que posso estar perdendo alguma coisa?

Quando terminamos de limpar, jogo o pano de prato sujo na lavanderia que fica fora da cozinha.

— Precisamos contar aos outros o que aconteceu.

— Ainda não.

— É pedir muito para a Addie mentir para o Hayden.

O olhar dela vai para o chão.

— Eu sei, mas não estou pronta para toda essa raiva e testosterona.

— Eles vão querer te dar apoio. — Enfio uma mecha do seu glorioso cabelo vermelho atrás da orelha. — Assim como você gostaria de fazer o mesmo, se a situação fosse outra.

— Ainda não estou pronta para que eles saibam. Só preciso de mais um dia. — Ela olha para mim com aqueles olhos verdes profundos. — Por favor?

Se ela olhasse para mim assim e me pedisse para capturar o sol, juro que morreria tentando.

— O que você quiser, meu anjo. Você é quem manda.

— Mais um dia, e então podemos contar. Eu direi a eles.

— Tudo bem. O que gostaria de fazer?

— Tomar um banho, se estiver tudo bem.

— Claro que está. A Addie trouxe uma bolsa para você ontem à noite. Ela disse que acha que pegou todas as loções e poções mais importantes, mas para que você avise caso ela tenha esquecido alguma coisa.

Fico horrorizado quando os olhos dela se enchem de lágrimas novamente.

— O que houve?

— Tenho muita sorte — ela responde baixinho. — Por ter amigos tão incríveis.

— Temos a sorte de tê-la também. Isso funciona nos dois sentidos. — Beijo sua testa. — Vá tomar seu banho. Você se sentirá melhor depois disso.

— Você acha? Acha que vou me sentir bem de novo?

— Vai, sim. Juro. — Essa é uma promessa que pretendo cumprir, não importa o que eu tenha que fazer. Ela vai se sentir bem consigo mesma novamente. Sob nenhuma circunstância, podemos deixar o sacana do Rafe ganhar. Mal posso esperar para contar a Flynn e Hayden sobre isso. Estou morrendo de vontade de ver o que eles vão fazer. Uma coisa que tenho certeza é que tudo o que eles fizerem fará com que aquele filho da puta lamente ter nascido.

Estou ansioso por isso.

Flynn e Hayden vão superproteger Marlowe e tornarão a vida de Rafe um inferno, da mesma maneira que fizeram quando o pai imbecil de Jasper tentou chantageá-lo. A Quantum cuida do que lhe pertence e Marlowe é nossa. Com minha sede de vingança profunda, é doloroso esconder isso dos outros, mas tenho que respeitar seus desejos.

Darei a ela mais um dia e depois chamarei a cavalaria. Só espero ainda ter meu emprego depois que eles descobrirem.

Após o banho de Marlowe, passamos o resto do dia na varanda, descansando ao sol. Trocamos os cadernos da edição da manhã do *L.A. Times* e depois fazemos palavras cruzadas juntos.

Ela está sentada ao meu lado em uma espreguiçadeira, mas só tenho uma; então, quando ela se aconchega ao meu lado, levanto o braço e a faço se sentir bem-vinda, mesmo que sua proximidade me faça ficar tentando não ter uma reação masculina típica à proximidade de uma mulher linda que tem um cheiro delicioso.

— O que é uma palavra de cinco letras para férias?

Fico feliz em vê-la envolvida em algo que não seja auto recriminação.

— O que mais sabemos?

— A primeira letra é P e a quarta é S.

— Pausa.

— Sim! — Ela morde o lábio enquanto preenche as letras com as sobrancelhas franzidas de um jeito adorável em concentração. — Você é bom nisso.

— Faço palavras cruzadas há décadas.

— Outra coisa que nunca soube sobre você. O que mais tem aí?

— Nunca vou contar. Sou um homem misterioso.

Ela abre o enorme sorriso que fez dela uma estrela.

— Não acredito que estou dizendo isso no dia seguinte ao espancamento, mas hoje foi divertido.

— Para mim também.

— Você não precisa ir trabalhar?

— O clube está fechado hoje, então sou todo seu.

— Não precisa tomar conta de mim, Seb. Estou bem.

— Sei disso e não vou tomar conta de você. Tenho permissão para ficar em casa com minha amiga. Outra pessoa pode fazer a limpeza e o inventário esta semana. É para isso que servem os funcionários. — Enviei uma mensagem para Quisha, a mulher trans que contratei recentemente para me ajudar a administrar o bar, e pedi que ela cuidasse das coisas que normalmente faço, prometendo pagar suas horas extras.

— Você gosta de fazer essas coisas.

Dou de ombros.

— Delegar uma vez não vai me matar.

— Tem certeza?

— Por acaso você está tirando sarro da minha obsessiva atenção aos detalhes?

— Eu faria isso?

— Sim, acho que faria.

Ela ri e mais uma vez o som me enche de alívio. Se ela ainda pode rir, sei que ficará bem, que é o que preciso.

Cutuco seu ombro com gentileza.

— Como você está?

— Estou estranhamente bem, tirando algumas dores. Talvez seja negação ou o que quiser chamar, mas aconteceu, acabou e vou deixar isso no passado, onde deve ficar.

— Fico feliz que você esteja se sentindo bem, mas o que aconteceu foi traumático, perturbador e doloroso, e você precisa *lidar com isso* antes de seguir em frente, ou voltará para assombrá-la. Confie em mim quanto a isso.

— Parece que isso já te aconteceu.

Dou de ombros novamente.

— Talvez.

— Você lidou com tudo?

— Não do jeito que deveria e isso me deixou mal por um longo tempo. — Às vezes, acho que ainda estou fodido com a merda que aconteceu há vinte anos. Comecei a aceitar que sempre ficarei um pouco ferrado. Algumas coisas não podem ser consertadas ou esquecidas, não importa o quanto desejamos que fosse possível.

— O que mais me incomoda é que não ouvi as pessoas mais próximas a mim que expressaram sérias preocupações. Por que não ouvi vocês?

— Porque você gostava dele, Mo. Não faz sentido se questionar agora. Se você não teve razão para ter medo dele, por que ouviria?

— Essa é a questão. — Seu olhar está fixo em algo a distância. — Havia sinais de que ele não era o que parecia.

— Como o quê?

Depois de uma longa pausa, ela começa a falar em um tom baixo e suave que carrega humilhação e arrependimento, o que só me enfurece mais do que já estou.

— Uma vez, quando estávamos em Paris, brigamos por eu ter conversado com um cara em uma festa. Rafe não gostou da atenção que dei, mas era um jovem ator pedindo conselho e gostei de conversar com ele.

— Não há nada de errado com isso.

— Também não achei que houvesse, mas ele não viu dessa maneira. Ficou bem irritado e falou...

— O que ele falou? — Meus dentes estão cerrados em um esforço para não deixá-la perceber como é perturbador saber que ela foi maltratada. Sinceramente, não aguento mais, mas ela não precisa saber disso.

— Ele disse que eu era uma prostituta que nunca se cansa dos holofotes.

Toda a respiração do meu corpo sai de uma vez só, o que me deixa tonto com o desejo premente de encontrar aquele filho da puta e dar a ele um gosto do seu próprio remédio.

— O que, é claro, você sabe que não é verdade.

— Eu disse isso, mas quando tentei me afastar, ele me agarrou pelos cabelos e me puxou com força.

— Marlowe. — Quero gritar.

— Ele acertou meu rosto e disse para não me afastar enquanto estava falando comigo.

— O que você fez?

— Dei um soco forte no seu estômago.

— Essa é a minha garota.

— Ele não esperava, e isso o deixou cambaleando. Peguei a bolsa, o telefone e saí dali, deixando todo o resto para trás. Fui a um hotel, fiz o check-in e o fiz rastejar e implorar por três dias antes de falar com ele. Ele me jurou que nada disso aconteceria de novo e pediu desculpas pelo que havia dito. Disse que o pensamento de me perder para outro cara o deixava louco. — Ela balança a cabeça. — Fui uma idiota em voltar para ele. Já interpretei essa personagem. Se lembra da Gretchen em *A outra mulher*? Sei como a história termina. O que há de errado comigo, Seb? — Ela recebeu uma indicação ao Oscar por interpretar uma esposa maltratada no suspense psicológico.

— Nada. — Estou tão furioso que ela sinta necessidade de perguntar isso. — Não há nada de errado com você. — Eu a aconchego em meu abraço e beijo o topo da sua cabeça, sentindo o cheiro fresco e limpo de seus cabelos macios.

— Deve haver algo errado se posso deixar um homem me tratar assim e depois aceitá-lo de volta, porque ele me disse palavras bonitas em francês e prometeu que nunca mais aconteceria. Sempre acontece novamente. *Sei* disso.

— É diferente quando acontece com você. Às vezes, não se pode ver as árvores na floresta quando se está no meio dela.

— Ou talvez não queiramos ver o que está bem à nossa frente.

— Isso também. — Odeio admitir, mas esse é um daqueles momentos em que a verdade dói. Não há maneira de contornar isso. Me dói perceber que ela escondeu esse incidente dos seus melhores amigos, porque sabia que não o aprovávamos. Será que a colocamos em perigo por não apoiar seu relacionamento? Deus, essa possibilidade me mata.

Ficamos abraçados por um longo tempo. Cada segundo parece um ano para mim, porque quero abraçá-la desse jeito para sempre — e nunca experimentei esse sentimento específico antes. Normalmente, costumo me livrar de algo assim em vez de me aconchegar mais. Mas nada conseguiria me convencer e me mover. Talvez se a casa estivesse pegando fogo, eu fosse obrigado a fazer outra coisa, mas, fora isso, ficarei parado e esperando que ela não consiga sentir o que sua proximidade, suavidade e doçura estão fazendo comigo.

Ela não pode saber que a quero assim. Posso imaginar como ela me olharia com empatia e pena enquanto me dispensa com facilidade. Seria pior do que desejar algo que não posso ter. Preciso controlar isso enquanto ainda é possível.

— Está com fome?

— Na verdade, não. — A mão dela faz círculos preguiçosos no meu peito por dentro da camisa que não me incomodei em abotoar. Cada centímetro da minha pele parece ter sido atacado por formigas em chamas, e é isso que finalmente me abala.

Desesperado, cubro sua mão com a minha para impedir que ela se mova.

Ela levanta a cabeça do meu ombro para olhar para mim.

— O que há de errado?

— Nada. — A única palavra sai soando estrangulada. — Está na hora de mais analgésicos? — Preciso me levantar e me afastar dela antes de fazer algo que nunca poderá ser desfeito.

— Não estou com dor.

Eu estou... estou morrendo lentamente pelo desejo que é mais intenso do que qualquer coisa que já senti antes. Não posso deixar isso acontecer.

— Tenho que fazer xixi.

Ela se mexe para me deixar levantar, e eu me movo rapidamente, esperando que ela não veja o volume que faz minha bermuda parecer pequena demais. Entro em casa e vou direto para o banheiro do meu quarto, fecho a porta atrás de mim e me encosto nela por alguns instantes enquanto inspiro e expiro profundamente para acalmar a tempestade dentro de mim.

Não funciona.

Ainda posso sentir seu cheiro e suas curvas exuberantes pressionadas contra mim.

Meu pau está duro feito uma pedra e só uma coisa me dará alívio neste momento. Vou para a porta do quarto.

— Ei, vou tomar um banho.

— Tá bom. — Ela ainda está na varanda, também conhecida como a cena do crime.

Volto ao banheiro, tranco a porta e começo a arrancar as roupas com pressa para encontrar alívio. Debaixo da água quente, levanto o rosto, desejando poder afastar os pensamentos que tenho sobre minha *amiga*, aquela que foi *espancada* pelo namorado e que está sob minha *proteção*.

Coloco a mão ao redor do meu pau e aperto com força, desejando que minha ereção vá embora antes que eu estrague tudo. Não é fácil esconder um pau duro de vinte e cinco centímetros de ninguém, muito menos de alguém como Marlowe, que não perde nada. Ela deve saber o que estou fazendo aqui e esse pensamento me constrange, mas não o suficiente para parar o que estou prestes a fazer.

Esguicho um pouco de shampoo na palma da mão e agarro meu pau, acariciando com firmeza e rapidez a fim de acabar com isso para que eu possa voltar a apoiar minha amiga.

Minha amiga linda, sexy e incrível.

Um gemido profundo escapa da minha mandíbula apertada. Sinto nojo de mim mesmo por ser tão fraco, especialmente quando me orgulho de estar sempre no controle depois de anos passados perdendo o controle. Mas algo nela provoca isso em mim. Se eu for sincero, sempre provocou.

Nunca me permiti considerar a possibilidade, porque ela está tão fora do meu alcance que é ridículo. É uma piada pensar em algo além de amizade com ela.

Mas enquanto estou no meu chuveiro, com uma mão apoiada na parede de azulejos e me acaricio até chegar ao orgasmo, parece que estou fazendo muito mais do que pensar no impossível. Me pergunto como seria passar todos os dias como fizemos hoje, saindo juntos, conversando, rindo, transando...

— *Cacete.* — Isso é tudo que preciso para me enviar direto para a loucura absoluta. Gozo com mais intensidade que nunca, o que é algo a se considerar levando em conta que o sexo é o meu hobby favorito. Se o pensamento de transar com Marlowe pode me proporcionar o orgasmo mais poderoso da minha vida, como seria realmente...

— Pare. Agora mesmo. Se contenha. — Só preciso pensar nos horrores do meu passado para saber o quanto é importante que eu controle essa merda antes de cruzar uma linha que nunca pode ser cruzada. Devo tudo o que tenho a Hayden e aos outros da Quantum, que não só me deram um emprego, mas também me fizeram parte do seu círculo íntimo. Marlowe é amada por todos dentro desse círculo e, se se tratasse de uma escolha entre ela e eu, eu sempre estaria perdendo.

Preciso me lembrar do meu lugar e manter minhas mãos imundas longe dela.

Uso o shampoo para a finalidade a que se destina e termino o banho, tentando não perceber que meu pau ainda está meio duro. Caramba. Posso fazer uma pausa aqui, por favor? Estou tentando fazer a coisa certa e o mínimo que meu corpo pode fazer é cooperar. No meu quarto, visto roupas limpas e, desta vez, me certifico de que meu peito esteja coberto por uma camiseta antes de vestir a bermuda cargo mais folgada que possuo, esperando que oculte qualquer sinal de ereção que possa aparecer do nada.

Nem acredito que isso está acontecendo. Faz anos que não tenho que me preocupar com tesão inesperado. Talvez eu possa convencer Marlowe a ligar para os outros o quanto antes. Ficar sozinho com ela não está funcionando bem para mim.

Vá se foder. O que você está sentindo não importa agora, seu filho da puta egoísta.

Enquanto concordo com a minha consciência de que o que estou sentindo não importa agora — ficar ao lado dela com uma ereção não é o que ela precisa. Ela já teve muitos caras que pensavam apenas em si mesmos. Ela precisa de um amigo que possa se conter.

Olho para o meu reflexo no espelho e vejo o nojo brigando com o desejo. Agora que deixei o gênio sair da garrafa e admiti que sinto algo por Marlowe Sloane há anos, tentar enfiá-lo de volta é impossível. Seja como for, ninguém mais pode saber. Nunca.

Se contenha e pare de ser um idiota com um pau duro. O que você sente não importa agora.

Abro a porta do quarto, determinado a continuar como se o gênio ainda estivesse na garrafa, mesmo que o cretino esteja do lado de fora, orgulhoso e fazendo da minha vida um inferno.

Marlowe entrou e está encolhida em um canto do sofá. Os hematomas em seu rosto são um lembrete surpreendente do que ela passou e por que preciso manter o foco nela. O que ela precisar, sempre que precisar. É isso que ela vai ter.

— Está tudo bem? — ela pergunta, me olhando com olhos que veem demais. Ela provavelmente sabe exatamente o que eu estava fazendo lá.

— Tudo, e você?

Ela assente.

— Liguei para o Flynn. Ele vai ligar para os outros e virão para cá. Espero que esteja tudo bem.

Graças a Deus.

— Claro que está.

CAPÍTULO 6

Marlowe

Ele está diferente. O que aconteceu na varanda o deixou agitado e fora de controle, e o que acho que aconteceu lá me deixou descontrolada e mais do que um pouco agitada. Só tive um vislumbre quando ele se afastou depressa, mas conheço um pau duro quando vejo um, e seu pau estava duro. Por mim.

Puta. Merda. É tudo em que consigo pensar desde que ele fugiu. Respiro fundo. Aqui está aquela palavra novamente.

Fugir.

E então quando disse que ia tomar banho, droga. Sei o que isso significa.

Sebastian estava duro por mim.

Mais uma vez — puta merda.

Ele sempre foi um enigma para mim: um homem respeitoso, educado, amigável, mas distante. Ele não se "envolve". Já o vi em ação com outras mulheres no clube, e ele é um dominador respeitoso e profissional, que cuida da mulher com quem joga. Também é incrivelmente seletivo, ao contrário de alguns caras com menos discernimento. Seb nunca foi um cara do tipo "qualquer uma serve".

Portanto, o fato de ele ter esses pensamentos sobre mim é surpreendente.

Ele é *gostoso pra caramba.*

Alto, moreno, bonito de um jeito meio rude e com mais tatuagens do que posso contar nos braços, peito, costas e pescoço. E... umedeço os lábios. Ele tem um dos maiores e mais lindos paus que já vi fora de filme pornô. Participar de um clube de sexo com seus amigos mais próximos te faz saber coisas sobre os outros que as pessoas baunilha não sabem sobre seus amigos. Não é como se eu ficasse sentada pensando sobre o pau dos caras, mas preciso dizer que... o de Sebastian é memorável.

Já o vi apenas duas vezes, porque ele é discreto sobre sua vida sexual na maioria das vezes. Ele fez só algumas cenas públicas no clube. Meu olhares sempre foram fugazes, mas nunca me esqueci de toda a magnitude da excitação de Sebastian.

Se é possível acreditar na conversa entre as submissas que frequentam o clube, ele também sabe o que fazer com seus bens dados por Deus.

O que estou pensando sobre Sebastian e seus bens dados por Deus um dia depois de ter sido espancada e amarrada pelo homem por quem pensei que estava apaixonada? O que há de *errado* comigo? Sebastian disse que não há nada, mas deve haver algo para eu estar pensando em seu pênis enquanto Flynn, Hayden e os outros estão a caminho daqui para que eu possa contar o que Rafe fez comigo.

Eles vão dar uma olhada no meu rosto machucado e desejar cometer assassinato em meu nome.

— Seb.

— O que foi, meu anjo?

Por que quando ele me chama de *meu anjo* me faz querer suspirar? Provavelmente porque sei que há um carinho genuíno por trás do termo carinhoso e agora sei que também pode haver desejo. *Arrepio.* Foco!

— Quando os caras virem o que ele fez, vão querer ir atrás dele. Você vai precisar trancar a porta.

— Sim, pode deixar. Não se preocupe.

— Estou preocupada. Eles vão querer matá-lo.

— Estou incluído nessa, baby.

— Você não pode matá-lo. Existem outras maneiras de arruiná-lo sem recorrer à violência.

— Sim, existem, mas você não pode culpar a mim ou aos outros por querer que ele se machuque tanto quanto você – ou mais.

— Não é isso que eu quero. Você tem que me ajudar a deixar isso claro para eles.

— Farei o que puder.

— Não os deixe sair daqui. Isso é uma ordem. — Dou-lhe o meu olhar mais severo de dominatrix, e ele me olha de volta sem piscar, um dominador para o outro.

— Você está dando as ordens agora, é? — Seu tom é leve e provocante, mas seus olhos estão aquecidos com algo que nunca vi antes.

— Só nisso. Você conhece o Flynn e o Hayden tão bem quanto eu, e sabe que estou certa.

— Sim, eu sei. Vou ficar de olho neles. Tente não se preocupar.

Meu estômago está com um nó enquanto espero a cavalaria chegar — e eles chegarão nervosos. Não tenho dúvidas disso. Só disse a Flynn que algo havia acontecido com Rafe e que estou na casa de Sebastian. Pedi-lhe para avisar Hayden e os outros. Ele disse: *Estou a caminho.*

Todo mundo está na cidade esta semana, o que significa que estarei cercada de amigos preocupados e amorosos.

— O que te fez chamar o Flynn?

— Recebi uma mensagem de Addie dizendo que Hayden sabe que ela está escondendo algo sério dele e a menos que eu queira vê-la no tribunal de divórcio, preciso que eles saibam o que está acontecendo. — Olho para o telefone quando ele acende com uma mensagem de Addie.

Obrigada. Estamos a caminho.

— Que diferença faz se for hoje ou amanhã, certo?

— Deve ser quando você quer que seja, não quando a Addie quer.

— Tudo bem. Sei como o Hayden pode ser quando coloca algo na cabeça.

— Ele é como um cão com um osso quando sente que algo está acontecendo. Só posso imaginar a pressão que Addie deve estar para ter mandado uma mensagem para você.

— Eu sei.

Ele se senta ao meu lado e pega minha mão.

Fico imediatamente em alerta total. Até meus mamilos formigam com a consciência dele.

— Você está bem?

— Claro, nunca estive melhor.

— Não precisa fingir comigo.

— Não?

Ele balança a cabeça.

— Pode ser sincera. Não precisa ser Marlowe Sloane a estrela. Pode ser apenas Marlowe Sloane, mulher maravilha.

É bem possível que essa seja a coisa mais doce que um cara já tenha me dito.

— Obrigada. — Minha voz está rouca, repleta de emoção. — Você não tem ideia do quanto significa para mim a ajuda que você me deu.

— Por favor, não me agradeça por fazer o que qualquer bom amigo faria por outro.

— Agradeço por me apoiar. Em breve, estarei fora do seu pé. Tenho certeza de que a Addie vai querer que eu volte para casa com ela.

— Fique.

Meus olhos se arregalam quando encaro seu rosto atraente e bonito. Seus olhos são escuros e lindos, as maçãs do rosto proeminentes e os lábios do tamanho certo. Muitas vezes, ele é confundido com o ator Jeffrey Dean Morgan, e concordo totalmente com isso, mesmo que Sebastian diga que não há como se parecer com ele.

— Por quê? — Me sinto como me senti no momento em que caí do escorregador na escola e o vento me derrubou.

— Ninguém pensaria em te procurar aqui. Se o pedaço de merda fizer algo que não deveria, a imprensa vai aparecer na sua casa, na de Flynn, Hayden, Jasper e Kristian. Eles nunca pensariam em procurá-la aqui.

A possibilidade de Rafe liberar fotos ou qualquer outra coisa sobre mim faz meu estômago revirar com náusea. Ele não ousaria. Ousaria?

— Isso é verdade. — Não é fácil ser celebridade hoje em dia, não importa o quanto possa parecer incrível de fora. A internet e as redes sociais tornaram um pesadelo de várias maneiras. — Você não acha que ele divulgará as fotos, não é?

— Ele seria um idiota se fizesse isso. Seria suicídio na carreira por um lado. Por outro, pornografia de vingança é ilegal na Califórnia.

— Obviamente, ele não se importa muito com a carreira, pelo que fez comigo. Ele deve saber que a Quantum vai interromper seus negócios com a empresa.

— Suspeito que seja o mínimo que a Quantum fará.

Um som ecoa pelo condomínio.

— Sebastian! Abra!

— Falando em Quantum. — Ele sorri. — É o Flynn. Está pronta para isso?

— O mais pronta possível.

Ele beija minha testa.

— Se eles forem demais, me avise que chuto o traseiro deles.

— Pode deixar. Obrigada.

— Não se esqueça. — Ele abre a porta e impede Flynn de entrar, colocando a mão no peito dele. — Se acalme.

Flynn começa a confrontá-lo, mas depois dá uma olhada no rosto de Sebastian, que deve estar com aquela expressão feroz que ele faz quando ele ou alguém que ama é ameaçado. Já vi isso antes e pensei que não iria querer confrontá-lo quando ele estivesse com essa expressão. Aparentemente, ela funciona com Flynn também.

— Gostaria de ver a Marlowe. Por favor.

Sebastian se afasta para deixar Flynn e sua esposa, Natalie, entrarem, e ela o segue, se movendo um pouco mais devagar que o marido devido à gravidez.

Flynn suspira quando vê meu rosto machucado.

— Mo. — Ele fica de joelhos ao meu lado e pega minha mão. — Meu Deus. Vou matá-lo, porra.

— Não vai, não.

— Ah, vou, sim.

Natalie coloca a mão em sua cabeça e puxa gentilmente seus cabelos escuros.

— Pare com isso.

Amo, amo, *amo* o jeito que ela o domina. E amo, amo, *amo* o quanto ele me ama. Eu o alcanço, e ele vem até mim, passando os braços ao meu redor.

— Você tem que me deixar matá-lo. — Sua voz soa rouca com lágrimas não derramadas.

— Não.

— Então deixe-me arruiná-lo.

— Por favor, faça isso.

— Com prazer. — Ele se afasta de mim, afasta o cabelo do meu rosto e olha mais de perto minhas contusões, bem como a queimadura da corda no meu pescoço. Um nervo em sua bochecha pulsa de tensão. — Onde mais você está machucada?

— Minhas costelas e costas, mas estou bem.

— Ele...

— Não, ele não fez isso.

— Quando aconteceu?

— Antes de ontem.

— Por que você não me ligou?

— Eu precisava de um dia para colocar minha cabeça no lugar antes de contar a todos. Seb tem sido ótimo. Por favor, não fique com raiva dele.

— Tudo o que me importa é que você esteja bem. Só isso.

— Estou chateada, mas estou bem. Juro.

— Fico feliz que você esteja chateada, porque estou furioso. Como ele ousou colocar um dedo em você...

— Seb disse a mesma coisa.

Hayden entra correndo pela porta que Seb deixou aberta. Ele dá uma olhada no meu rosto e em Flynn ajoelhado ao meu lado e solta um rugido que provavelmente pode ser ouvido por quilômetros.

Addie está atrás dele, sem fôlego por correr para alcançá-lo.

Hayden gira como se quisesse sair, mas Addie permanece firme em seu caminho.

— Eu disse para você não fazer exatamente o que está fazendo.

— Addie.

— Hayden! Pare com isso. Agora mesmo.

— Hayden, venha aqui. — Estendo a mão para ele.

Flynn e Nat se mexem para que Hayden possa se aproximar.

Ele segura minha mão, e eu dou um puxão, colocando-o no sofá ao meu lado.

— Estou bem.

— Ele... não posso... eu vou...

Eu sorrio.

— *Estou bem.*

— Mo...

— Eu sei. — Eu o alcanço e o abraço, me sentindo abençoada por esses homens incríveis serem meus amigos mais próximos, os irmãos que nunca tive. Não há nada que eles não fariam por mim, o que acabaram de provar mais uma vez pela maneira como reagiram ao me ver ferida.

— Eu sabia que odiava aquele filho da puta por uma razão — Hayden retruca.

— Ela disse que podemos arruiná-lo, mas não matá-lo — Flynn comenta com o amigo.

Hayden faz uma careta feroz.

— Ele vai se arrepender de ter nos conhecido e de ter fodido com você.

— Ele me mandou uma mensagem para dizer que tem fotos e não tem medo de usá-las. Eu o fiz assinar o contrato de confidencialidade, mas quem sabe o que ele fará?

— Espere... — Hayden olha para Addie e depois de volta para mim. — Isso aconteceu no clube?

— Sim. Nunca deveria ter levado ele lá. Sei disso agora...

— Marlowe.

Uma palavra de Sebastian me faz calar.

Seu olhar intenso se conecta ao meu.

— Você não fez nada de errado.

Eu me pego olhando para ele, bebendo suas palavras e a maneira feroz com que ele as diz.

— Você não fez nada de errado — ele fala isso mais suavemente na segunda vez, mas seus olhos revelam o tormento dentro dele, me fazendo ver o quanto é perturbador para ele que eu me culpe de alguma forma.

— Ele está certo. — Hayden aperta minha mão. — Só há uma pessoa para culpar aqui, e vamos fazê-lo pagar, Mo. Pode contar com isso.

Inclino a cabeça no ombro de Hayden e solto uma respiração profunda. Não consigo desviar o olhar de Sebastian. Mas quem poderia me culpar?

CAPÍTULO 7

Sebastian

Jasper, Ellie, Kristian, Aileen, Emmett e Leah chegam na próxima meia hora, e Marlowe tem que passar por tudo novamente a cada casal. Posso dizer que ela está exausta e emocionalmente esgotada, mas ela garante continuamente a cada um de nossos amigos que está bem. Ela cuida deles quando eles deveriam cuidar dela, mas estão todos tão chateados com o que aconteceu que não podem fingir o contrário.

Leah está chorando sentada ao lado de Marlowe enquanto segura sua mão. A mulher mais jovem abraçou completamente sua posição como assistente de Marlowe e se tornou indispensável para Mo.

Com Marlowe cercada pelas mulheres, vou para a cozinha, precisando de uma cerveja. Tomo o primeiro gole quando me viro para descobrir que Hayden se juntou a mim.

— O que você estava pensando ao esconder isso?

— Estava fazendo o que ela me pediu, o mesmo que você faria se fosse quem a encontrou machucada, sangrando, amarrada e quase inconsciente no calabouço.

— Jesus. — Hayden passa as mãos pelos cabelos, puxando-os com força. — Sinto muito. Não pretendia brigar. É só...

— O quê? Acha que não sou a pessoa certa para cuidar da sua preciosa Marlowe? Aqui está uma novidade para você, *chefe*. Ela é preciosa para mim também. Então, vá embora. — Ele odeia quando o chamo assim, e sei disso, mas o faço, porque ele está me irritando.

Estou preparado para ele se voltar contra mim, porque é isso que fazemos — o que sempre fizemos —, mas ele inclina a cabeça e me lança um olhar estranho.

— O quê? — Esfrego a bochecha, me perguntando se há algo no meu rosto.

— O que está acontecendo, Seb?

Merda. Siga com cautela.

— Além de a nossa amiga em comum ter sido espancada pelo namorado idiota?

— Sim, além disso.

— Não há nada acontecendo.

— Por que você a trouxe para cá? Por que não para a minha casa? Addie é uma de suas melhores amigas.

— Ela queria um tempo sozinha antes de ter que enfrentar você, o Flynn e os outros. Eu a trouxe aqui para que ela pudesse ter um pouco de privacidade.

— De nós? Somos a *família* dela!

— E eu não sou?

— Não foi isso o que eu quis dizer!

— Não?

Addie entra na cozinha, pronta para brigar.

— Ela pode *ouvir* vocês dois brigando, então talvez vocês possam parar com a discussão e brigar em outro momento?

— Desculpe — murmuro. — Seu marido está sendo um idiota.

— Ele fica assim às vezes.

Hayden faz uma careta furiosa para a esposa.

— O quê? Fica mesmo. Não é hora de questionar por que alguém fez o que fez durante uma crise.

— Vou lidar com você quando chegarmos em casa — Hayden ameaça.

Addie revira os olhos.

— Me poupe.

Eu rio quando a esposa de Hayden o confronta. Ela é absolutamente perfeita para ele, e eu a escolheria para domar meu amigo feroz.

Ele olha para mim.

— Cale a boca.

— Cale a boca você.

— Muito bem, crianças. — Addie fica entre nós, levantando as mãos. — Façam algo de útil e peçam comida para essa multidão. Se apressem. — Ela se vira e sai da cozinha.

Hayden pega o telefone.

— Pau mandado — digo baixinho, ganhando uma cotovelada no estômago.

— E me orgulho disso. Você deveria tentar.

Esfrego meu pobre estômago.

— Quem sabe um dia.

— Diga a verdade — ele pede, sem levantar os olhos do telefone.

— Sobre o quê?

— Você tem uma queda pela Marlowe?

Devo minha vida a esse homem e digo isso com sinceridade. Ele me salvou de mim mesmo. Em todos os anos em que trabalhei para ele, nunca menti. Até agora.

— Cale a boca, Hayden.

Ele me olha.

— Isso não é um não.

— Você não deveria pedir comida?

— Já pedi. Mandei uma mensagem para o Diego e pedi para que nos traga tudo, o suficiente para dez pessoas junto com margarita e mais cerveja.

— Boa decisão. Ela vai adorar isso. — A adoração de Marlowe por comida mexicana é bem conhecida e é a única coisa que ela é capaz de cozinhar.

— Vai responder à pergunta ou continuar se esquivando, o que me diz tudo o que preciso saber?

Eu o fuzilo com os olhos.

— Estou fazendo por ela exatamente o que ela faria por mim, o que qualquer um de nós faria um pelo outro. Não faça disso algo que não é.

— Não estou fazendo. Você está?

— Digo isso com todo o respeito. *Vá. Se. Foder*, Hayden.

O cretino começa a rir.

— Estou entendendo.

— Não está entendendo nada e se não calar a boca, vou expulsá-lo da minha casa.

— *Que seja.*

Ele sabe que não farei isso, mas tem que saber que quero. Dou um passo mais perto e fico cara a cara com ele.

— Pare com isso. Estou falando sério. Ela está muito frágil agora e a última coisa que precisa é de seus melhores amigos fazendo boatos ou fofocas desnecessárias.

— Calma aí, grandão. Não estou começando rumores. Só estava fazendo uma pergunta ao meu amigo.

— Claro, isso é tudo que você estava fazendo. Em vez de me pressionar, por que não começa a pensar no que vamos fazer com o filho da puta que a machucou?

— Ah, estou pensando sobre isso. Definitivamente, estou pensando nisso, e acredito que começaremos com uma ligação para o chefe dele para que saiba que estamos mais do que dispostos a transferir os negócios da Quantum para outra empresa de distribuição na França a menos que se livrem dele imediatamente.

— Seria um bom lugar para começar. E então?

— Vamos atrás dele pessoalmente. Vou pedir que o Gordon investigue a merda da vida do cara.

— Já fiz isso — Flynn diz quando se junta a nós.

Nós dois o encaramos, incrédulos.

— Não acredito. — Hayden mantém a voz baixa para não sermos ouvidos.

— Pode apostar que sim. Sabia que havia algo de errado com esse cara. Tinha certeza. Pedi ao Gordon para investigá-lo há meses.

— O que você achou? — Hayden pergunta.

— A ex-mulher dele o acusou de agredi-la durante o divórcio. Estou furioso.

— E você nunca disse nada a Marlowe? Que merda é essa, Flynn?

— Fiquei com medo de que ela ficasse irritada por eu tê-lo investigado. Eu me culpo por isso. Deveria ter dito a ela.

— A culpa não é sua, Flynn. — Hayden olha para mim enquanto tenta consolar o amigo. — Você estava cuidando dela.

Flynn passa as duas mãos pelos cabelos, deixando nítida sua frustração.

— Pensei que o cara era um idiota, mas nunca achei que ele tivesse a audácia de machucar alguém tão poderoso na indústria quanto a Marlowe.

Tenho que reconhecer que me senti da mesma maneira.

— Nenhum de nós pensou que ele teria coragem de mexer com a Mo.

— Ela parecia tão feliz com ele. Não queria estragar tudo. E agora, olhe para ela. — A voz de Flynn falha. — Quero encontrá-lo e fazer a mesma coisa que ele fez com ela.

— Eu também — Hayden concorda —, mas não vamos fazer isso. Ouviu?

Flynn olha para o chão, todos os músculos do seu corpo estão tensos.

— Flynn. Ouviu?

— Sim, sim, ouvi.

— Mesmo?

— Sim! Não vou fazer nada. Mas quero. Muito.

— Todos nós queremos, mas não podemos deixá-lo ter vantagem, prejudicando a nós mesmos no processo de acabar com ele. Existem outras maneiras.

— Que tipo de fotos ele tem? — Flynn questiona.

Aperto com mais firmeza a bancada atrás de mim.

— Dela depois que a espancou. Ele mandou uma para o celular dela para garantir que ela ficasse de boca fechada.

Flynn respira fundo e temo que volte atrás em sua promessa de não ir atrás de Rafe.

— Ele assinou o contrato de confidencialidade antes que ela o levasse ao clube — acrescento —, mas ele tem as fotos e disse que não tem medo de vazá-las se ela decidir ir atrás dele. Logo depois que ele enviou a mensagem, nós o bloqueamos.

Flynn cruza os braços e fervilha em silencio. Não há outra palavra para isso. Começo a me preocupar com o fato de ele realmente explodir.

— Se ele já deixou o país, e provavelmente já o fez, seremos pressionados a fazer cumprir o contrato, o que, é claro, ele sabe. Precisamos agir rapidamente para garantir que isso não aconteça.

Kristian entra na cozinha, cada vez mais lotada, com o celular na mão.

— Quero ligar para Pierre Marchand. — Ele é o presidente do Cirque, empresa em que Rafe trabalha.

Hayden assente.

— Vá em frente.

Verifico a hora. São quase cinco horas aqui.

— É madrugada na França.

— Quem se importa? — Flynn pergunta. — Precisamos resolver isso antes que ele faça algo com essas fotos. — Ele olha para Kristian. — Faça a ligação.

Enquanto Kristian faz a chamada e espera que Pierre atenda, o resto de nós fica em um silêncio tenso. Do outro cômodo, ouvimos as mulheres conversando com Marlowe. O som da sua risada distinta me acalma um pouco. Se ela pode rir depois do que sofreu, então posso me acalmar e ajudar a fazer o que precisa ser feito para protegê-la.

— Sei que é de madrugada — Kristian fala —, mas temos uma situação que requer sua atenção imediata. — Ele continua contando a Pierre sobre o que aconteceu entre Rafe e Marlowe, fornecendo detalhes assustadores que me deixam enjoado. — Sim, temos certeza de que era ele. Ela disse que era e nem se atreva a sugerir que ela está mentindo. Ele mandou uma mensagem com fotos dela depois do ataque e ameaçou divulgá-las para a imprensa, apesar de ter assinado um contrato de confidencialidade. O que você precisa fazer é me dizer *agora*, o que *vai* fazer quanto a isso. E sugiro que pense bem antes de falar se deseja continuar trabalhando com nossa empresa.

A Quantum é o cliente mais rentável de Pierre e a declaração de Kristian tem o efeito desejado. Kristian encerra a ligação com a garantia de que Pierre se encontrará imediatamente com Rafe, que ele confirmou estar de volta à França, para encerrar seu contrato de trabalho e deixar claro que, se essas fotos forem divulgadas, Pierre irá processar o cara e arruinar seu nome na indústria. Talvez isso fosse acontecer de qualquer maneira, mas exigiria que Marlowe fizesse acusações, o que ela indicou que não fará.

— Precisamos denunciar isso às autoridades daqui — Kristian fala.

— Concordo — Hayden responde.

— Não. — Os três olham para mim. — Para ela, sua privacidade é mais importante do que vê-lo acusado, e ela tem o direito de escolher não fazer isso, mesmo que não concordemos.

Meu comentário é recebido com um silêncio total, que me coloca imediatamente no limite. Eles podem ser meus amigos mais próximos, mas também são meus chefes. Embora eles nunca exerçam sua autoridade comigo, não tenho ideia de como reagirão à minha defesa de Marlowe.

— Ele está certo — Hayden finalmente diz. — A decisão não é nossa. É dela.

— E ela decidiu ontem, quando se recusou a ser levada para o hospital ou ligar para a polícia — digo a eles. — Temos que respeitar os desejos dela.

— O que está acontecendo? — Marlowe pergunta quando entra na cozinha.

Temos que nos apertar mais para dar espaço para ela.

Ninguém diz nada.

— Seja lá o que estão planejando fazer, podem parar. Cuidarei disso.

— Já fizemos uma coisa — Kris revela.

— O quê?

— Conversei com Pierre e disse a ele que o canalha tem fotos e que está ameaçando divulgar.

— Tudo bem, mas nada mais. Quero fazer isso do meu jeito.

— Você não pode deixá-lo se safar disso, Mo — Flynn pede.

— Não tenho intenção de deixá-lo se safar de nada, mas vocês precisam recuar e me dar espaço para respirar e pensar. Sei que é muito perturbador para todos vocês me verem machucada, especialmente depois que tentaram me avisar sobre ele.

— Ninguém está pensando isso. — Hayden parece tão dolorido quanto o resto de nós.

— Por que não? Eu estaria se fosse vocês. Não ouvi quando me disseram que tinham um mau pressentimento sobre ele.

Flynn limpa a garganta.

— Não achamos que ele era bom o suficiente para você.

— Bem, vocês tinham razão e lamento não ter escutado quando tentaram me dizer isso.

Não suporto ouvi-la se culpar.

— Não precisa se desculpar com ninguém. Não é sua culpa que isso tenha acontecido.

— Ele está certo, Mo. — Flynn coloca um braço em volta dos seus ombros com cuidado e a puxa para si. — Não gostamos do cara, mas nunca pensamos que ele teria coragem de fazer algo assim com alguém com poder de arruiná-lo na indústria.

Ela inclina a cabeça para se apoiar no ombro dele.

— Obrigada a todos por se importarem tanto. Significa muito para mim.

— Nós amamos você — Hayden declara, sem rodeios.

Seus olhos se enchem de lágrimas que acabam comigo. Deus ajude esse cara se ele cruzar a porta agora. Eu teria que ser impedido de matá-lo, não só pelas coisas que fez, mas por ter feito a indomável Marlowe Sloane chorar.

Uma batida na porta me tira desses pensamentos inquietantes. Assassinato é a última coisa que preciso estar pensando. Deixei para trás o desejo de mutilar e matar quando Hayden me arrastou para longe das pessoas que estavam tentando me transformar em um assassino cruel. Ainda não haviam conseguido, mas teria sido questão de tempo quando meu amigo interveio.

Hayden sai para receber a entrega, com Flynn e Kristian o seguindo.

Olho para Marlowe.

— Você está bem?

— Sim. E você?

— Estou.

— Odeio ter colocado você nessa situação. Sei o quanto é difícil para todos quando um de nós está machucado.

— É difícil porque amamos você e não queremos que algo ruim te aconteça.

— Sinto o mesmo por vocês, mas sabemos que não é realista esperar que nada de ruim aconteça.

— Ainda gosto de esperar o melhor. — Esperança era a única coisa que eu tinha nos dias mais sombrios, quando tentava decidir que tipo de homem seria. Agarrei-me a pequenos vislumbres de esperança, como botes salva-vidas em um mar tempestuoso, e ela me fez passar pelo pior dos tempos.

Hayden entra carregando uma caixa.

— Vamos comer.

Pego pratos e talheres e nos instalamos na mesa da sala de jantar, que nunca teve tantas pessoas usando-a ao mesmo tempo. Gosto de ver minha família lá. Apenas minha mãe e os filhos de Aileen não estão presentes. Talvez da próxima vez eu possa trazê-los também, e todos aqueles que gosto estarão reunidos em minha casa. Isso não seria bom? Talvez eu possa me voluntário para sediar a próxima reunião.

Comemos, bebemos as margaritas que Marlowe ama (sem álcool para Natalie e Ellie) e rimos muito. Todo mundo faz um esforço para manter as coisas o mais normal possível por causa dela, mas por baixo da alegria, a tensão está sempre presente.

Um pouco depois das oito, quando Marlowe começa a disfarçar os bocejos, Addie coloca um braço em volta dela.

— Quer arrumar suas coisas e voltar para casa conosco?

— Eu, hum... bem... — Ela me olha. — Acho que vou ficar aqui. Tenho tudo o que preciso, e Seb me convenceu de que ninguém pensaria em me procurar aqui. Se o pedaço de merda liberar as fotos, pelo menos a imprensa não poderá me encontrar.

— Se ele divulgar essas fotos, eu o mato com minhas próprias mãos — Hayden resmunga.

— Não vai, não — Addie e Marlowe dizem ao mesmo tempo e depois compartilham um sorriso.

— Qual é o seu plano, Mo? — Flynn irradia raiva reprimida e a mesma sede de vingança que todos sentimos.

Marlowe dedica um minuto para organizar seus pensamentos.

— Quando comecei a ver Rafe, Teagan Daily me procurou por mensagem de texto. Ela disse que queria falar comigo sobre ele.

— Ela não namorou com ele há alguns anos? — Jasper pergunta.

— Sim.

Addie absorve essa informação com sua intensidade habitual.

— O que ela tinha a dizer?

Marlowe olha para as mãos apoiadas no colo.

— Nunca respondi a essa mensagem ou a que recebi de Veronica Jones, que também namorou com ele, há cinco anos. Não queria ouvir suas ex falando merdas sobre ele. Mas agora acho que é hora de retornar os contatos.

Natalie, sentada do outro lado de Marlowe, coloca a mão sobre a da amiga em uma demonstração silenciosa de apoio.

— Talvez se eu as tivesse atendido ou ouvido vocês, nada disso teria acontecido.

— Não faça isso, Mo — Ellie fala com gentileza. — Você gostava dele e ele não lhe deu nenhum motivo para não fazer isso.

— Havia sinais. Aqui e ali. Escolhi ignorá-los, que é a parte que mais me irrita. Não era o meu primeiro relacionamento. Sei que é melhor não ignorar os sinais ou deixar que um homem bonito e charmoso me convença de que os sinais não importam. — Ela balança a cabeça. — Estou brava comigo mesma mais do que tudo.

Não suporto ouvi-la dizer isso.

— Acho que a Marlowe provavelmente já teve o suficiente por hoje. Ela precisa de uma boa noite de descanso.

Felizmente, todo mundo aceita meu convite não tão sutil para ir embora. Eles rapidamente limpam os restos do jantar, enchem a máquina de lavar louça e guardam as sobras.

— Tem o suficiente para jantar amanhã à noite — Aileen fala.

— Obrigado.

Ela aperta meu braço.

— Se precisarem de *qualquer* coisa...

Eu concordo.

— Pode deixar.

— Tem certeza de que não quer vir conosco? — Addie pergunta a Marlowe novamente.

— Tenho. Sebastian me deixou muito confortável em sua casa adorável.

Hayden me dá um de seus olhares famosos, e eu o devolvo, desafiando-o a dizer algo que não me dará outra opção a não ser dar um soco naquele sorriso presunçoso em seu rosto.

Felizmente, Addie o empurra em direção à porta, poupando-me do problema de juntas doloridas.

Ellie, Aileen, Kristian e Jasper abraçam Marlowe com cuidado ao sair, deixando Emmett, Leah, Flynn e Nat.

Emmett abraça Marlowe.

— Se mudar de ideia sobre as acusações, me avise.

— Obrigada, Em. Pode deixar.

Leah, que está com os olhos cheios de lágrimas novamente, abraça Marlowe com gentileza.

— Ligarei de manhã para ver o que você precisa.

— Obrigada.

— Ligue se precisar de alguma coisa — Flynn fala. — A qualquer hora do dia ou da noite. Estarei aqui o mais rápido possível.

Ela se inclina para abraçá-lo.

— Eu vou. Prometo.

Fecho a porta atrás dele e de Natalie e viro a tranca, o que normalmente não me incomodo em fazer. Quero que Marlowe se sinta segura aqui, e a fechadura faz um barulho alto que permite que ela saiba que ninguém vai entrar por aquela porta a menos que desejemos.

— Obrigada por encerrar a noite. — Marlowe se encolhe em um canto do sofá e depois estremece.

— Percebi que você estava ficando cansada. — Me sento ao seu lado, tomando o cuidado de não machucá-la. — O que está doendo?

— Minhas costas.

— A dra. Breslow prescreveu pomada antibiótica para aplicar nos cortes. Quer que eu a aplique?

— Talvez daqui a pouco.

— Que tal outra bebida?

— Talvez uma taça de vinho. Já tomei bastante tequila.

— Vou pegar.

Ellie trouxe uma garrafa do chardonnay que todos amam. Abro e sirvo uma boa dose sobre alguns cubos de gelo. Pego uma cerveja antes de voltar para a sala.

— Aqui está.

— Obrigada – por isso e tudo mais. Você me deixou dominar completamente sua casa e sua vida.

— Minha casa é muito mais aconchegante com você aqui. — As palavras saem da minha boca antes que eu contemple as implicações mais profundas sobre dizer uma coisa dessas para ela. Não costumo me expor assim, e ela sabe disso.

Ela levanta uma sobrancelha.

— Sério?

— Sim. — É tarde demais para esconder isso agora. — Gosto de ter você aqui.

Ela me olha com carinho, o que me provoca coisas estranhas.

— Gosto de estar aqui.

Agora seria um bom momento para me lembrar de que ela pensa em mim como um amigo e nada mais. *Nada mais.* Talvez se eu disser isso a mim mesmo várias vezes, meu pau receberá a mensagem de que seus serviços não são necessários.

Ela bebe a taça de vinho, parecendo a milhões de quilômetros de distância, perdida em pensamentos.

— Quer falar sobre isso? — Gostaria de afastar a mecha de cabelo ruivo do rosto dela, mas não tenho o direito de tocá-la. Não dessa maneira. De jeito nenhum.

É preciso tudo o que tenho para conter minhas mãos quando tudo o que quero fazer é tocá-la, abraçá-la e garantir que sempre estarei ao seu lado.

CAPÍTULO 8

Marlowe

Estou feliz que somos apenas eu e Seb agora. Adorei ver os outros, mas eles estão muito perturbados com o que aconteceu e me aborrece saber que sou a causa disso. Seb também está chateado. Sei que está, mas ele faz um trabalho melhor em esconder de mim do que os outros caras, e sou grata por isso.

— Pode me dizer qualquer coisa — ele fala. — Espero que saiba disso. Nunca sairá desta sala.

— Eu sei. — Depois de uma pausa, falo um pouco hesitante, sem ter certeza de que devo fazer essa confissão em particular. — Quando todos estavam aqui, fiquei pensando sobre como fui pega no surto de amor que aconteceu ao nosso redor.

— Como assim?

Tomo outro gole de vinho, precisando de toda a fortificação possível para essa confissão e coloco a taça na mesa.

— A primeira vez que Flynn trouxe Natalie para me conhecer... era o fim de semana do Globo de Ouro no ano passado, e eles vieram me ver quando ele a apresentava L.A. Na primeira vez que os vi juntos, percebi que ele havia encontrado *a pessoa certa*, sabia?

— Sim, eles foram bem intensos desde o início.

— Fiquei com tanta inveja, Seb. — Odeio admitir isso para mim mesma, quanto mais para outra pessoa.

— Você... quero dizer, com Flynn...

— Não, não. Tentamos isso uma vez e foi ridículo. Não foi isso que quis dizer. Eu queria a eles. O que eles tinham. Algo inegável, que não se pode colocar em palavras, mas que quando você vê, sabe. E depois foi o mesmo com Hayden e Addie, Jasper e Ellie, Kris e Aileen. Caramba, até a Leah encontrou isso com o Em, e sou *onze anos* mais velha que ela.

— Como isso pode ser justo?

— Não é? — Amo que ele entenda. — Por favor, não pense por um segundo que não estou feliz por todos eles.

Ele coloca sua mão grande sobre a minha e minha pele vibra com seu calor. Ele aquece os lugares frios dentro de mim.

— Sei que está. *Eles* também sabem.

— Acredito que sim.

— Sabem, sim.

— Quando Rafe apareceu, vi minha chance. Ele era bonito, charmoso e romântico, me levando para seu apartamento em Paris por longos fins de semana e para Provence, no casamento do seu melhor amigo. Fui pega no conto de fadas e *nunca* fui esse tipo de garota. Eu me tornei outra pessoa com ele, alguém que nem reconheço.

— Você queria fazer as coisas darem certo, Mo. As pessoas fazem coisas loucas quando estão apaixonadas.

Bufo com desdém.

— Eu não estava apaixonada por ele.

— Não?

Balançando a cabeça, levanto a palma da mão e envolvo os dedos aos dele, querendo mantê-lo e ao conforto proporcionado por sua proximidade.

— Estava apaixonada pela ideia de estar, que foi destruída quando ele me deu um soco na cara. Na verdade, se eu for sincera, o encanto se quebrou muito antes, mas escolhi não ver. Essa é a parte que estou tendo mais dificuldade de aceitar. Eu sabia que ele não era bom e fiquei porque queria o maldito conto de fadas.

— Você não é diferente de ninguém. Caramba, eu mesmo me senti assim algumas vezes recentemente, vendo como todos estão felizes ao meu redor e me perguntando o que há de errado comigo que nunca cheguei perto de ter o que eles têm.

— Não há nada de errado com você.

Ele resmunga uma risada.

— Tem, sim.

— Não, não tem. Você é o amigo mais fiel, leal e amável que qualquer um de nós poderia esperar ter, e alô? Tem espelho neste lugar?

Sua testa se enruga em sinal de confusão quando ele passa a mão na mandíbula.

— Por quê? Esqueci de barbear alguma parte?

Dou uma gargalhada quando percebo que ele não faz ideia de que estou tentando – e falhando – em dizer.

— Não, bobo. Você é gostoso demais.

Ele parece momentaneamente sem palavras.

— Você acha?

Reviro os olhos.

— *Todo mundo* acha.

Fico surpresa ao ver um rubor subindo pelo pescoço dele. Sebastian Lowe está realmente corando?

— Ah, não. Nem vem.

— É sério. Vejo como as mulheres e os homens olham para você no clube.

— Eles me encaram, porque querem outra bebida.

— Não, Seb, olham para você porque querem levar você – e seu pau lendário – para um passeio.

— *Marlowe!* — Ele ofega de verdade. — Meu Deus!

Eu dou uma gargalhada. Rio tanto que minhas costelas doem, mas não consigo parar. Enquanto estou histérica de tanto rir, ele apenas me olha incrédulo.

E então vejo que seu pau lendário está duro, e o riso morre nos meus lábios, sendo substituído por algo muito mais elementar.

Estou completamente louca se posso ser espancada por um cara e, alguns dias depois, sentir um desejo intenso por outro, desta vez alguém que é um amigo íntimo há anos. Não vou dizer que nunca pensei em Sebastian dessa maneira, porque geralmente não minto para mim mesma. Rafe foi uma exceção notável. Claro que pensei em Sebastian assim. Mas nunca pensei em agir por respeito à nossa amizade.

Mas agora...

— Você já pensou em mim desse jeito? — Meu Deus, eu poderia ser mais desajeitada?

Ele me olha, seus olhos escuros parecendo me fuzilar.

— Marlowe. — Sua voz é apenas um sussurro quando ele diz meu nome.

— Ah, meu Deus, me desculpe. Não sei por que perguntei isso. Estou louca. Me ignore.

Sua mão segura a lateral que não está ferida do meu rosto, seu polegar acaricia minha bochecha e dispara fogos de artifício dentro de mim.

— Sim, pensei em você dessa maneira. Pensei muito sobre isso.

Umedeço os lábios que ficam muito secos.

— Você... pensou?

Ele se inclina para perto de mim, até que seus lábios estão a poucos centímetro dos meus.

— Sim.

Ficamos assim, suspensos no tempo e respirando o mesmo ar pelo que parecem horas quando sei que são apenas alguns segundos. Ele afasta a mão do meu rosto, quebrando o momento intenso.

Quero implorar para ele voltar.

— Não posso ser seu rebote, Marlowe, mesmo que eu quisesse agir sobre o que sinto quando estou com você.

Ignorando a parte rebote da equação por enquanto, me forço a olhar para ele.

— O que você sente quando está comigo?

— Coisas.

— Pode explicar?

— Não. — Ele bate o dedo na minha testa. — Você precisa colocar sua cabeça no lugar e se curar antes de fazer qualquer outra coisa.

Sei que ele está certo, mas estar sentada aqui ao seu lado e descobrir que ele sente "coisas" por mim, me faz pensar que minha cabeça está mais no lugar do que nunca.

Sebastian me quer. O que mais preciso saber?

— Do que você está sorrindo como uma boba? — ele pergunta com um tom rouco.

— Você *gosta* de mim.

Ele revira os olhos.

— Não estamos no ensino médio, Mo.

— Acredite em mim, eu sei.

— Que tal colocar aquele remédio nas suas costas e encerrar a noite?

Estou estranhamente decepcionada, embora não tenha o direito de estar.

— Você está tentando suavizar o golpe?

Seus olhos brilham com algo perigoso e selvagem, e sinto que toquei um raio ou algo igualmente poderoso.

— Estou deixando isso de lado. — Ele balança o dedo indicador diante do meu nariz. — Por enquanto. Fale comigo depois que essa porcaria com o pedaço de merda passar e veremos no que dá. Mas até que você tenha tempo para lidar com o que aconteceu, não deve ter essa conversa comigo ou com outras pessoas.

Mesmo que ele esteja certo, não gosto que me digam o que fazer.

— Ei.

— O quê?

— Olhe para mim.

Forço meu olhar a encontrar o dele.

— Se isso não tivesse acontecido, eu estaria em cima de você em um piscar de olhos. Te colocaria na minha cama tão rápido que sua cabeça linda giraria. Isto *não* é uma rejeição. É um tempo de espera.

Quando olho para seus olhos escuros, vejo a batalha interna e feroz para fazer a coisa certa, ser meu amigo e não tirar proveito do meu estado emocional frágil. Mas não estou me sentindo particularmente frágil. Estou sentindo outra coisa, algo que não posso colocar em palavras. Seja o que for, é poderoso, determinado e o oposto absoluto de frágil.

— Vamos colocar o remédio nas suas costas. A dra. Breslow disse que precisamos usar isso para evitar infecções.

Não quero que ninguém toque ou veja as feridas nas minhas costas, mas não posso fazer isso sozinha, e ele foi muito gentil comigo desde que me encontrou na outra manhã.

— Tudo bem.

Ele se levanta e oferece uma mão para me ajudar.

Entrelaço meus dedos a sua mão grande e estremeço quando minhas costelas e abdômen lutam contra o movimento. Uma lembrança de Rafe descontrolado e enfurecido, batendo no meu corpo, me faz estremecer de repulsa.

— Calma. — Sebastian coloca os braços ao meu redor e me abraça até que o tremor diminua.

— Estou bem.

— Não, não está, mas vai ficar. — Quando estou mais firme, ele me leva para o quarto de hóspedes. — Acomode-se.

Me estico de bruços na cama, com os braços em volta de um travesseiro. Meu corpo inteiro está tenso em antecipação à dor. Flashes de lembrança trazem de volta o golpe excruciante do chicote e as palavras duras.

É isso que você gosta de fazer com outras pessoas? Como é que você gosta? É isso que te excita, sua vadia doente?

O chicote cortou minha pele, mas suas palavras quebraram algo muito mais profundo. Em todos os meus anos como dominadora, nunca esfolei a pele de um dos meus submissos. Não quero ferir as pessoas. Não, minha fantasia tem relação com prazer e satisfação, especialmente a do meu parceiro. Mas Rafe não me deu a chance de explicar. Não, ele deu uma olhada no calabouço e perdeu a cabeça.

A cama afunda quando Seb se senta ao meu lado.

— Pronto, meu anjo?

Mordo o lábio inferior — com força — e aceno, esperando poder passar por isso sem desmoronar.

Sebastian

Me dói machucá-la. Não suporto, mas suas feridas devem ser cuidadas, então me forço a continuar. Levanto sua camiseta e tiro cuidadosamente a gaze que cobre a pior das marcas. A visão daqueles cortes vermelhos em suas costas me faz querer uivar de indignação.

— Aqui vamos nós. — As mãos que lavei completamente estão tremendo com o esforço para ser gentil e não lhe causar mais dor do que ela sentiu.

— Com calma e devagar.

Ela ofega com o primeiro toque do meu dedo.

Me movo rapidamente, mas com cuidado, querendo que isso termine para que ela possa relaxar. Me atrevo a olhar para o seu rosto, vejo lágrimas escorrendo por suas bochechas e me sinto arrasado. Suas lágrimas são como uma faca no meu coração.

— Estamos quase terminando. Você está indo muito bem, meu anjo.

— Está doendo.

— Eu sei. — Quero chorar, mas preciso permanecer forte por ela. Quando cobri cada centímetro dos quatro machucados com a pomada antibiótica, cubro as áreas com uma nova gaze e as colo de volta no lugar. — Pronto. — Puxo a camiseta de volta para baixo.

Ela expira e fecha os olhos, respirando através da dor.

Pego um lenço de papel da caixa na mesa de cabeceira e limpo as lágrimas em seu rosto, desejando que houvesse mais que eu pudesse fazer para confortá-la. Me inclino e beijo sua têmpora.

— Descanse um pouco.

— Seb.

— O que, meu anjo?

— Não vá.

Cristo tenha piedade. Me sinto impotente diante dessas duas pala-

vrinhas ditas por mulher em particular. Me levanto, apago a luz, vou
até o outro lado da cama e me deito ao seu lado.

— Estou aqui.

— Fale comigo.

— Sobre o que você quer falar?

— Diga-me coisas que não sei sobre você.

Dou uma risada.

— Essas coisas você não precisa saber.

Ela vira a cabeça para poder me ver sob a luz fraca que vem de
fora.

— Quero ouvir mesmo assim. Diga-me as coisas ruins.

— Marlowe...

Sua mão segura a minha, enviando uma sensação muito forte pelo
meu braço que me lembra o perigo que ela representa. Hayden e
Flynn me matariam se soubessem que o fato de Marlowe me tocar da
maneira mais inocente possível me faz ficar mais duro do que nunca
estive por qualquer outra pessoa. Tento descobrir o que há de diferente no seu toque, mas tudo que sei é que quando ela me toca, sinto
em todos os lugares.

— Por que você quer falar sobre isso?

— Quero te conhecer.

— Você me conhece.

— Sei o que você quer que eu saiba.

Ela é incrivelmente perspicaz. Sempre soube disso, mas ela prova
novamente com essa afirmação reveladora.

— Você não vai mais gostar de mim se eu contar as coisas ruins.

— Sim, eu vou.

— Não, não vai.

— Prometo que vou.

Ela entrelaça os dedos nos meus e segura minha mão com mais
força.

O desejo é como um fio elétrico, crepitando e chiando entre nós
como se eu tivesse aberto uma porta que nunca mais poderá ser
fechada.

— Você sabe a maioria das coisas.

— Me conte o resto.

Esta é a última coisa que quero falar com alguém, muito menos com ela. Se eu contar a minha verdade, ela nunca mais vai me olhar da mesma maneira. Ah, com quem estou brincando? Ter um relacionamento com Marlowe Sloane é o maior sonho que alguém já teve. Ela é uma deusa entre as mulheres. E eu?

Você está em uma cama, de mãos dadas com ela, meu lado esperançoso pensa.

Meu lado realista zomba disso. *Você é um bandido reformado e não merece respirar o mesmo ar que ela.*

Isso pode ser verdade, mas estou respirando o mesmo ar, e ela quer me conhecer. A parte de mim que está queimando por ela desde que a conheço não pode recusar nada.

— Você conhece minha mãe.

— Eu *amo* a sua mãe.

Todo mundo ama. Ela é a melhor.

— Você sabe que ela trabalhou para o pai de Hayden quando éramos crianças e que crescemos juntos.

— Sim. Vocês são como irmãos de outra mãe.

— Sim. — Hayden, que é filho de um ator rico, embora muitas vezes autodestrutivo e, finalmente, sem sucesso, nunca me tratou como se pensasse que eu era menos que ele. Nenhum dos diretores da Quantum me tratou como algo além de um amigo e colega de confiança. Mas sou menos. Eles são extremamente talentosos e bem-sucedidos, cada um deles vencedores de Oscar individuais e como um grupo. Sou um cabide em comparação ao resto deles, um empregado.

— Meu pai foi embora quando eu tinha seis anos e foi quando minha mãe teve que ir trabalhar para a família de Hayden. Tivemos sorte por ela ter conseguido um emprego tão bom, mesmo que o pai dele pudesse ser um cretino na maior parte do tempo.

— Ainda pode ser, pelo que ouvi.

— Sim, ele é um tigre que nunca muda de atitude. — Não penso sobre essa merda há muito tempo e se eu tivesse escolha, deixaria isso no passado. Mas Marlowe quer me conhecer, por isso continuo, apesar das minhas reservas significativas. — Fiquei bem mal depois que meu pai foi embora. Não conseguia entender para onde ele foi ou o que fiz para que tivesse essa atitude. Minha mãe estava igualmente com o coração partido, então ela não foi de grande ajuda para mim. Quando cheguei ao ensino médio, estava com problemas na escola. Fui suspenso por duas semanas por brigar.

— Em que série você estava?

— Terceiro ano do ensino médio. — Coloco a mão livre sobre nossas mãos unidas e acaricio sua pele macia. Agora que tenho permissão para tocá-la, para compartilhar meus segredos no escuro, não posso deixar de querer mais. — Eu estava *muito bravo*. A suspensão foi o começo de um problema muito maior. Ali estava eu, chateado, sem nada para fazer o dia inteiro por duas semanas inteiras. Minha mãe estava no trabalho e mesmo que ela me dissesse para não sair de casa, eu saía. Procurei problemas e os encontrei. Conheci um garoto mais velho em uma galeria, e ele viu em mim o mesmo tipo de raiva que sentia. Ele me apresentou a outras pessoas e as coisas meio que decolaram a partir daí. Antes que eu percebesse, estava envolvido em todo tipo de merda ilegal – roubo de carros, arrombamento e invasão, agressão, incêndio criminoso. Pode escolher o delito, já cometi. Não percebi na época, mas eles estavam me testando, se certificando de que eu era leal e confiável antes de me promoverem a coisas maiores e melhores.

— Estou quase com medo de perguntar o que maior e melhor pode implicar.

— Você realmente não quer saber, mas basta dizer que eles estavam esperando que eu provasse que não havia literalmente nada que eu não fizesse para demonstrar minha lealdade. Hayden interveio dois anos depois. Eu já era adulto e corria o risco de passar um bom tempo na cadeia se fosse pego.

— O que o Hayden fez?

— Ele me ligou, me disse que estava com problemas e que precisava da minha ajuda. Por ser ele, larguei o que estava fazendo e fui correndo. Aparentemente, era com isso que eles contavam para esse plano dar certo.

— Eles?

— Ele e minha mãe estavam em conluio. Ele me seguiu, percebeu o quanto as coisas estavam ruins, foi até ela e me denunciou.

— Ah, entendo.

— Ele me fez encontrá-lo em sua casa, onde me pegou de surpresa, me dominou e me algemou a uma cadeira.

A risada baixa e sexy de Marlowe me faz sorrir, mesmo que não haja nada de engraçado nisso, mesmo todos esses anos depois.

— O que é tão engraçado?

— Estou tentando imaginar Hayden te dominando.

— Eu não era a fera que sou agora. Hoje, eu quebraria o pescoço dele. Naquela época, nosso físico era mais equilibrado, e ele me superou.

— O que aconteceu depois que ele te algemou?

— Eu disse a ele que ia matá-lo se não me soltasse. Ele se sentou à minha frente e disse que eu podia ficar louco, mas que nenhum de nós iria a lugar algum até que eu concordasse com os termos dele.

— Quais eram?

— Me juntar a ele em uma locação na Virgínia Ocidental durante o verão ou ele ligaria para a polícia e diria que estava com o cara que queimou o dono de uma loja em Compton.

— Você fez isso?

A vergonha nunca desapareceu, mesmo que o tempo a tenha amenizado um pouco.

— Sim.

— Como ele sabia?

— Ele me seguiu durante meses e tinha as filmagens para provar.

— Uau. O que você fez?

— Briguei com ele por doze horas, durante as quais ele não me deixou comer, beber, ir ao banheiro ou fazer qualquer coisas, exceto me sentar naquela porra de cadeira com os braços amarrados nas costas enquanto ele me ameaçava com a morte quase certa se chamasse a polícia. Ou ele disse que eu poderia pegar um avião com ele para a Virgínia Ocidental pela manhã e começar uma vida totalmente nova. A escolha foi minha.

— Caramba. Isso foi intenso.

— Foi. O tempo todo fiquei pensando em como ia matar o filho da puta no segundo em que ele me soltasse. Eu ia envolver o pescoço dele com as mãos e enforcá-lo.

— Ele deve saber que você faria algo assim se te soltasse.

— Sim, e foi aí que ele usou a grande arma.

— Que grande arma?

— Minha mãe.

— Ahhhh. — Marlowe apoia a cabeça em uma mão virada para cima e fica atenta a cada palavra que digo.

— Minha mãe chorou, implorou e me disse que parti seu coração em um milhão de pedaços que jamais poderiam ser colados. Ela disse... — Algumas coisas nunca poderiam ser esquecidas.

— O quê?

Suspirando, conto o resto.

— Ela disse que estava decepcionada comigo, arrasada por o filho que ela criou se tornar um bandido sem coração. Se eu não fosse para a Virgínia Ocidental com Hayden, ela disse que não seria mais bem-vindo em sua casa. — Meu estômago se contorce com a dor dessa memória. — Hayden disse que me deixaria ir, mas que se eu saísse pela porta, também estava morto para ele. *Somos nós ou eles*, ele falou.

Marlowe funga e enxuga os olhos.

— Fiquei furioso por eles estarem fazendo isso comigo, por me forçarem a escolher entre as duas pessoas mais importantes para mim e aquelas que me deram um propósito e uma saída para a minha raiva. — Ainda me lembro da fúria e do medo daquele dia com tanta clareza, como se tivesse acontecido ontem e não há vinte anos. — Hayden abriu as algemas, e Deus, meus braços doíam pra cacete. Eu não estava tão perdido que não pudesse ver que estava acabando com a minha vida e para analisar as dificuldades se Hayden cumprisse suas ameaças de entregar o vídeo para a polícia.

— Você acha que ele realmente teria feito isso?

— Pensei muito sobre isso e decidi que ele provavelmente faria, porque se ele tivesse uma escolha entre eu estar na prisão ou morto, ele teria escolhido a prisão.

— Então você foi para a Virgínia Ocidental.

— Fui para a Virgínia Ocidental e odiei cada minuto. Eu me asse-
gurei de que Hayden se arrependesse de ter me levado, sendo um pé
no saco por todo o verão.

Ela solta aquela sua risada lendária.

— Eu gostaria de ter visto isso.

— Estou feliz por você não ter visto. Eu era um idiota naquela
época. Não suporto pensar no modo como me comportei com o
homem que salvou minha vida. — Olho para ela. — Sabe aquele
garoto que conheci quando fui suspenso?

— O que tem ele?

— Nos tornamos próximos e ele me ensinou tudo o que eu precisava saber sobre como me safar de qualquer coisa. Quando cheguei
em casa da Virgínia Ocidental, descobri que ele havia sido morto em
um tiroteio com policiais. Era para eu estar junto quando ele foi pego
e, provavelmente, eu também teria sido morto.

Ela aperta minha mão.

— Estou muito feliz por você ter ido para a Virgínia Ocidental.

— Eu também. Três meses depois, tendo aprendido algo sobre
como fazer filmes – mesmo que eu achasse que era a coisa mais estúpida de que já fiz parte, na época – e ao voltar para casa e me deparar
com essas notícias e com o olhar esperançoso no rosto da minha
mãe... quando Hayden me ofereceu um emprego permanente, aceitei,
mesmo sabendo que não estava qualificado para pegar um café para
ele, muito menos trabalhar como assistente depois do que eu o vi
fazer. Não queria mais que minha mãe ficasse desapontada comigo e
mesmo que eu tentasse me convencer de que odiava o Hayden, não
era isso o que eu sentia. Não mesmo.

— É por isso que você é voluntário no centro comunitário, não é?
Estou chocado que ela saiba disso.

— Como sabe disso?

— Ouvi por aí. Você vai lá para tentar impedir que outros garotos
cometam os mesmos erros que você, não é?

— Algo parecido.

— Quero que saiba que admiro a maneira como você mudou sua
vida.

Solto uma risada.

— Não. Eu nunca faria isso sozinho. Tive pessoas que se importaram e interviram. Caso contrário, eu estaria morto ou vivendo na prisão.

— Não acho que você se dê crédito suficiente por ter entrado naquele avião quando seria muito mais fácil ficar e continuar fazendo o que era familiar até então.

— Todo o crédito é do Hayden e da minha mãe. Eles mudaram as coisas para mim.

— Sebastian. — Ela afasta sua mão da minha e a coloca no meu peito, o calor da sua palma me atingindo pela camiseta. Eu me arrepio em reação ao seu toque. — Eles não poderiam ter feito isso a menos que você permitisse. Eles podem ter te dado o ultimato, mas você fez a escolha. Você fez isso.

— Você está me dando muito crédito.

— Você não se dá o suficiente.

Sua mão se move do meu peito para o meu rosto e seu polegar acaricia minha bochecha.

— Quero te beijar.

— Marlowe...

— Sebastian. — Ela parece estar se divertindo, e caramba, isso me excita.

— Por que você quer me beijar?

— Porque sempre me perguntei como seria beijar você.

— Não perguntou, não.

— Claro que perguntei!

Não acredito que ela está dizendo isso. Não pode ser verdade.

Com a mão no meu rosto, ela me vira, me forçando a vê-la sob a iluminação fraca vinda da luz noturna que coloquei no quarto para ela.

— Sempre me perguntei como seria beijar você, entre outras coisas.

— Você... você está ferida e...

— Estou bem.

Eu deveria me levantar, sair do quarto e me afastar dela enquanto ainda posso. Só que parece que não consigo fazer nada além de respirar e desejar ser um homem melhor para merecer uma mulher como ela. Enquanto estou paralisado, ela se move em minha direção lentamente. Quero dizer a ela para parar, para não fazer algo que nunca poderá ser desfeito, mas ela não se intimida com meu silêncio e minha paralisia.

Seus lábios deslizam sobre os meus e sinto seu toque em todos os lugares. Meu couro cabeludo formiga, meus músculos se contraem e meu pau fica duro tão rápido que me pergunto se ainda resta sangue para manter o resto de mim vivo por tempo suficiente para aproveitar o que está acontecendo. Estou beijando Marlowe. Estou beijando Marlowe e ela está... ah, merda, a língua dela está deslizando ao longo do meu lábio inferior.

De repente, não estou mais paralisado. Me viro para ela, enterro a mão em seus grossos cabelos ruivos e sugo sua língua na minha boca.

O som do prazer que vem dela provoca arrepios na minha coluna. Se ontem alguém me perguntasse se eu ainda podia me surpreender com um beijo, eu diria que não, de jeito nenhum. Já fiz isso um milhão de vezes. Mas estaria muito errado. Há beijar e beijar Marlowe, que está em um patamar totalmente diferente.

Devoramos um ao outro, lábios, línguas e dentes, nada está fora dos limites. Com dois dominadores envolvidos, somos como um casal onde as duas pessoas querem liderar. Não tenho ideia de quanto tempo dura a batalha feroz antes de nos afastarmos, ofegando por ar. Na fraca luz de segurança, posso ver que ela parece tão atordoada quanto eu.

Descanso a testa contra a dela, fecho os olhos e me concentro na respiração, pois todas as razões pelas quais essa é uma má ideia passam pela minha cabeça. Mas com noventa por cento do sangue do meu corpo fazendo meu pau latejar de desejo por ela, meu cérebro está sendo anulado.

— Sabia — ela fala em um sussurro rouco que arrepia os cabelos na parte de trás do meu pescoço.

— O que você sabia?

— Que esse beijo seria incrível.

— Foi?

— Caramba, sim. Não foi para você?

— Sim, foi... — Não há uma palavra que faça justiça. — Estamos fodendo com uma coisa boa aqui, Mo?

— Ou foder seria uma coisa boa, Seb?

Engasgo com o riso.

— Pare. Estou falando sério.

— Eu sei. — Seu suspiro profundo diz tudo. — Não pretendo tirar proveito da sua gentileza.

— Com certeza. Você me colocou exatamente onde me quer. — Uso um tom de provocação para que ela saiba que estou tentando manter a calma. Minha intenção é me levantar e sair de lá antes que eu faça outra coisa que não pode ser desfeita. Mas minhas intenções se desintegram quando ela umedece os lábios e se concentra nos meus.

Antes de terminar de decidir, meus lábios estão de volta aos dela, minha boca está aberta e minha língua, desesperada por outra prova do seu sabor único. Apesar da tentação sem fim nos dias de hoje, nunca cheguei nem perto de drogas pesadas. Pelo que ouvi, é assim: uma prova te muda para sempre, provocando um vício tão feroz que te agarra e afunda suas garras com tanta intensidade que é quase impossível tirá-las.

Esse é o melhor tipo de dependência instantânea, uma elevação natural que não pode ser alcançada por nenhuma droga. Eu deveria ouvir meu melhor julgamento e manter minhas mãos — e lábios — longe dela, porque agora que sei como é beijá-la, tocá-la... estou muito ferrado.

CAPÍTULO 9

Marlowe

Acordo com a luz do dia entrando no quarto onde Sebastian e eu dormimos ontem à noite. As memórias voltam à tona: dos nossos beijos ao ponto da dor de tanto querer mais, e ele se recusar a fazer qualquer coisa além de beijar, como se fôssemos adolescentes com toque de recolher. Não faço ideia de quando adormecemos, mas dormi melhor em seus braços do que não dormia há tempos.

Meus lábios estão doloridos, realmente *doloridos*, por beijá-lo. Quando foi a última vez que isso aconteceu? Não me lembro.

Caramba, o homem beija muito bem.

E os movimentos da sua língua também não são nada mal. Só de pensar nisso, meus mamilos formigam e meu clitóris lateja como não acontece há anos, mesmo com Rafe. Me movo, procurando uma posição mais confortável e me deparo com um grande volume duro.

Ele solta um grunhido um segundo antes de seus olhos se abrirem e seu olhar encontra com o meu na luz brilhante do dia.

— O que você está fazendo na cama comigo?

— Hum, acho que *você* está na cama *comigo*.

Sua mão se move da minha cintura para a minha bunda, me apertando contra sua ereção.

Ele é enorme. Sei disso há um tempo, mas até estar perto e pessoalmente diante de todos os seus vinte e cinco centímetros, não apreciei completamente a magnificência.

— Me diga que não estamos cometendo o maior erro de nossas vidas, Marlowe.

Enfio meu rosto na curva de seu pescoço e sinto o cheiro do seu perfume masculino — desodorante, sabonete e sabão em pó.

— Nós dois cometemos erros maiores do que isso.

— Eu cometi. Mas duvido que seja o seu caso.

— Você não é o único que fez coisas das quais se arrepende, Seb.

— Tenho certeza de que seus arrependimentos não têm nada de parecido com os meus.

— Não tenha tanta certeza. — Tudo o que posso fazer é conter o desejo de atingir um orgasmo rápido.

Como se ele pudesse ler mentes, ele aperta minha bunda e empurra aquele grande pau contra minha boceta, acertando todos os pontos certos e me iluminando como uma árvore de Natal.

— Me diga se machucar — ele fala com a voz rouca.

— Não machucou, mas sinto uma dor...

— Onde?

— Bem... *aí*.

Não se pode dizer que o homem não pode tomar uma direção. Ele se vira de costas, me levando com ele e me tratando com cuidado para não machucar nenhum dos lugares onde estou ferida. Olhando para mim com aqueles olhos escuros que agora estão aquecidos pelo desejo, ele diz:

— Pegue o que quiser, meu anjo.

Com as mãos no seu peito, me levanto e abro as pernas.

Suas mãos nos meus quadris me guiam quando começo a me mover, sem nunca quebrar o contato visual intenso.

O que deveria ser estranho, não é. É sublime. Ele toca meu corpo como um maestro, se movendo debaixo de mim com o ritmo exato que preciso para chegar onde quero ir. Me esqueço que este é Sebastian, meu amigo de longa data. É como se eu estivesse olhando para alguém completamente novo, alguém que acabei de conhecer.

— Está bom? — ele pergunta no mesmo tom sexy e rouco.

— Muito bom.

— Se entregue e deixe acontecer.

Não estou acostumada a tomar. Estou muito mais acostumada a dar. Naturalmente, ele entende isso, porque está tão conectado quanto eu.

— Pode se entregar, meu anjo. Estou com você.

Fechando os olhos, inclino a cabeça e afasto qualquer pensamento que não seja sobre o prazer que ondula através de mim. Já transei de todas as formas que uma pessoa pode transar e nada nunca me deixou tão sem fôlego quanto os amassos com Sebastian.

Ele segura meus quadris e acelera o ritmo, me puxando com força e depois recuando sem parar, até que eu enlouqueça com a necessidade de gozar. Quando ele solta meus quadris e segura meus seios, apertando meus mamilos entre os dedos, gozo intensamente, me contorcendo enquanto subo e desço nele até que a onda de prazer passe. Então caio sobre seu corpo.

Seus braços me envolvem, acima e abaixo dos ferimentos em minhas costas. Entre minhas pernas, seu pau duro é um lembrete de que apenas um de nós alcançou satisfação. Eu faria algo sobre isso, mas não consigo me mover após esse orgasmo épico.

— Você ainda está...

— Estou bem.

— Mas...

— Shhh. Feche os olhos e respire. — Ele passa os dedos pelos meus cabelos e acaricia a parte inferior das minhas costas, me embalando até que atinjo um relaxamento profundo. Cochilei por um tempo, acordando com o meu celular tocando.

Sebastian o pega e entrega para mim.

Atendo à chamada de um número que não reconheço.

— Marlowe.

Ah, Deus, é Rafe.

— Não tenho nada para falar com você.

— Espere... ouça. Há coisas que você não sabe sobre mim e na outra noite... aquilo desencadeou tudo em mim.

Foi há apenas alguns dias que seu sotaque francês me fez tremer? Agora revira meu estômago.

— Não estou nem aí, Rafe. O que você fez é imperdoável. Não me ligue de novo.

— Não precisava envolver meu chefe. Fui *demitido* por sua causa.

— Isso é o mínimo que você merece. — Minhas mãos estão tremendo e meu estômago dói. — E você não foi demitido por minha causa. Foi por *sua* causa.

— Não podemos conversar sobre isso?

— Está falando sério? Não, não podemos falar sobre você ter me espancado, me açoitado e me deixado amarrada e sangrando por horas.

Sebastian pega o telefone da minha mão.

— Não ligue para ela novamente.

— Quem está falando?

— Seu pior pesadelo. Ligue para ela novamente e descobrirá exatamente quem eu sou. — Ele encerra a ligação, desliga o telefone e o joga de lado. — Acalme-se, meu anjo. Respire.

Estou tremendo tanto que respirar é tudo que posso fazer.

— Respire fundo. Segure o ar. — Ele me abraça, seus lábios roçando no meu rosto. — Agora solte. Isso. Bem devagar. Faça novamente.

Me concentro apenas na respiração e no som da sua voz me guiando.

— Você não precisa vê-lo nunca mais. Vamos conseguir um novo número de telefone para você também não ter notícias dele.

— Tenho esse número há quinze anos.

— E daí? Você vai dar o novo número para as pessoas que precisam dele e continua com sua vida. Vamos pedir a Leah que cuide disso para você hoje.

Ele tem razão. Eu sei, mas me ressinto de ter que mudar meu número para me livrar de Rafe. No entanto, se significa nunca ter que ouvir sua voz novamente, posso conviver com isso.

— Tudo bem. — De repente, percebo que o tenho usado como

colchão enquanto entrava em coma pós-orgasmo. — Eu deveria, hum, deixar você acordar.

Seus braços se apertam ao meu redor.

— Não tenho pressa.

— Não quis te usar e entrar em pane assim.

Seu estrondo baixo de riso me faz sorrir.

— Me use quando quiser.

— Há quanto tempo é desse jeito para você? — Fiz a pergunta antes de tirar um segundo para pensar se deveria.

— Há quanto tempo nos conhecemos?

Doze anos. Levanto a cabeça do peito dele para que eu possa ver seu rosto e aqueles olhos que me olham com tanto carinho e desejo.

— Como eu não sabia?

— Me certifiquei de que você não soubesse. Nem ninguém.

— *Por quê?*

— Vamos lá, Marlowe. Você é *você* e eu sou...

Semicerro os olhos e dou a ele o meu melhor olhar sinistro.

— Por favor, não diga algo que me irrite.

— Não estou tentando te irritar, mas nunca me ocorreu que você podia se sentir da mesma maneira ou que eu teria uma chance com você.

Outro pensamento me ocorre, me fazendo ofegar pela pura loucura.

— É por isso que você não se envolve com ninguém além de encontros casuais e cenas no clube?

Sua mandíbula tensiona e seu rosto fica vermelho... ele está corando?

— Você está corando?

— Porra, não. Eu não coro.

— Acho que cora, sim. — Começo a rir, o que me faz ganhar uma careta dele.

— Se vai rir da minha cara, pode tirar sua bunda de cima de mim.

— Não quero. — Apoio os cotovelos em seu peito para segurar o queixo enquanto reflito sobre o fato de ele ter guardado um segredo tão grande de mim e de todos por doze anos.

— Seus cotovelos apertando meu peito é muito bom.

— Não seja um bebê. — Estou encorajada por saber que ele tem sentimentos por mim, e não apenas do tipo sexual. — Fale comigo sobre essa paixão que você tem por mim por todo esse tempo.

— Não vou falar com você sobre isso, pode desistir.

Rio de novo.

— Até parece que isso vai acontecer. O gênio está fora da garrafa, meu amigo. Não há como colocá-lo lá dentro de volta quando ele sente um pouco de liberdade, então pode admitir a derrota.

— Não vai acontecer.

— Você é adorável quando fica envergonhado.

— Não estou adorável *ou* envergonhado. Essas coisas são para garotas, o que definitivamente não sou.

Umedeço meus lábios e vejo seu olhar acompanhar o movimento da minha língua.

— Não, você não é uma garota, mas é adorável.

— Cale a boca.

— Cale a boca você e me diga que merda estava pensando em manter isso em segredo por doze anos.

— Prefiro não fazer isso.

— Não vou me mexer até que você me diga.

— Eu poderia te mover, se quisesse.

— Mas você não vai, porque teria medo de me machucar e nunca faria isso.

Seus olhos brilham com diversão e carinho que ele não está mais tentando esconder. Agora que sei, é tão óbvio quanto o nariz em seu rosto lindo.

— Você acha que é muito inteligente, não é?

— Sei que sou, então comece a falar se quiser sair desta cama hoje.

Suas mãos deslizam para apertar minha bunda.

— Não sair desta cama hoje dificilmente é uma ameaça.

— Meu próximo passo é dizer para você manter as mãos – e todas as suas outras partes – para si mesmo até que me diga o que quero saber.

Ele aperta minha bunda novamente.

— Me obrigue.

Apoio as mãos em seu peito e olho em seus olhos.

— Por favor, me diga por que você escondeu isso por tanto tempo.

Ele fecha os olhos e respira fundo, soltando o ar lentamente.

— Isso vai te deixar irritada.

— Ainda quero saber.

Depois de outra longa pausa, ele finalmente abre os olhos e me dá a verdade.

— Não sou bom o suficiente para você, meu anjo. Você precisa de alguém que seja igual a você, e não um ex-bandido que agora é gerente de clube só porque seu melhor amigo de infância lhe deu um osso.

Ele tem razão. Estou irritada. Me levanto e me afasto do seu abraço, estremecendo quando minhas costelas machucadas e minhas costas feridas protestam contra o movimento repentino.

— Aonde você vai?

— Acho que devo ir para casa.

— Você me pediu para dizer, eu disse que seria melhor se não o fizesse e, agora que o fiz, você quer ir embora? Isso é justo?

Eu me viro para ele, furiosa.

— Você quer falar sobre justiça depois de esconder algo assim de mim por doze anos?

— Quando seria um bom momento para te contar? Quando você estava namorando o Leo ou, talvez, quando estava com o Sam? Ou o que dizer do Devyn ou Rafe? Será que algum desses momentos era o certo para dizer que eu te desejava?

— Obrigada por me lembrar de todos os perdedores com que namorei. Isso é útil.

— Só estou te lembrando que você não estava exatamente disponível para essas informações há doze anos. E durante grande parte desse tempo, as informações não seriam bem-vindas e você sabe disso.

Não posso negar que é verdade, então não tento. Mas há uma coisa que posso negar.

— Não suporto ouvir você dizer que não é bom o suficiente para mim. Não é você quem decide isso. Um de você vale muito mais do que dez desses outros caras aos quais você se referiu. Leo – produtor premiado que também é um narcisista perverso. Sam, empresário multimilionário que também é viciado em drogas. Devyn, ator premiado e gay, não que haja algo de errado nisso, a menos que você esteja procurando por um homem que goste de mulheres. E nós dois sabemos o que Rafe é, além de ser um executivo de alto escalão em uma empresa de cinema.

— Um ex-executivo de alto escalão.

Aceno a mão em reconhecimento.

— A questão é que, no papel, todos eram "bons o suficiente" para mim e, no entanto, nenhum deles *era bom*. Então, sim, estou chateada por você ter escondido isso de mim e me negado a chance de estar com alguém que pode realmente ser *bom para mim*! — Não costumo gritar, mas estou muito furiosa pelas coisas que ele disse sobre si mesmo e por todo o tempo que perdemos. Se ele tivesse sido honesto comigo. Se ao menos tivéssemos sido honestos um com o outro.

— Como é que *você* nunca *me* disse nada? — ele pergunta.

— Sobre o quê?

— Sobre *você me* considerar mais que um amigo.

— Nunca me ocorreu que você se importaria.

Ele se senta e depois se levanta com as mãos nos quadris.

— *O quê?* Você está louca? Eu adoraria saber disso. — Cruzando os braços, ele me olha. — Na minha opinião, nós dois somos culpados de guardar segredos.

Falando assim, é difícil ficar chateada com ele por não me dizer como se sentia.

— Tudo bem, mas ainda estou chateada por você achar que não é bom o suficiente para mim. Isso é besteira e sabe o que me deixa realmente brava com isso?

Ele inclina a cabeça e levanta uma sobrancelha.

— Mal posso esperar para ouvir.

— Achei que éramos amigos.

— Nós somos amigos. Claro que somos.

— Então você deveria saber o quanto eu odeio que as pessoas ajam como se eu fosse especial só porque tive uma carreira de sucesso. Esse é o meu trabalho. Não quem sou. E depois de todo o tempo que passamos juntos, espero que você saiba disso.

— Eu sei.

— Se acha que sou melhor que você, não sabe nada sobre mim.

Antes que ele possa me responder, seu telefone toca com uma mensagem de texto e uma ligação. Ele olha para o telefone na mesa de cabeceira.

— É a Leah. Posso atender?

Aproveito a oportunidade para ir ao banheiro e escovar os dentes. A água abafa a conversa que Seb está tendo com Leah, mas não me importo com o que estão falando. Ainda estou processando a conversa que acabamos de ter. O que acontecerá agora que nós dois colocamos nossas cartas na mesa e agimos sobre a atração que agora admitimos estar fervilhando entre nós — ainda que em segundo plano — há anos?

É surreal pensar que Sebastian — meu bom amigo e colega de trabalho — sentia algo por mim esse tempo todo e eu não fazia ideia. Me sinto estúpida por algo assim estar acontecendo bem na minha frente e eu ter deixado passar, mesmo enquanto nutria meus próprios pensamentos secretos sobre como poderia ser com ele.

Ele chega à porta do banheiro com a testa franzida.

— Alguém informou a imprensa que você se envolveu em uma briga. Estão acampados na sua casa e no escritório.

— Filho da puta. Só o Rafe pode ter feito isso.

— A questão é por quê?

— Porque ele está chateado por termos ido a Pierre e quer se vingar.

— Ele tem sorte que você não foi à polícia.

— Ele sabia que eu não ia gostar da publicidade que esse caso teria se eu o acusasse e deixou o país para o caso de estar errado sobre isso, sabendo que levaria uma eternidade para ser extraditado. Ele sabe o quanto odeio ser alvo de fofocas de celebridades, então ele foi para a jugular. — E agora ele fez isso para que eu não possa ir para casa, mesmo que eu quisesse, o que não sei se quero, sabendo que Sebastian tem sentimentos por mim – e que ele pode me fazer gozar como fez antes. Podem me inscrever para mais disso.

— Escute, Mo... — Sua expressão é torturada. — Estou feliz por termos tido a chance de conversar antes, mas...

Prendo a respiração, esperando ouvir o que ele dirá.

— Acho que seria melhor se não, você sabe...

— Transássemos?

Ele inspira pelo nariz.

— Sim.

— Para sempre ou agora?

Segurando o batente da porta, ele parece não me olhar.

— Para sempre.

— Por quê?

— Acho que isso pode ser realmente complicado, e essa pode não ser a melhor ideia. Por causa do trabalho, dos nossos amigos e tudo mais.

Ah, isso é engraçado. Ele confessa ter sentimentos por mim e que me deseja, me beija como se estivesse morrendo de fome até ter a chance de me devorar e agora está com remorso? Isso não é ótimo?

— Claro — falo com uma indiferença que não sinto. — Se é o que você quer. Posso ficar com o Hayden e a Addie. Vou ligar para ela vir me buscar.

— Não — ele diz a única palavra de forma enfática. — Você não pode ir. Se não te encontrarem na sua casa, sabem onde mais te procurar. Ninguém vai imaginar que você está aqui. É o melhor lugar para você ficar por enquanto. A Leah disse que os outros conversaram sobre isso e concordam que você deve ficar aqui.

— Não quero ficar. — Dou-lhe o meu olhar mais feroz. — Estou aborrecida com você.

— Por que eu fui honesto com você sobre isso não ser uma boa ideia para nenhum de nós?

— Porque você me mostrou o que realmente quer e depois retirou a oferta como um covarde.

Todo o seu comportamento fica tempestuoso, mas não tenho o

menor medo dele. Não foi assim que Rafe se voltou contra mim. Com Rafe, experimentei um medo profundo.

— *Não* sou covarde.

— Teremos que concordar em discordar disso. — Eu o empurro para o lado enquanto saio do banheiro e vou buscar meu telefone no quarto. Ligo o aparelho e envio uma mensagem para Leah. *Preciso que você pegue algumas coisas da minha casa e as traga aqui sem ser seguida. Pode fazer isso?*

Sim. Me envie uma lista do que precisa.

Me sento na cama, sorrindo para mim mesma enquanto digito a lista sem um pingo de vergonha pelo que estou pedindo à minha assistente. Pago a ela uma pequena fortuna para fazer o que preciso e, em momentos como esse, ela faz valer o que ganha.

Ele acha que isso não vai acontecer? Vamos ver.

CAPÍTULO 10

Sebastian

Estou furioso porque ela me chamou de covarde. É isso que ganho por tentar fazer a coisa certa por ela, por mim e pelo resto dos nossos amigos, os quais estariam envolvidos se algo desse errado. E como não daria? O que acontecerá quando a imprensa que a persegue de forma implacável descobrir que ela está com um cara que fez parte de uma gangue? Eles teriam um dia cheio com isso e destrui-riam nossas vidas à procura de sujeira — e as encontrariam no meu passado. Culpo minhas confissões pela incrível sensação de abraçar Mo e vê-la desmoronar em meus braços. As palavras saíram da minha boca mais rapidamente do que as implicações em potencial e meu melhor julgamento interviesse.

Recuar é a coisa certa a fazer. Fomos apanhados em um momento. Isso é tudo. Permitir que se torne mais seria um convite ao desastre para nós dois e para as pessoas que mais amamos. E quando tudo der errado, qual de nós estará do lado de fora olhando para a vida que estimava? Não será ela.

Então, sim, grande parte da minha decisão de recuar está centrada na autopreservação. Amo meu trabalho, meus amigos e minha vida. Estragar tudo com Marlowe, não importa o quanto seja incrível até que dê errado, coloca em perigo todas essas coisas. Tomei a decisão certa por nós dois. Tomei a decisão corajosa. Porque, com certeza, seria mais fácil a curto prazo mandar tudo para o espaço e pegar o que quero tanto. Ainda posso sentir a doçura dos seus lábios e o seu calor pressionado contra o meu pau.

Tentando não gemer com a lembrança que vai me assombrar para sempre, entro na cozinha, sirvo um copo de água gelada e engulo em três grandes goles. Tenho que sair daqui. No meu quarto, uso o banheiro, escovo os dentes, jogo água fria no rosto e depois visto uma camiseta regata e bermuda de basquete. Há uma academia no porão do meu prédio, onde posso gastar a energia que me deixa tenso.

— Volto daqui a pouco — digo a Marlowe, que não responde.

Agora ela vai parar de falar comigo? Odeio essa merda. Pego o elevador até o porão e faço exercícios pelos próximos noventa minutos. Suando profusamente e tonto por não comer, saio cambaleando e vou até o café na esquina para pegar cafés e sanduíches para nós dois, ignorando as pessoas que me deixam passar. Não tenho certeza se é porque estou fedendo ou se podem sentir a fúria que não foi exterminada na academia. Tanto faz. Esse problema é deles, não meu.

Volto para casa e a primeira coisa que ouço é a cantoria. Marlowe está cantando no chuveiro. Como o tolo que sou, vou até a porta do banheiro, tentando ouvir a música. Escuto com atenção e ouço "gozar", "gemer" e "amar sem parar". Levo um minuto para me lembrar da música, mas é *Blow* de Beyoncé. Ouvir Marlowe cantar a música sensual me deixa mais duro que granito e prestes a explodir.

— Merda — murmuro, me virando para ir embora enquanto me pergunto se ela escolheu a música de propósito. Eu não descartaria essa possibilidade.

Dez minutos depois, ela sai do banheiro usando um robe de seda fina que não deixa absolutamente nada para minha imaginação fértil. Seu cabelo está preso em um coque bagunçado, deixando seu rosto machucado, mas sem falhas, em exibição. O resto do mundo a vê maquiada como a estrela de cinema que é, mas quando não está trabalhando, ela não usa maquiagem. Com maquiagem, ela é glamourosa e cada centímetro seu é de uma estrela. Sem, ela é simplesmente deslumbrante e me vejo olhando enquanto ela digita em seu telefone, sentada sobre as pernas e a frente do robe aberto, revelando parte de um seio grande.

Afasto meu olhar daquela vista tentadora e coloco o café e o sanduíche na mesa em frente a ela.

— Obrigada.

— Disponha. — Levando o café comigo, vou ao banheiro para tomar banho e, segundos depois de entrar na água, coloco a mão em volta do meu pau enquanto tento encontrar alívio para a necessidade quase dolorosa de algo que me convenci de que não posso ter. Depois de horas à beira do orgasmo, não é preciso quase nada para me fazer explodir.

Eu a quero tanto que queimo com a necessidade de tocá-la, adorá—la e protegê-la. Daria a ela tudo o que tenho se achasse que fosse querer ou precisar do que posso dar, o que não é muito comparado ao que ela já tem.

Depois de lavar o cabelo e o corpo, fico no chuveiro até a água começar a esfriar. Qualquer coisa é melhor do que enfrentar a ruiva sedutora na minha sala de estar. Nunca senti que meu apartamento era pequeno até que ela chegou e o encheu com sua marca única de magia. Nunca mais poderei olhar para minha casa e não vê-la ali.

Merda.

Saio do banho e levo um tempo para me vestir, tentando colocar a cabeça no lugar para que eu possa encará-la sem tornar tudo pior do que já é. Mais de uma hora se passou até que saio do quarto e descubro que Leah havia chegado.

— Oi, Seb — ela fala.

— Como estão as coisas?

— Muito bem. A Liza e sua equipe estão lidando com a imprensa, e o Emmett também está envolvido.

— Ótimo.

— O Gordon quer enviar uns caras para ficar de olho nas coisas aqui — Leah acrescenta.

Nosso diretor de segurança é bem minucioso quando se trata de proteger os diretores.

— Isso é mesmo necessário? Ninguém sabe que ela está aqui. — E então outro pensamento me ocorre. — Você não foi seguida, foi?

— Não. Tomei cuidado quando saí da casa da Marlowe para não trazê-los até ela.

— Ah, que bom. — Solto um suspiro de alívio. Então percebo que Marlowe está tirando as coisas da bolsa que Leah trouxe – coisas de seda com renda, tiras finas e tule. Puta que pariu. O que ela está planejando fazer com essas coisas?

— Você encontrou o Big Johnny! — Ela retira um vibrador gigantesco da bolsa e o segura para uma inspeção mais próxima antes de dar um beijo na ponta do pau enorme.

— Estava exatamente onde você disse que estaria. — Leah não se constrange, o que não me surpreende. Ela é conhecida por ser um pouco sem-vergonha.

— Tenho que ter o Johnny, se vou ficar de molho por um tempo.

Leah ri.

— Uma garota tem suas necessidades.

— Sim. Falando em necessidades, como estão as coisas com o Emmett?

— Muito, muito bem. Não me canso dele. — Leah se senta no sofá com um olhar sonhador no rosto. — Ele é incrível em todos os aspectos, especialmente no que diz respeito a resistência.

Marlowe solta a risada sacana que a ajudou se tornar uma superstar e tenho que morder o lábio para segurar um gemido de frustração.

— Essa é uma qualidade muito importante no homem que você ama.

— Isto é uma grande verdade. O homem pode aguentar a noite toda. Tenho que implorar para ele me deixar dormir, mesmo que seja a última coisa que eu queira fazer quando ele está na cama comigo.

— Agora você está se gabando, sua vaca sortuda.

— Me desculpe.

— Não se desculpe. — Marlowe cutuca a perna de Leah com a cabeça de Johnny. — Você está apaixonada. É assim que deve ser.

— Estou muito apaixonada.

Observar Marlowe lidar com essa porcaria de vibrador me deixa a ponto de perder a cabeça mais uma vez, como se o orgasmo no chuveiro nunca tivesse acontecido.

— Ah, vou dar privacidade às damas. — Saio rapidamente para a varanda e fecho a porta atrás de mim antes que eu possa fazer algo estúpido, como arrastá-la para minha cama e dar-lhe a coisa real.

Marlowe

Esperamos até que a porta deslizante se feche antes de Leah e eu nos dissolvermos em risadas.

— Ah, meu Deus, você vai ganhar um aumento.

— Mereço mesmo depois de ter que vasculhar sua gaveta de brinquedos sexuais para encontrar o Big Johnny.

— Isso estava acima e além da sua obrigação, mas tinha que ser feito.

— Mereço pagamento de periculosidade por esta missão.

— Você será ricamente recompensada. Prometo.

— Na verdade, ver o Sebastian tentar não perder a cabeça enquanto você estava acariciando Big Johnny foi uma recompensa muito boa.

— Acho que você perdeu o seu chamado como atriz.

— Jura? Acha que fui bem?

— Foi *perfeita*.

— Só segui as instruções. Posso falar sacanagem sobre o Emmett o dia todo, todos os dias – e a noite toda também.

Sorrio para ela.

— Estou muito feliz por vocês estarem bem.

— Estamos muito felizes, mas quer me dizer o que é que está acontecendo aqui?

— Bem, é assim. Sebastian me disse que tem sentimentos por mim desde que nos conhecemos.

A boca de Leah se abre.

— Isso não tem dez anos?

— Doze.

— Puta merda. O que você disse?

— No começo, não conseguia acreditar no que estava ouvindo, e então... fiquei animada, porque já havia pensado sobre como poderia ser com ele.

— Então, esse tempo todo, vocês dois tiveram uma queda um pelo outro e ninguém sabia, nem vocês?

— Algo parecido.

— Isso é tão emocionante! Então vocês vão, tipo, tentar e ver no que dá enquanto está aqui com ele?

— Não exatamente. Ele não acha que seria sensato prosseguir com as coisas comigo.

— *Por quê?*

— Ele disse que isso não funcionaria, porque ele não é bom o suficiente para mim e seria um grande confusão para todos se não der certo.

— Essa última parte é verdade, mas ele realmente disse que não é bom o suficiente para você?

— Sim e foi isso que me levou a apresentar alguns adereços e uma performance premiada.

— Você vai mostrar que ele é bom o suficiente para você. — Ela mordisca o lábio inferior enquanto pensa. — Não me leve a mal, mas... — Ela balança a cabeça. — Deixa pra lá. Não é da minha conta.

— Pode me dizer o que está pensando. Já passamos do ponto em que você precisa se preocupar com o que me diz. Você já viu meus brinquedos sexuais, pelo amor de Deus.

Leah ri.

— Verdade. Eu estava pensando sobre o que aconteceu com aquele merda e se não seria muito cedo para seguir em frente depois de algo assim.

Olho para Big Johnny, que Addie me deu como presente de brincadeira no meu trigésimo aniversário, e tento encontrar as palavras para explicar como estou me sentindo.

— Não quero mais pensar nele ou no que aconteceu.

— Compreendo totalmente. Também nunca mais quero pensar nele. Não posso sequer imaginar como você deve se sentir.

— Prefiro manter o foco em me vingar do que ficar rangendo os dentes por outro relacionamento fracassado, entende?

— O que você vai fazer?

— Já garantimos que ele perdesse o emprego. Kristian disse ao chefe dele que era ele ou nós e, sendo o empresário inteligente que é, o chefe nos escolheu.

— Ele não seria louco. Ganha um dinheirão com a Quantum todo ano.

— Sim, então ele está sem emprego, e planejo entrar em contato com algumas das suas ex que me enviaram mensagens quando comecei a sair com ele. Elas tentaram me dizer para tomar cuidado. Eu estava muito ocupada ignorando os avisos, porque estava determinado a encontrar meu felizes para sempre também.

Leah arqueia a sobrancelha.

— Também?

— Veja o que aconteceu com meus amigos no ano passado. Comecei a me sentir desesperada por estar sozinha enquanto todo mundo estava feliz no amor, o que, em retrospecto, me deixa um pouco chateada. O que há de errado comigo por pensar dessa maneira? Essa estupidez me levou a pensar que Rafe era a pessoa certa para mim. Eu não queria considerar a possibilidade de estar cometendo outro grande erro quando se tratava de homens.

— Dê um tempo, Mo. Você gostou do cara. Claro que não queria pensar que ele talvez não fosse o que parecia. Se alguém me dissesse que Emmett não é um cara legal, eu também ignoraria, porque vi provas do contrário. Você também deve ter tido ou nunca ficaria com ele por meses.

— Havia coisas boas, mas também coisas não tão boas que ignorei, porque queria muito meu final feliz. Estúpido, certo?

Ela segura minha mão.

— Nunca é estúpido ter esperança, Marlowe. E nunca é estúpido confiar em alguém de quem você gosta.

— Você é muito gentil e talvez um pouco ingênua sobre como as pessoas podem ser uma merda.

— Não sou tão ingênua quanto você pensa. Minha mãe era alcoólatra. No meu primeiro ano do ensino médio, ela caiu da escada e quebrou o pescoço. Fui eu quem a encontrou.

— Ah não. Leah ... sinto muito.

— Foi há muito tempo, assim como o bullying que sofri na escola, mas você sabe disso.

Eu sei. Uma das garotas que a tratou de forma cruel divulgou fotos comprometedoras de Leah depois que ela veio trabalhar para mim.

— Me desculpe te chamar de ingênua. Você não é.

— Sou sobre algumas coisas, mas pessoas ruins não é uma delas. — Ela olha por cima do ombro, presumivelmente para verificar se Sebastian ainda está do lado de fora. — Qual é o seu plano?

— Estava pensando em dar a ele um gostinho do que estaria perdendo se decidir se ater à sua ridícula decisão de manter distância de mim.

— Ah, eu gosto — Leah diz com uma risada baixa e sacana. — Ele não terá chance contra você e Big Johnny.

— Essa é a ideia.

— Como você pediu, trouxe a lingerie mais erótica que pude encontrar na sua gaveta.

— Você foi ótima, garota.

— Ahhhh, obrigada! Vou te dizer uma coisa: quando eu estava dando aulas, minha chefe nunca me pediu para ir buscar lingerie sacana e brinquedos sexuais na casa dela.

Dou uma gargalhada,

— Espero que não.

— Me diga uma coisa... já usou o Big Johnny para o seu propósito?

— Caramba, não. Ele é assustadoramente grande.

— Ah, graças a Deus. Estava esperando que você dissesse isso.

— Dito isto, Sebastian não precisa saber que Big Johnny e eu nunca fizemos a ação.

— Não precisa mesmo.

Ainda estamos rindo quando a porta deslizante abre e Seb entrar. Tentamos conter nossas risadas, mas Leah é uma das pessoas mais engraçadas que já conheci e a expressão que ela faz para mim quando o ouve chegando me faz gargalhar de novo.

— Estou indo — Leah sussurra. — Me avise se precisar de outros acessórios para o seu desempenho.

— Você será a primeiro a saber. — Dou-lhe um abraço rápido e a levo até a porta, agradecida como todos os dias por Natalie, que sugeriu que eu contratasse Leah como minha assistente. Foi a melhor decisão que já tomei. O fato de ela se tornar minha amiga também é um bônus.

Levo Big Johnny e a bolsa que ela me trouxe para o meu quarto, fecho a porta e visto um body azul celeste que exige algum esforço. Existem recortes que deixam mais pele aparente do que coberta, com tiras finas de tecido que transpassam meus seios, ocultando apenas os mamilos. Nunca usei isso antes, mas comprei para uma viagem que deveria fazer com Rafe.

Não faz sentido desperdiçar a peça se puder ser usada em uma boa causa. E Sebastian é definitivamente uma causa que vale a pena.

CAPÍTULO 11

Sebastian

Minha garganta está estranha, como se eu estivesse usando uma gravata e ela estivesse muito apertada no meu pescoço. Minha pele está quente, do mesmo jeito que quando tive urticária depois de comer mariscos pela primeira vez quando eu tinha dezenove anos, e foi assim que descobri que sou alérgico. Agora estou me perguntando se havia algo naquele sanduíche que comi que está provocando sintomas semelhantes.

Ou se é Marlowe, Big Johnny e a bolsa com coisas de babados que Leah trouxe para ela que me faz imaginar no que ela está pensando ao pedir à assistente que traga essas coisas para cá quando eu disse a ela que nada iria acontecer.

Por que parece que ela está cinco passos à frente de onde estou nessa coisa? Provavelmente porque ela está. Marlowe é uma das mulheres mais inteligentes e sagazes que já conheci, e admiro sua capacidade de atingir o cerne de uma questão há muito tempo. A não ser quando ela está usando essas superpotências em mim, como tenho certeza de que ela planeja fazer.

Estou ansioso para ver o que acontecerá a seguir, e não costumo agir assim. Meus problemas de ansiedade geralmente não se estendem às mulheres. Pelo menos, isso nunca aconteceu antes. Gosto de me divertir, me certificando de que minha parceira saia feliz e continuo com minha vida sem nunca olhar para trás.

Com Marlowe, não olhar para trás não seria uma opção, e é uma das muitas razões pelas quais eu disse a ela que isso não deveria acontecer. Sem mencionar que nós dois somos dominadores, o que não é o ideal. Não consigo me imaginar com alguém como ela, ou qualquer pessoa, a longo prazo. Sou um lobo solitário. Sempre fui, mesmo quando estava lidando com bandidos. Preferia trabalhar sozinho para não precisar contar com ninguém além de mim mesmo. Em toda a minha vida, confiei verdadeiramente em meia dúzia de pessoas: minha mãe, Hayden, Flynn, Jasper, Kristian e Marlowe. Emmett também, acho.

Ponto. Fim da história.

Meus pensamentos são interrompidos por uma música alta vinda do meu quarto. *Why don't we get drunk (and screw)* — Porque não ficamos bêbados (e transamos) —, de Jimmy Buffett. Dou uma risada.

— Sutil. — Então meu telefone toca com uma mensagem dela.

Seria bom ter a sua ajuda.

Nunca entendi a expressão "humor negro" até agora. Me sinto como um homem condenado indo para a minha desgraça, não tendo dúvida de que tudo o que ela precisar da minha ajuda será o meu fim. Receio que confessar minha paixão por ela se torne o maior erro que já cometi — e cometi muitos.

Quando bato na porta fechada, ela me diz para entrar.

Com a mão na maçaneta, respiro fundo e convoco a coragem de que preciso para lidar com o que ela tiver planejado para mim. Quando abro a porta, a visão que me recebe é aquela que lembrarei nos momentos finais da minha vida. Faço o possível para não rir alto da vergonha dela, porque com uma rápida olhada em seu rosto, vejo vulnerabilidade logo abaixo da sua bravata.

Ela está usando uma coisa azul celeste... chamar isso de body daria muito crédito, principalmente porque deixa a maior parte do seu corpo descoberta. Tiras azuis cruzam seu peito, cobrindo os mamilos, mas deixando o resto de seus seios grandes visíveis ao meu olhar faminto. Quilômetros de pele branca e macia, marcadas apenas por hematomas aqui e ali, estão em exibição total, e então ela diminui a música em seu telefone e se vira um pouco para me mostrar as costas.

— Não consigo alcançar o fecho. Pode ajudar?

Não consigo me mexer, respirar ou fazer outra coisa senão encará—la. Eu a vi em biquinis minúsculos e consegui me controlar, mas isso... isso é para mim e saber desse fato destrói qualquer aparência de controle que eu normalmente teria perto dela.

— Sebastian? Você está bem?

Não, não estou bem. Estou completa e totalmente fodido. E a melhor parte? Ela sabe disso, a julgar pelo sorrisinho presunçoso que dá em minha direção.

Ela se vira de bruços, me mostrando sua bunda bonita. Então ela abre as pernas de leve, mas apenas o suficiente para me fazer querer gemer e me olha por cima do ombro.

— Pode me ajudar?

Três tiras finas de tecido estão penduradas em cada lado das costas. As lacerações de aparência raivosa são o que finalmente me tiram do meu estupor.

— Devemos cuidar dessas feridas.

— Não.

— O quê?

— Esse não é o tipo de ajuda que preciso.

— Marlowe... — Minha voz soa estrangulada e sei que se tocá-la uma vez, ficarei perdido para sempre. Não posso.

Minha vizinha excitada escolhe esse momento para começar a gemer e gritar, e tenho que me maravilhar com a maneira como o universo está me sacaneando.

Os olhos de Marlowe brilham com prazer.

— Deve ser legal aproveitar isso. Não tenho certeza se já aproveitei tanto quanto ela.

Atrás de mim, agarro o batente da porta, ainda segurando o último fio de resistência. Com quem estou brincando? Eu daria tudo e qualquer coisa, se eu fosse digno dela.

— Você pode encontrar alguém muito melhor que eu.

A raiva brilha em seus lindos olhos.

— Se você disser algo assim novamente, não serei responsável por minhas ações.

— É a verdade. — Meus dedos doem pelo esforço de ficar parado, para não dar o grande passo que me levaria até ela e mudaria tudo.

— Não é.

— Você não sabe... — Balanço a cabeça. — De nada.

— Sei tudo o que preciso saber. Venha aqui.

— Você... você está machucada.

— Estou bem. Você cuidou de mim.

— Mas... as contusões e suas costas... — Pareço um idiota gago. É o que ela faz comigo.

— Por favor?

Com o pedido dito baixinho, ela decide o meu destino por mim. Não posso mais resistir a ela, assim como não posso impedir meu próximo suspiro. Vou em direção a ela antes de decidir conscientemente soltar o batente da porta. Me sento ao seu lado na beira do colchão e me inclino sobre ela para pressionar beijos suaves acima das feridas em suas costas.

Ela estremece violentamente e segura o lençol de baixo.

— Não pare.

— Não devemos fazer isso.

— Sim, devemos.

Coloco minha testa em seu ombro e respiro o perfume fresco e limpo de sua pele. Nenhum perfume, loção ou qualquer coisa que possa ser comprada em uma loja poderia capturar adequadamente a essência que é tão exclusivamente dela. Já senti seu cheiro antes, é claro, sempre que ela me abraçava ou se apoiava em mim ou se sentava ao meu lado em um carro cheio de amigos. Mas nunca tive a chance de me deliciar com o perfume que me enlouqueceu mais vezes do que gostaria de contar. Até agora, quando ela me convida para sua cama e me pede para lhe dar algo de que precisa.

— É porque estou aqui?

Ela vira a cabeça e novamente eu testemunho o espetacular flash de raiva que parece vir da sua alma.

— Você acha realmente que eu arriscaria anos de amizade por uma transa barata?

— Não, mas...

— Pare de falar.

— Marlowe...

— Você me quer, Sebastian?

Minha garganta se fecha, tornando impossível falar, respirar ou fazer qualquer coisa além de olhar em seus olhos magníficos e acenar com a cabeça. Sempre a desejei e não posso mentir para ela, não agora, quando parece tão importante que eu lhe diga a verdade.

— Sim.

— Então fique comigo.

— E depois? — Consigo expirar.

— Vai ficar tudo bem.

— Promete?

— Sim, prometo. — Ela se move para o lado e estende a mão, segurando meu rosto com delicadeza. — Juro que isso não é um rebote, piedade ou qualquer coisa que você esteja pensando.

— Tem certeza disso?

— Muita.

— Temo que se tocar em você da maneira que quero, vou te machucar.

— Impossível.

— É possível, sim. — O desejo me atinge como um animal selvagem liberto de anos em cativeiro. Estou tão duro que sinto dor. Cerro os dentes contra a necessidade ardente de tê-la. Agora mesmo. De todas as maneiras possíveis. Mas então me lembro das feridas nas suas costas e encontro o controle que ainda possuo.

— Suas costas...

— Vai ficar tudo bem se fizermos dessa maneira. — Ela se move para ficar de bruços novamente e me olhando por cima do ombro. — A menos que você não me queira do jeito que eu te quero.

Meus dentes estão tão cerrados que meu queixo dói.

— Não é isso. — Se eu a quisesse mais do que quero, provavelmente teria um ataque cardíaco devido à pressão no peito enquanto tentava fazer a coisa certa por uma das minhas melhores amigas.

Ela abaixa a cabeça contra os braços cruzados, suspirando profundamente.

— Deixa pra lá. Não vou implorar.

É a derrota que ouço nas palavras dela que me leva, finalmente, à ação. Seguro uma nádega deliciosa e aperto antes de me inclinar para dar uma mordida, cumprindo uma fantasia de doze anos.

Ela ofega e depois se contorce.

— Não se mexa. — Convoco meu dominador interior e confio nos princípios do estilo de vida que compartilhamos, esperando que me guie por essas águas desconhecidas. — Eu estou no comando, entendeu?

— Sim — ela diz suavemente.

— Sim quem?

Ela me olha por cima do ombro e umedece os lábios. O movimento da sua língua envia uma onda de necessidade ao meu pau.

— Senhor.

Ouvir essa palavra dela me deixa louco, por saber que não é algo que ela daria a qualquer pessoa. O uso dessa palavra também me diz que ela está falando sério sobre o que está acontecendo entre nós. De jeito nenhum ela me chamaria assim ou me daria controle sobre o seu prazer, se não estivesse.

Essas percepções me deixam atordoado com luxúria, desejo e algo muito maior, algo tão grande que preenche cada parte de mim. Não sei o que é, mas é um sentimento que nunca tive antes. Me movo para me apoiar na cama, de joelhos entre suas pernas e com as duas mãos na sua bunda.

— Qual é a sua palavra segura?

— Nunca precisei de uma antes.

— Agora você precisa.

Ela pensa nisso por um minuto antes que seus lábios se curvem em um pequeno sorriso.

— Fama.

Sabendo que ela teve um relacionamento complicado com a fama, aprecio a ironia.

— Você não é famosa aqui. Você é apenas Marlowe, a mulher mais espetacular que já enfeitou a face da terra.

Não sei ao certo o que é esse novo terreno que estamos percorrendo que me faz dizer minhas verdades, mas a metade do seu rosto que vejo expressa choque e depois prazer.

— Você realmente pensa isso de mim?

— Caramba, sim, penso. Todo mundo que te conhece pensa.

— Nem todos.

O filho da puta que a machucou não tem lugar neste quarto ou neste momento.

— Os que importam.

— Você importa, Sebastian. Sempre importou.

— O mesmo da minha parte, meu anjo.

Inclino a cabeça no ombro dela e beijo cada centímetro de pele macia, afastando-me das áreas feridas enquanto desço. Ela segue minha orientação para ficar quieta, exceto pelos tremores que a percorrem.

— Não está com medo, está?

— De você? Não.

— De fazer isso? Com alguém depois...

— Não — ela responde de forma enfática. — Não vou dar esse gostinho a ele.

— Essa é minha garota. — Continuo beijando-a e acariciando as nádegas macias e a parte de trás das suas pernas, me certificando de que alguma parte minha esteja tocando-a constantemente, esperando lhe dar muito no que pensar aqui e agora para que as lembranças do que aconteceu com ele não possam interferir. O que aconteceu não tem a ver com amor ou carinho, como isso tem. Tem a ver também com cuidado, preocupações, necessidades e anseios, e muitas coisas que desafiam uma explicação fácil.

Meus sentimentos por ela sempre foram complicados e estão se tornando mais a cada segundo. Tocá-la dessa maneira é como um sonho se tornado realidade, um sonho que nunca me atrevi a ter antes

que ela olhasse por cima do ombro para mim e dissesse: *Por favor*.
Quero tocá-la em todos os lugares, mas tenho tanto medo de causar
dor que vou com calma, agindo de forma baunilha quando tudo em
mim quer que eu seja intenso. Nunca mais do que com ela, mas não
agora. Talvez nunca, mas definitivamente não agora.

Com as mãos nos quadris, eu a levanto para que ela fique de
joelhos e enfio dois travesseiros debaixo da sua barriga para mantê-la
onde quero.

— Confortável?

— Hum-humm.

— As palavras, Mo. Me dê as palavras.

— Sim — ela responde, parecendo um pouco sem fôlego. — Estou
confortável.

— E não está machucando?

— Não, mas aquela dor está de volta...

Megera. Tenho que me controlar para não rir. Ela sabe exatamente
o que dizer para me deixar louco. Apoio dois dedos sobre sua entrada,
que está coberta por um pedaço de seda azul celeste.

— Aqui?

— Humm, bem aí.

Removo os dedos.

— Bom saber.

Ela solta um som frustrado.

— Não tente me dar ordens enquanto estou no controle.

— Não sei como não dominar.

— Você precisa aprender.

Ela olha para mim por cima do ombro.

— Terei permissão para dominá-lo?

— Chega de falar, exceto se você precisar da sua palavra segura. —
Eu a beijo e a acaricio enquanto ela continua tremendo, fazendo com
que o desejo que pulsa através de mim atinja a zona vermelha. Ela está
tremendo porque me quer, ou pelo menos é o que digo a mim mesmo.
Preciso acreditar nisso ou não poderei continuar, não importa o
quanto queira. E quero *muito*.

Se ela não tivesse sido machucada, eu a comeria até que ela implorasse por misericórdia e repetiria isso *sem parar*. Eu a comeria até que nenhum de nós pudesse andar, se mover ou fazer qualquer coisa, exceto dormir. Eu poderia liberar a fera com ela, porque sei que ela lidaria com isso da maneira que a maioria das mulheres não seria capaz. Marlowe não é a maioria das mulheres, e eu sempre soube que ela podia lidar comigo — por inteiro — na cama.

Ninguém recebe tudo de mim. *Nunca*. Mas Marlowe... ela pode ser a exceção à regra. Eventualmente. Se isso se tornar algo mais do que é agora. Enquanto isso, darei a ela satisfação como ela nunca teve, apenas o suficiente para fazê-la querer mais. Solto os fechos entre suas pernas e empurro o tecido para o lado. Antes que ela tenha tempo de se preparar, passo a língua das covinhas na base da sua espinha até o clitóris, que sugo no calor da minha boca no mesmo segundo em que empurro dois dedos em sua vagina.

Puta merda, ela é apertada, e seus músculos internos apertam meus dedos. Quero gritar com a necessidade de substituir meus dedos pelo meu pau que agora está vazando copiosamente. Em vez disso, dou a ela meus dedos e língua, levando-a a um orgasmo poderoso que a faz gritar.

Caramba, eu a quero. Quero isso. Quero fazer tudo com ela, mas as feridas nas suas costas servem como um lembrete de que não posso ter tudo. Isso tem que ser suficiente por enquanto. Removo meus dedos e uso a língua para limpá-la, acariciando todas as partes dela até que ela esteja tremendo com força novamente. Era para ser uma vez e pronto, mas agora que a provei, não consigo parar. Quero mais e, a julgar pela tensão que sinto em seu corpo, ela também quer.

Deslizo os dedos de volta para dentro dela, movendo-os até encontrar o ângulo que a faz ofegar. Adoro esse som e farei o que for preciso para ouvi-lo repetidamente. Por muito tempo, uso apenas os dedos, movendo-os para dentro e para fora, aplicando pressão no local que a faz tensionar, o tempo todo me perguntando se isso é suficiente para ela, se sou suficiente.

Ela se move no ritmo dos meus dedos, desafiando a ordem de permanecer parada.

Dou-lhe um leve tapa na bunda para lembrá-la de que não deveria se mover.

Todo o ar sai dela em um grande suspiro enquanto ela se acomoda no colchão e segura o lençol.

Adoro saber que isso a afeta da mesma maneira que a mim, que ela se sente um pouco fora de controle e que sou eu quem está fazendo isso. Continuo com a tortura com os dedos, encontrando paciência que não sabia que tinha. Então eu a pego de surpresa quando os retiro e os pressiono contra a entrada apertada da sua bunda.

Suas costas se curvam e seus músculos se contraem.

— Não, Seb. Aí, não.

Ela conhece as regras deste jogo tão bem quanto eu e sabe que apenas a palavra segura me impedirá. Mas ela não diz a única palavra que interromperá tudo e, em nosso mundo, a palavra 'não' não significa nada, a menos que seja acompanhada por uma palavra segura.

Pressiono com mais força, exigindo entrada.

— *Seb...*

Passo a língua em sua boceta enquanto continuo pressionando sua bunda, esperando que ela ceda para me permitir entrar.

— Não posso...

Ainda não é a palavra que preciso ouvir para mudar de direção.

— Pode, sim. Empurre contra os meus dedos.

— *Não* — ela fala em um gemido.

Passo por sua resistência inicial, ganhando entrada.

— Calma, meu anjo. Devagar.

— Seb...

— Estou aqui. Estou bem aqui. Estou com você. — Adiciono a língua, mergulhando em sua vagina e girando ao redor do clitóris, lambendo e sugando enquanto empurro meus dedos mais profundamente em sua entrada apertada. Nesse momento, penso sobre como pode ser tê-la lá com meu pau. Quase desmaio com a onda de pura luxúria que acompanha esse pensamento.

Puta merda, adoro anal, mas não é algo que faço muitas vezes devido ao meu tamanho. A maioria das mulheres não me aguenta lá, mas como falei, Marlowe não é a maioria. Quando ela está no jogo, não há nada com que ela não possa lidar, nem um pau de vinte e cinco centímetros no traseiro. Pelo menos, é o que acho.

Mantenho os dedos e a língua em movimento até que eu possa senti-la prestes a explodir. Então paro de me mover, deixando-a a beira do orgasmo com meus dedos profundamente enfiados nela e minha língua pressionada contra seu clitóris.

O som que sai dela é animalesco e sorrio por saber que a estou provocando. Inclino meus dedos de leve, e ela grita. Sei a diferença entre os gritos de dor e os que provêm do prazer. Este é de prazer. Ela ainda está gritando quando sugo seu clitóris com força e ela explode, apertando meus dedos com tanta força que, provavelmente, vai deixar uma contusão.

Faço um esforço sobre-humano para não explodir junto com ela, mas, de alguma forma, consigo me segurar — apenas por pouco. Eu a inclino contra a cama lentamente, com movimentos suaves da língua até que ela cai nos travesseiros e colchão, respirando com dificuldade. A metade de seu rosto que posso ver está corada e seus lábios estão tão inchados que eu gostaria de poder beijá-la.

Me ocorre que acariciei seu traseiro antes mesmo de brincar com seus mamilos. Isso me faria rir em circunstâncias normais, mas nada sobre essas circunstâncias é normal. Afasto meus dedos devagar e com cuidado, me deleitando com os sons que vêm dela enquanto luta contra a saída tanto quanto lutou contra a entrada.

Beijo o centro de suas costas e me levanto.

— Fique aqui. Volto já.

CAPÍTULO 12

Marlowe

Estou completamente destruída. Estou tremendo profusamente, minha bunda e minha vagina estão latejando com tremores secundários violentos de dois orgasmos intensos. Fico sem palavras com descrença sobre como ele me possuiu por completo. Provavelmente, ele ficaria surpreso ao saber que sou virgem anal. Já estive com caras que queriam fazer isso, mas nunca fiz nem quis fazer. Ser dominatrix significa dizer o que e como, e isso sempre foi um limite rígido para mim.

É a primeira vez, desde o treinamento que recebi no começo, que deixei alguém me dominar, mesmo que de leve. Nunca confiei em nenhum homem o suficiente para permitir esse tipo de poder sobre mim, até agora.

Minhas emoções estão confusas enquanto espero que ele volte para ver o que vai acontecer a seguir. Ouço a água correndo no banheiro e depois, um silêncio que se estende por tanto tempo que começo a me perguntar o que ele está fazendo lá.

Ele está... ah, não. *Não, não, não, ele não está.*

Pulo da cama. Minhas pernas estremecem como se não fossem capazes de suportar meu peso. Atravesso o corredor até o banheiro e abro a porta para encontrá-lo acariciando o pau mais extraordinário que já vi. Estou mais uma vez impressionada com seu tamanho e beleza.

— O que você está fazendo? — Mantenho o olhar fixo na sua mão deslizando para cima e para baixo no pau longo e grosso.

Ele me lança um olhar desafiador.

— O que parece que estou fazendo?

— Por quê?

— Porque se eu não tiver algum alívio, vou me machucar.

Me fazer gozar o deixou assim e amo saber que ele está sofrendo por me querer. Vou até ele, empurro sua mão e caio de joelhos, decidida a lhe dar o mesmo prazer que ele me deu.

— Marlowe, não. — Ele parece tenso, quase com raiva, mas eu nunca poderia ter medo dele.

Com a mão em volta do pênis magnífico que se estende além do umbigo, olho para ele.

— Qual é a sua palavra segura?

— Não tenho.

Sugo uma das suas bolas e passo a língua sobre ela.

— Deve escolher uma. Vai precisar. — Passando a língua da base para a ponta larga e molhada, me deleito com o ar que ele inspira, a maneira tensa que ele se segura e a firmeza com que segura meu cabelo. — Qual será a palavra, Sebastian?

— A mesma que a sua. Pode ser a nossa. — Suas palavras soam aceleradas e falhadas, nada parecido com o modo confiante com que ele normalmente fala. Isso e o pau duro na minha mão me dizem tudo o que preciso saber sobre o quanto ele me quer. Satisfeita, o levo até minha boca, sugando-o até a minha garganta, mas só alcanço metade dele. Uso a mão na outra metade, acariciando-o enquanto minha garganta fecha em torno dele.

— *Porra*, Marlowe...

Ouço a nota de advertência na forma como ele diz meu nome, mas não preciso ser advertida por esse homem. Meu corpo está doendo tanto com os ferimentos quanto com o desejo de ter muito mais dele agora que quebramos as paredes que erguemos para proteger nossa amizade. Com tudo em jogo, não há necessidade de me segurar. Uso a mão livre para segurar suas bolas e as aperto com delicadeza e firmeza, esfrego a área atrás delas com o dedo indicador.

Seu corpo estremece um segundo antes de ele gozar na minha garganta.

Acaricio e o sugo até que ele se inclina contra a pia, com o pau quase tão duro quanto antes de gozar. Eu o libero lentamente, deslizando os lábios e língua sobre o longo eixo, fazendo-o estremecer com as sensações quando a cabeça sai da minha boca com um estalo.

Olho para cima e o vejo olhando para mim com fogo nos olhos.

— Nada de missão solo, ouviu?

— Sim.

— Sim quem?

Ele se endireita.

— Sim, senhora.

Dou um sorriso satisfeito e recebo um em troca.

— Bem, isso foi divertido. O que vem a seguir em nossa agenda?

— Comida.

Franzo a testa.

— Quero mais disso. — Beijo seu pau, e ele se encolhe antes de soltar meu cabelo.

— Isso é o suficiente por enquanto.

— Não, não é.

— É, sim. Há dois dias, você sofreu ferimentos terríveis. A última coisa que precisamos fazer agora é agravá-los.

— Isso é uma desculpa para depois do passo que demos?

Sua carranca feroz não me assusta.

— Não é uma desculpa.

— Estou bem. Quero mais. — Beijo a base do seu pau. — Quero isso. Dentro de mim. — Enquanto digo isso, fico imaginando como será. Ele será o maior cara com quem já estive.

— Marlowe... — Com as mãos na minha cabeça, ele me acomoda para que possa se afastar das minhas garras.

— Você está dizendo não?

— Claro que não. Estou dizendo que vamos levar o nosso tempo. Vamos construir isso.

— Você estava com os dedos na minha bunda há vinte minutos. Eu diria que já construímos o que quer que desejamos.

Ele começa a falar, mas as palavras morrem em seus lábios quando ele balança a cabeça.

— É por isso que dois dominadores não devem ficar juntos. Todo mundo quer estar no comando.

— Vamos revezar.

— Você acabou de ter a sua vez. Agora é a minha, e eu digo que vamos comer.

— Não estou com fome de comida. — Olho seu pênis, caso ele ainda esteja se perguntando fome de que estou.

— Que pena. Você não está no comando. Eu estou e vamos comer. — Ele me ajuda a levantar do chão e me surpreende quando envolve um braço na minha cintura e inclina meu queixo para me dar um beijo suave e doce. Meus lábios estão um pouco doloridos com o esforço de acomodar aquela fera em suas calças, mas não quero parar de beijá-lo, mesmo depois que ele se afasta. — Calma, meu anjo. Temos todo o tempo do mundo para fazer essas coisas. Nem tudo tem que acontecer agora.

Embora eu concorde com ele, parte de mim tem medo de que, se isso não acontecer agora, nunca acontecerá. Já sei que estaria perdendo algo extraordinário. Aconchegada em seu abraço confortável, com seu pênis duro e insistente entre nós, resolvo fazer as coisas do meu jeito com ele quando for a minha vez de estar no comando novamente.

Depois que Sebastian sai para trabalhar no final da tarde, pego o telefone, ligo o aparelho e encontro várias mensagens novas de Rafe, que está me contatando de telefones emprestados.

Envio uma mensagem para Leah.

Pode me arranjar um número de telefone novo o mais rápido possível?

Vou cuidar disso. Vai estar disponível mais tarde.

Pode ser amanhã.

Ela responde com um emoticon de polegar para cima.

Em seguida, faço uma pesquisa em minhas mensagens, buscando a que recebi há alguns meses de Teagan Daily, outra atriz de alto nível conhecida por seu papel em uma franquia de super-heróis em andamento.

Consegui seu número com a Tenley, ela escreveu, se referindo a nossa *stylist. Fiquei sabendo que você está saindo com o Rafe. Deveríamos conversar. Com urgência. Me ligue quando puder.*

Sua mensagem foi seguida, uma semana depois, por uma de Veronica Jones, modelo e atriz com quem trabalhei em um filme há alguns anos. *Marlowe,* ela escreveu, *por favor, me ligue para falarmos sobre o Rafe. Há coisas que você deveria saber.*

Fiz a ligação para Teagan e caiu no correio de voz.

— Oi, é a Marlowe Sloane. Me ligue quando puder. Obrigada.

Ela me liga de volta cinco minutos depois.

— Oi, garota, que prazer falar com você. Como está?

— Já estive melhor.

— Oh-oh.

— Sim.

— Marlowe...

— Lamento não ter respondido quando você entrou em contato. Ainda estava no estágio das lentes cor de rosa.

— Presumo que essa fase terminou.

— De maneira bastante dramática, na verdade.

— Você está machucada?

— Nada que não vá curar. Mais cedo ou mais tarde.

— Sinto muito que isso tenha acontecido com você.

— Acho que não sou a primeira a experimentar o lado sombrio do francês encantador.

— Ah, caramba, não. Sei de doze até agora, muitas delas fazem parte da lista B e têm muito a perder se isso viesse a público.

Fico chocada ao ouvir isso.

— O que está sendo feito?

— Bem, para ser sincera, nada enquanto você estivesse com ele. Ninguém queria fazer isso com você caso estivesse feliz, e outras estavam preocupadas que ele fizesse algo em Hollywood para prejudicá-las com distribuidores no exterior.

— Estou enojada. Não sei o que aconteceu comigo. Ignorei as preocupações dos meus amigos mais próximos.

— Não se culpe por isso. Todas nós temos a mesma história de ter sido envolvida, arrebatada por seu charme e romance. Até que ele mostrasse suas cores verdadeiras alguns meses depois, quando sentíamos que estávamos loucas. Por que, como esse homem que era tudo o que a gente sempre quis encontrar em um parceiro poderia ser um monstro? Soa familiar?

— Deus, sim. Tudo muito familiar. Não estou mais com ele, e meus sócios informaram à empresa em que ele trabalha que se desejassem continuar fazendo negócios com a Quantum, deveriam encerrar sua associação com ele imediatamente. Ouvi dizer que isso já aconteceu.

— Essa é uma ótima notícia. Outras garotas contataram Pierre para falar sobre ele, mas suas preocupações foram ignoradas. Alguém da sua importância e da Quantum pode fazer uma grande diferença.

Isso me enfurece.

— Quero levar isso a público.

— Tem certeza?

— Ah, merda, tenho, sim. Não quero que ele faça com mais ninguém o que fez comigo, com você e as outras. Está na hora de acabar com esse cara.

— Estou muito feliz em ouvir você dizer isso.

— Me deixe conversar com a nossa relações públicas, a Liza, e traçar um plano. Se você quiser avisar as outras para entrarem em contato comigo, não tem problema. Mas é melhor enviarem e-mail, pois vou trocar o número do telefone. — Dou a ela o endereço de e-mail. — Pode passar para quem for preciso.

— Pode deixar. Você não imagina o quanto significa para todas nós ter o seu apoio.

— Significa muito para mim ter o de vocês e saber que não estou sozinha nisso.

— Você não está sozinha. De modo nenhum. Se precisar falar sobre isso, ligue para mim a qualquer momento. Estive exatamente na situação em que você está e sei como é difícil.

— É muito gentil da sua parte oferecer. Estou melhor do que deveria estar à luz de tudo. Fui cercada por grandes amigos e tive apoio.

— Fico feliz em ouvir isso. Me avise como você deseja prosseguir. Fico feliz em seguir sua liderança e tenho certeza de que as outras também.

— Te retorno nos próximos dias.

— Estou ansiosa para nos falarmos novamente e, caso eu não tenha chance, boa sorte no Oscar. Votei em você.

— Muito obrigada. — O lembrete de que o Oscar está chegando, me faz pensar no momento do meu plano de ir a público com acusações sobre Rafe. Eu odiaria fazer qualquer coisa para prejudicar a campanha que está sendo realizada para elevar *Insidioso*. Pagamos Liza para lidar com isso, então vou deixar que ela se preocupe com o momento.

— Você e o Flynn foram incríveis em *Insidioso*. Espero que todos ganhem. Todo mundo está falando sobre uma repetição da Quantum.

— Isso seria demais, não é?

— Com certeza. Nos falamos em breve.

— Nos falamos, sim. — Encerro a ligação me sentindo irritada e determinada a usar minha influência para derrubar um predador em série. Depois de encontrar o número de Liza em meus contatos, faço a ligação.

Liza atende no segundo toque.

— Oi, Marlowe. Estava pretendendo te ligar amanhã para falar sobre as entrevistas do Oscar.

— Tenho algo mais urgente que preciso da sua ajuda.

— Certo. O que é?

— Você sabe que eu estava saindo com o Rafael Laurent, certo?

— Estava, no passado?

— Sim.

— Sinto muito por ouvir isso.

— Não sinta. Ele me bateu e me deixou amarrada por horas até alguém me encontrar.

Seu suspiro agudo ecoa pelo telefone.

— Meu Deus. Marlowe... você está bem?

— Vou ficar, mas soube que não sou a primeira a ser tratada dessa maneira por ele. De fato, há cerca de uma dúzia de mulheres preparadas para se juntar a mim em tornar públicas as nossas acusações contra ele e é aí que você entra.

— Uau, bem... sinto muito pelo que você passou.

— Obrigada. Me diga que você vai nos ajudar a arruiná-lo.

— Pode apostar que vou. Mas, Marlowe...

Ela fica quieta por tanto tempo que tenho que dar o próximo passo.

— Pode falar, Liza. É para isso que te pagamos.

— Só quero que você esteja preparada para o impacto emocional que essa revelação terá sobre você e as outras. Detestaria ver você ou qualquer outra mulher vitimizada novamente. As redes sociais serão brutais, a cobertura também, e todos os aspectos da sua vida estarão abertos ao escrutínio. Pode ficar muito feio e sei o quanto você protege a sua privacidade.

— Não podemos deixá-lo continuar se safando com isso.

— Você entrou em contato com a polícia?

— Não.

— Você não deveria?

— Que bem isso fará? Ele está na França, onde nossa polícia não tem jurisdição.

— Fazer um boletim de ocorrência ajudaria em nossa causa antes de abrirmos a questão.

Argh, não quero fazer isso.

— Kristian não tem um contato no departamento de polícia de Los Angeles?

— Sim. — O homem que assassinou a mãe dele há três décadas foi finalmente preso pelo filho do detetive que esteve no caso desde o início.

— Você pode ir ao escritório amanhã? Posso pedir ao Kris ligar para ele e acho que o Emmett também deveria estar presente. Você vai querer aconselhamento jurídico sobre isso.

No caso de Rafe não aceitar isso bem, é o que ela quer dizer.

— Claro. Organize tudo e me informe a que horas devo estar lá.

— Pode deixar.

— Me diga que estou fazendo a coisa certa, Liza.

— Com doze outras mulheres que podem atestar tratamento semelhante, com certeza está fazendo a coisa certa em usar sua fama para garantir que esse cara seja parado.

— E isso vai atrapalhar em algo o que estamos fazendo por *Insidioso*?

— Acredito que não. Pode até ajudar. As pessoas ficarão furiosas ao saber que você foi agredida por um homem com quem esteve envolvida.

— Não estou fazendo isso para aumentar minhas chances na Academia.

— Claro que não. Tenho certeza de que sua sinceridade será aparente na maneira como você vai contar sua história. Eu não me preocuparia com a Academia.

— Obrigada. Me envie uma mensagem com a hora da reunião. Estarei lá.

— Pode deixar.

Ela encerra a ligação e fico sentada por um longo tempo pensando no que ela disse e me perguntando se estou preparada para abrir meu coração e alma para o escrutínio que virá em minha direção quando isso for à público. Faz muito tempo — quase duas décadas, na verdade — desde que estourei e me tornei alvo dos paparazzi. Eles ainda me seguem, mas não como no começo quando eu não podia ir a lugar nenhum sem ser perseguida.

Essa situação vai reiniciar essa loucura e tenho que estar ciente disso antes que aconteça.

Tremo de repulsa, pensando nos primeiros dias de fama e no

quanto foi bizarro ser subitamente reconhecida em todos os lugares que eu ia. As pessoas pensam que ser famoso é o máximo, até perceberem que a perda de privacidade pode deixar uma profunda ferida na psique que nunca se cura. Acabei tendo que tomar remédios para ansiedade e tive problemas com bebida até assumir o controle da minha vida e dobrar meu foco no trabalho em vez de ficar obcecada com as besteiras que o acompanhavam.

Flynn me ajudou muito naqueles dias inebriantes, quando estávamos lidando com uma nova fama. Tendo nascido na realeza de Hollywood, ele tinha a perspectiva de que eu tanto precisava. Ele me levou para casa em, Beverly Hills, para conhecer Max Godfrey e Stella Flynn, que me abraçaram e me levaram para sua família, onde permaneci desde então. Eu nunca teria sobrevivido àqueles primeiros anos sem os três.

Agora parece natural procurar Flynn, o irmão do meu coração, já que estou prestes a entrar no redemoinho mais uma vez.

Ele me atende imediatamente.

— Mo. Você está bem?

Sorrio, porque sabia que essa seria sua primeira pergunta.

— Estou, sim.

Sua expiração lenta é audível.

— Fico feliz em ouvir isso. Fiquei preocupado com você.

— Sinto muito por ter te preocupado. Queria te contar que falei com a Teagan Daily hoje à noite.

— O que há com ela?

— Ela namorou com o Rafe. Quando comecei a sair com ele, ela me procurou, disse que deveríamos conversar, mas nunca retornei a mensagem dela. Hoje liguei para ela e descobri que há mais doze, Flynn. Ele fez isso com, pelo menos, outras doze mulheres. — Meus olhos se enchem de lágrimas e minha garganta se aperta em torno de um nó de emoção.

— Filho da puta — Flynn murmura. — O que você vai fazer sobre isso?

Amo que ele me conheça tão bem.

— Vou à público.

— Essa é minha garota.

— Minhas mãos estão tremendo e meu estômago dói, mas vou fazer isso. Teagan disse que as outras decidiram ficar quietas porque eu estava com ele e não queriam me magoar. O mínimo que posso fazer é defendê-las e impedi-lo de fazer isso com outras.

— Isso mesmo, querida. Você está fazendo a coisa certa.

— Estou com medo. — Posso dizer isso a ele e saber que nunca haverá julgamento. Não preciso ser durona com meu melhor amigo.

— Todos estaremos ao seu lado. Sabe disso.

— Sim, eu sei, e isso ajuda muito. O momento é péssimo com a proximidade do Oscar.

— O Oscar que se dane.

— Não quero tirar os holofotes de *Insidioso*.

— Não se preocupe com isso. O filme terá seu momento.

— Você acha que o Hayden se sentirá da mesma maneira? — Ele se doa completamente em todos os filmes que dirige e *Insidioso* não foi exceção. Flynn interpretou um viciado em drogas no fundo do poço e eu era sua terapeuta. Nós dois estamos concorrendo ao Oscar e o filme a melhor filme. Além disso, Hayden foi indicado na direção e Jasper em fotografia. Dizer que temos muito em jogo como empresa é o mínimo.

— Eu apostaria minha vida nisso. Hayden diria para você fazer o que fosse necessário e não se preocupar conosco.

— Não sei o que fiz para merecer amigos como vocês.

— Sentimos o mesmo por você. Nunca duvide disso. Addie me disse que teve que se sentar no Hayden para impedi-lo de voar para a França para caçar Rafe e matá-lo depois que ele viu o que aquele cara fez com você.

— Isso é muito gentil da parte dele, embora eu duvide que ele se importe em ter Addie sentada nele.

Flynn solta uma risada.

— Não coloque esses pensamentos na minha cabeça. — Ele é incrivelmente protetor com sua assistente. Se refere a ela como sua quarta irmã. — E só para constar, todos nós queremos matá-lo.

— Não faça isso. Não vai ajudar em nada. E, além disso, sua pele ficaria muito pálida com o uniforme laranja da prisão.

— Verdade — ele diz com uma risada baixa.

— E você tem um bebê a caminho que precisará do pai dele.

— Dela.

— É uma *garota*?

— Sim.

— Ah, Flynn... — Fecho os olhos para conter uma onda de lágrimas. — Estou tão feliz por você e a Nat.

— Obrigado, tia Mo. Também estamos muito felizes.

Tia Mo. Gosto disso.

— Vou estragá-la de tanto mimo.

— Eu não esperaria nada menos. Nós te amamos. Sabe disso, não é?

— Claro que sei. Também te amo.

— Tenho que te dizer uma coisa.

— O que é?

— Quando você começou a vê-lo, eu o investiguei.

— Flynn! Não acredito!

— Sim, investiguei, e o Gordon... ele descobriu que a ex-mulher do Rafe o acusou de agressão durante o divórcio.

Meu cérebro fica completamente vazio de choque.

— Sinto muito, Mo. Se eu lhe dissesse, nada teria acontecido. Eu fiquei com muito medo de que você ficasse chateada comigo por investigá-lo.

— Eu teria ficado.

— Ainda assim, deveria ter lhe contado.

— Adivinha só?

— O quê?

— Ele me disse que nunca havia se casado, e eu acreditei.

Flynn ofega.

— Sério? Ele *mentiu* sobre ter sido casado?

— Sim, e eu estava tão envolvida com o mito que nunca me ocorreu verificar.

— Aquele filho da puta. Vamos ajudá-la a resolver isso para que possamos nos concentrar em todas as coisas boas que estão por vir. Não se preocupe com nada.

— Você é o melhor amigo do mundo.

— Ainda pensa assim depois de eu ter dito que o investiguei, mas não contei o que descobri?

— Sempre vou pensar assim.

— É recíproco.

— Provavelmente haverá uma coletiva de imprensa amanhã.

— Estarei lá. Todos estaremos.

— Obrigada.

— Tente dormir um pouco, e lembre-se, isso também vai passar. Vai ser só um pequeno incômodo.

Nós dois sabemos que será muito mais do que um pequeno incômodo, mas aprecio que ele tente minimizar a situação.

— Te vejo amanhã.

— Com certeza. Me ligue se precisar de alguma coisa – a qualquer momento. De noite ou de dia.

— Pode deixar. Obrigada.

— Amo você, criança.

— Amo você também.

Conversar com ele sempre me faz sentir melhor sobre o que está pesando em mim. Não estou nem um pouco surpresa por ele ter decidido investigar Rafe ou por ter escondido as descobertas de mim por respeito ao fato de eu parecer tão feliz com ele. Desde a primeira vez que nos conhecemos no set de um filme B extravagante, Flynn e eu nos tornamos melhores amigos. Tentamos namorar por cerca de uma semana, mas quando não conseguíamos ficar nus sem rir, percebemos que seríamos melhores como amigos do que amantes. Ele é o irmão que nunca tive desde então e, através dele, ganhei meus outros "irmãos" — Hayden, Kristian, Jasper e Emmett. Junto com os Godfrey, eles são a família que tenho e estaria perdida sem eles.

Me ocorre que não incluí Sebastian na minha lista de "irmãos". Nunca o coloquei nessa categoria, uma percepção que me faz sentar mais ereta no sofá. Sebastian sempre esteve em uma categoria separada dos outros caras na minha cabeça e nunca me ocorreu imaginar o porquê. Me recusei a pensar nisso por achar que ele nunca estaria interessado em mais do que amizade comigo. Afinal, o homem não assume nenhum tipo de compromisso, então por que eu pensaria que ele iria querer algo comigo?

Agora que sei como ele realmente se sente, é como se eu tivesse permissão para categorizá-lo novamente, movendo-o da coluna de amigos para a coluna de amantes.

Um arrepio de antecipação me percorre quando olho para o relógio e me pergunto a que horas ele estará em casa.

Quando ele chegar aqui, estarei pronta.

CAPÍTULO 13

Sebastian

Estou fora do meu normal esta noite: distraído, irritado e meio perdido. Normalmente, adoro meu trabalho, mesmo que tenha que lidar com pessoas estúpidas que precisam ser lembradas repetidamente de nossas regras. Geralmente não me incomodam, mas hoje à noite estou no limite. Pela primeira vez desde que a equipe Quantum me colocou no comando do clube de Los Angeles, não quero estar aqui.

Quisha levanta uma sobrancelha em minha direção depois que grito com um dos seguranças que quer minha ajuda com algo que deveria ser resolvido por ele.

— Você está irritadiço esta noite, chefe. — Como sempre, Quisha está com cabelos presos e muito maquiada. Sua pele negra brilha bastante com a porcaria brilhante que acaba em cima de mim quando trabalhamos juntos.

— Estou de saco cheio das pessoas precisando da minha ajuda com tudo.

— A culpa é sua. Você torna todos codependentes, estando dispostos a ajudar com o que precisam.

— Não faço isso.

— Ah, sim, você faz.

Na maioria das vezes, gosto de como ela não tem medo de falar com seu chefe. Mas agora não é um desses momentos.

— Precisamos de mais vodca Ketel One e uísque Maker's Mark. — Espero que isso encerre a psicanálise.

— Vou buscar. — Oscilando nos saltos de dez centímetros, ela se dirige para o depósito para reabastecer.

Não sei como ela aguenta esses saltos altos por cinco ou seis horas toda noite. Quando sugeri que ela usasse sapatos mais confortáveis para trabalhar, o olhar que ela me deu fez minhas bolas murcharem. Então cuido só do que é da minha conta.

Enquanto ela está na sala dos fundos, atendo alguns pedidos de bebida e limpo o bar. Fico de olho no que está acontecendo. Várias cenas estão se desenrolando, principalmente corpos nus se contorcendo de prazer e desconforto, mas não podia estar menos interessado naquilo tudo. Normalmente, gosto de assistir as várias cenas, pois frequentemente aprendo algo novo com os outros dominadores. Mas hoje à noite, não ligo.

Tudo o que quero é estar em casa com Marlowe. Depois da prova que tive antes, quero devorá-la. Fiquei parcialmente duro a tarde e à noite, e é provavelmente por isso que estou tão mal-humorado.

O relógio se aproxima das dez e quando Quisha volta com as bebidas, decido sair mais cedo — outra coisa que nunca, jamais faço. Assumo minhas responsabilidades, bem como a fé que os diretores da Quantum depositaram em mim com seriedade, mas Quisha está certa. Estou de mal humor e isso não é nada bom para ninguém aqui.

— Vou sair mais cedo. Você cuida do bar?

Se ela está surpresa, esconde bem.

— Pode deixar. Vou colocar o caixa na sua mesa.

— Sem exceções no limite de dois drinques.

— Pode deixar.

— Estou falando sério, Quisha. Esse é nosso limite. Quem joga em nosso clube tem que fazer isso com a cabeça limpa. Aqui não tem espaço para bebedeira.

— Entendido. Vá para casa, chefe. Cuido de tudo.

Hesito, mas apenas por um segundo antes de assentir e ir para o meu escritório pegar as chaves. Antes de ir, procuro Stu, o segurança com quem acabei de brigar e o encontro do outro lado da sala, observando o chão.

— Me desculpe por ser um idiota.

— Não se preocupe.

— Vou embora mais cedo. Ligue se precisar de alguma coisa.

Ele assente enquanto faz uma tentativa de esconder seu choque por eu sair mais cedo.

— Se certifique de a que Quisha e os outros cheguem aos carros antes de ir embora. — Nunca saio até que todos os outros já tenham ido embora.

— Pode deixar.

— Obrigado. — Saio de lá antes que algo aconteça que exija minha atenção. Estou na caminhonete e voltando para casa dois minutos depois, com a janela aberta para deixar entrar o ar quente e fresco que me atinge enquanto dirijo mais rápido do que deveria para chegar a ela. O que aconteceu antes provocou uma febre no meu sangue que apenas mais dela pode curar.

Sempre soube que seria assim se cruzasse a linha com ela, e é por isso que permaneci firmemente do meu lado. E agora que nos unimos, nunca podemos voltar a ser quem éramos hoje de manhã. O que é bom para mim. Agora que provei, estou determinado a fazer o que for preciso para que ela seja minha. Que se danem as consequências.

A viagem de trinta minutos para Malibu é prolongada por um acidente que atrapalha o trânsito. Quarenta e cinco minutos depois que saí do clube, finalmente paro na garagem e desligo o motor. Quando entro, percebo que meu mau humor se foi. Fico feliz em saber que a verei em questão de segundos, se ela ainda estiver acordada.

Entro para encontrar velas por toda a sala, música suave tocando no sistema de som e uma deusa dormindo no sofá. Ela está usando uma coisa preta de seda que se apega a todas as suas curvas, e seu cabelo está espalhado sobre uma almofada branca.

Largo a jaqueta em uma cadeira e vou até ela, me sentando na mesa de centro e levando um minuto inteiro só para encará-la antes de arrastar a ponta do dedo sobre o seu braço. Os machucados que marcam sua pele perfeita me enfurecem. Se eu voltar a ver aquele cara, vou acabar com ele.

Ela está deitada de lado e seus seios fartos e exuberantes quase ficam aparentes pela seda da camisola. Amo que ela tenha montado essa cena com as velas que Leah deve ter trazido, sabendo que voltaria para casa para encontrá-la dessa maneira. Como um dominador, entendo a importância de montar uma cena.

Continuo passando o dedo para cima e para baixo em seu braço até que ela se mexa, seus olhos se abrindo e se iluminando com prazer quando me vê.

— Você está em casa.

Essas duas palavrinhas me inspiram um desejo selvagem por uma casa que a inclua, algo que nunca desejei com nenhuma mulher. Levo sua mão aos meus lábios.

— Estou. Vejo que você se manteve ocupada enquanto eu estava no trabalho.

Ela sorri.

— Uma vez me disseram que fico mais bonita à luz de velas.

— Você fica linda sob qualquer luz.

Seu sorriso se amplia e alcança os olhos, que brilham com travessura e prazer.

— Chegou cedo?

— Talvez. Vai contar aos meus chefes?

— Depende.

— De quê?

— Se você vai ser bom comigo.

— Baby, eu sempre serei bom com você. — Deslizo os braços por baixo dela, a pego e a trago para o meu abraço. Embora ela seja feroz e ardente por fora, seus ossos são pequenos e frágeis, e o pensamento daquele cara machucando-a me deixa louco. Eu a abraço forte, respirando seu aroma distinto que me lembra uma vela de aromaterapia que minha mãe tem. O perfume de Marlowe me faz lembrar de casa, uma percepção que faz meu coração dar voltas no peito.

Seus braços envolvem meu pescoço, e ela me olha com expectativa.

Estou morrendo de vontade de beijá-la, mas paro, querendo prolongar o suspense. Não me lembro da última vez que estive morrendo de vontade de beijar alguém. Tudo parece novo com ela, como se fosse a primeira vez em todas as coisas importantes, quando, na verdade, faz mais de vinte anos que tive minha primeira vez.

— Senti sua falta enquanto estava no trabalho. Como isso é possível?

— Não sei, mas também senti a sua.

— A equipe disse que eu estava irritadiço esta noite.

— Espero que você os tenha demitido — ela fala com um sorriso provocador.

— Não era possível demiti-los quando era verdade.

— E por que você estava irritadiço?

— Porque eu não queria estar lá.

— Mas você ama esse trabalho.

— Eu sei, mas havia algo mais que eu queria fazer.

— E o que era?

— Você.

Ela abana o rosto de forma dramática.

— Sebastian, eu nunca soube que você era tão romântico.

— Nem eu, até que a gata mais gostosa da história das gostosas apareceu em minha casa e usou esses pedacinhos de tecido que mal contam como roupas.

— Essa coisa velha?

— Você é uma megera e uma garota muito travessa. Me fez pensar em você quando deveria me concentrar no trabalho. O que você acha que devemos fazer sobre isso?

— Suponho que preciso ser punida.

Não esperava que ela dissesse isso, e o choque dessa declaração me deixou duro em segundos.

— É isso que você quer?

— Pode ser o que preciso.

Quando ela me olha, vejo vulnerabilidade. Em todos os anos em que a conheço, nunca vi isso antes. De qualquer forma, não assim, e estou nervoso ao perceber que ela está me dando algo tão raro e precioso.

— Mas tenho preocupações.

— Fale comigo. — Me sento na cadeira, pego um cobertor para cobri-la para que ela não sinta frio e a aconchego ao meu peito. Não há como ela não notar que estou duro, então não me incomodo em tentar esconder.

— Algo mudou para mim recentemente.

— O que você quer dizer?

— O domínio... a emoção se foi. Fiquei entediada e acho que foi por isso que fiquei empolgada em compartilhar com o Rafe.

— Como assim?

— Achei que se o BDSM pudesse fazer parte do nosso relaciona-mento, talvez eu pudesse reencontrar a emoção. Todos sabemos como isso funciona.

— Ele era o cara errado para ajudá-la a reencontrar a emoção. A culpa era dele, não sua.

— Eu sei, mas eu estava errada em vários sentidos. — Ela olha para mim. — Estou muito cansada, Seb.

— De que, meu anjo?

— De tudo. Faz vinte anos.

— Como assim?

— Você sabe que a minha mãe e eu basicamente fugimos do meu pai, que não me permitia continuar atuando, certo?

— Ouvi a história de outras pessoas, mas nunca de você.

Ela leva um minuto para organizar os pensamentos enquanto continuo acariciando sua pele macia.

— Minha mãe era incrível. Foi ela quem acreditou que eu poderia ser uma estrela, e ela é a razão de eu ter essa carreira maravilhosa. Meu pai sempre dizia para ela tirar a cabeça das nuvens e parar de me encher de sonhos tolos que nunca se tornariam realidade. Mas ela acreditou. Ah, como ela acreditou, e quando ele se recusou a deixá-la me levar para Los Angeles para que eu pudesse me encontrar com agentes e diretores de elenco, pegamos um voo enquanto ele estava no trabalho e nunca mais olhamos para trás. Você sabia que moramos no carro no primeiro ano?

— Sim, eu li sobre isso. — A história agora é uma lenda nesta cidade.

— Éramos membros em uma Associação Cristã de Jovens, onde tomávamos banho e nos deixavam usar o estacionamento durante a noite também. Estávamos lá há mais de seis meses quando fui escalada para o papel de Daisy em *Me diga o seu nome*. A ironia foi que interpretei uma garota sem-teto no filme que foi filmado quando eu era tecnicamente sem-teto, certo?

— Acho isso incrível. — Acho que ela é incrível.

— A primeira coisa que fizemos quando recebi, foi alugar um apartamento mobiliado de um quarto. Dividimos a cama, porque estávamos com muito medo de gastar mais. Estávamos receosas de que o filme não estourasse, os críticos me odiassem ou eu fosse uma atriz de um filme só.

— Claro que te amaram. Como poderiam não amar?

— Foi tão louco o que aconteceu depois da estreia. As coisas nunca mais foram iguais e tem sido uma loucura desde então.

Ela ganhou seu primeiro Oscar de atriz coadjuvante pelo papel de Daisy no filme que a fez uma estrela.

— Parecia que eu tinha sido atingida por um caminhão. Fui do nada para tudo praticamente da noite para o dia. E então... então minha mãe teve câncer e se foi quatro semanas depois. Eu estava tão perdida sem ela e todo mundo queria um pedaço de mim. Fui arrebatada pela loucura. Cometi muitos erros durante esse tempo.

— Você era só uma garota, Mo. Todo mundo comete erros.

— Nem todo mundo comete erros com o mundo inteiro assistindo.

— Você está falando do Demers. — Ela teve um caso bem divulgado com o diretor de seu segundo filme, que era vinte anos mais velho.

— Sim. Ele me prometeu o mundo e tudo o que fez foi me engravidar.

— *O quê?* — Nunca ouvi falar disso antes.

— Conseguimos manter essa parte em segredo.

— A culpa era dele. Ele era mais velho e deveria ter tomado cuidado.

— Não foi totalmente culpa dele. Eu estava sofrendo muito depois de perder a minha mãe, e ele queria cuidar de mim.

— Ele se aproveitou de uma garota jovem e triste que estava se destacando enquanto ele perdia a fama.

— Meus olhos estavam bem abertos para quem e o que ele era, Seb. Não me isente da responsabilidade.

— Você nunca vai me convencer de que ele não se aproveitou.

— Talvez, mas fui facilmente persuadida naquela época da minha vida.

— O que aconteceu com o bebê?

— Perdi quando estava com três meses. Fiquei internada no hospital por uma semana, porque perdi muito sangue. Fiquei arrasada. Eu ia ter o bebê e ficar com ele. De alguma forma. É difícil de acreditar que ele ou ela estaria no ensino médio agora.

— Você já contou isso a alguém?

Flynn sabe. Eu o conheci um mês depois que perdi o bebê, quando fizemos *Stardust* juntos. Nos demos bem instantaneamente. De muitas maneiras, ele me salvou. Tomou conta de mim e me levou para a família Godfrey. Max e Stella... eles me ensinaram a lidar com a fama de um jeito que não exigia que eu vendesse minha alma ao diabo. Todos os dias sou grata a Flynn, seus pais, irmãs e todos da Quantum. Vocês todos são minha família desde que perdi minha mãe.

— Você teve um começo bem difícil nesta cidade.

— Não quero que você pense que não sou grata por tudo isso. Depois do término com Demers, nunca me deixei envolver em algo assim novamente. Eu tinha muito mais discernimento sobre quem deixava entrar na minha vida, que é outra razão pela qual a coisa com o Rafe foi tão fora do meu normal.

Ela passa a mão de forma distraída para cima e para baixo no meu braço enquanto fala. Seu toque me deixa louco, mas mordo a língua e deixo que ela me toque, porque quero ouvir o que ela tem a dizer.

— Flynn me apresentou ao estilo de vida BDSM depois que Hayden o introduziu. Adorei desde o começo. Era tão bom ter controle sobre uma área da minha vida quando tudo parecia tão descontrolado, sabe?

— Entendo totalmente como isso pode ser libertador.

— Era exatamente o que eu precisava, mas agora...

Passo os dedos por seus longos cabelos.

— O quê?

— Gostaria de deixar outra pessoa se preocupar com os detalhes.

— Então, o que você está dizendo...

— Estou cansada, Seb. Quero que mais alguém cuide de mim por um tempo.

— Por quanto tempo?

— Não sei.

— Quero ser aquele que vai cuidar você, Marlowe. Deus sabe como quero ser o cara certo. Mas não sei se posso ter uma aventura com você.

— Ah, bem... tudo bem.

Quando ela se levanta, eu a aperto mais para mantê-la comigo.

— Você está me entendendo mal, meu anjo. Não estou dizendo não para você. Estou dizendo não a um *caso*.

— Então você quer que isso seja... mais?

Concordo.

— Mais que uma aventura. O que virá adiante, não sei.

— Ainda estou tentando acreditar que você me quer assim e nunca disse nada.

— Gostaria de ter dito. Poderia ter te salvado do que você passou com *ele*.

— Talvez eu tivesse que passar por isso para chegar até você.

— Isso não seria interessante?

Sorrindo, ela assente e me alcança, me puxando para um beijo.

— Há anos me pergunto como seria te beijar.

Deus, eu gostaria de saber disso antes.

— E agora que você me beijou?

— Gostaria de ter feito isso há muito tempo.

— Venha para a cama comigo. Me deixe cuidar de você do jeito que desejei por tanto tempo.

— Você e eu sabemos que isso não é tão simples quanto estamos tentando fazer.

Sei o que ela quer dizer. Nós dois somos dominadores e, em algum momento, precisaremos abordar essa dinâmica e como ela irá funcionar para nós. Mas isso não tem que acontecer hoje à noite.

— Vamos fazer dar certo.

— E se não conseguirmos?

— Nós vamos. — Com ela em meus braços, a levanto e a coloco no chão para que possamos juntar as velas e levá-las para o meu quarto. Normalmente, não me incomodaria com merdas como velas e romance, mas quero que ela tenha tudo. Ela merece o romance completo e quero ser o único a dar isso a ela. — Sobre a punição que você merece...

— O que tem ela?

— Como acha que devemos lidar com isso?

Ela une os dedos indicadores e me olha com expectativa.

— Não faço ideia. Você está no comando. Acho que isso depende de você.

Vou até ela, ponho as mãos nos seus quadris, beijo sua testa, a ponta do nariz e depois os lábios.

— Você já foi submissa?

— Há anos que não sou. Eu costumava ser *switch*, o tipo de participante que gosta tanto de dominar quanto ser dominado, mas nunca consegui encontrar um dominador que me excitasse, então parei de tentar.

Suas palavras são como gasolina no meu fogo.

— E é isso que você quer agora? Quer que eu te domine e assuma o controle do seu prazer?

— Quero tentar. — Ela me olha com coragem, determinação e confiança.

Saber que ela confia em mim é o meu maior prazer.

— Me lembre da sua palavra segura. — Adoro não precisar

explicar as regras para ela como faria com uma submissa nova. — E quero uma promessa. Mas primeiro a palavra segura.

— Fama.

Adoro que ela tenha escolhido essa palavra.

— O que você quer que eu prometa?

— Que quando você voltar a sentir a emoção, vai me retornar o favor.

Seus olhos expressivos se arregalam.

— Você quer que eu te domine?

Aceno, mantendo meu olhar fixo no dela.

— Você não é *switch*.

— Não, mas você *é* uma dominatrix. Se tentar negar quem realmente é – de forma indefinida – não vai se sentir realizada. Quero você satisfeita, feliz e contente. Preciso que você me prometa que quando chegar a hora certa, você assumirá a liderança.

Embora ainda não pareça convencida de que seria possível me dominar, ela assente.

— Tudo bem, prometo.

— E eu prometo permitir que você faça isso.

Uma faísca de fogo ilumina seus olhos.

— Não vou pegar leve com você.

— Não esperava isso.

— Isso significa... — Ela engole em seco. — Que você não vai pegar leve comigo também?

— É isso que você quer?

— Claro.

Eu apostaria minha vida nessa resposta, e ela não decepciona.

— Não se atreva a pegar leve comigo. Posso lidar com o que você vai me dar.

Duvido sinceramente disso, mas sei que não devo falar.

— Limites rígidos?

Seu queixo sobe em desafio.

— Nenhum.

— Marlowe... não seja ridícula. Claro que você tem limites rígidos.

— Não tenho.

— Posso trazer uma cabra para fazer xixi em você ou...

Ela aperta meus lábios e depois os libera.

— Sem animais, sem xixi.

— Viu? Você tem limites rígidos. O que mais?

— Estamos sendo honestos aqui?

— Sempre.

Ela mordisca o lábio inferior enquanto parece contemplar o quanto quer ser honesta.

— Fui levemente dominada enquanto treinava. Então, eu nunca realmente...

Estou atordoado e excitado.

— Foi submetida como você com outros caras?

— Algo parecido.

— Por que, de repente, me sinto como uma criança em uma loja de doces?

— Vá com calma, bonitão. Você precisa me domar devagar.

— Oh, eu vou te domar, baby. Vou te domar tão bem que você vai implorar ao seu bonitão por mais.

— Dê o seu melhor.

— Quero você nua e de quatro no meio da minha cama. E se apresse.

Quando ela tira a camisola, noto um leve tremor em suas mãos. Me emociona saber que ela está animada e nervosa. Não há nada que eu ame mais do que uma submissa com um pouco de receio do que está por vir. O medo exacerba o prazer. E uma submissa que, na verdade, é uma dominatrix saindo da sua zona de conforto? Melhor ainda.

Quando ela está em posição, eu a observo por um longo tempo, planejando minha abordagem e fazendo uma lista mental do que preciso enquanto tento ignorar o intenso desejo que faz meu pau doer por desejá-la. *Ainda não. Mas logo...*

— Não se mexa.

Ela lança um olhar atrevido por cima do ombro.

— Para onde eu iria?

— Está respondendo ao seu senhor, submissa? Essa nunca é uma boa ideia, especialmente de alguém que já deveria conhecer as regras. Deixe-me refrescar sua memória. Você não deve falar, a menos que seu dominador faça uma pergunta direta ou aja de forma que exija sua palavra segura. Entendido?

— Sim.

Juro que ela está fazendo isso de propósito.

— Sim quem?

— Senhor. Sim, senhor.

— Muito melhor. Agora não se mexa. — Saio do quarto e vou para o meu escritório, onde mantenho um armário trancado com itens destinados a proporcionar o máximo prazer. Quando pego o que preciso, volto para o quarto.

Marlowe está exatamente onde a deixei. Após uma inspeção mais próxima, noto um leve tremor nas coxas dela que me emociona. Mal posso esperar para fazê-la tremer por toda parte.

Se eu a fizer gritar também? Melhor ainda.

CAPÍTULO 14

Marlowe

Ele está tentando me torturar e está funcionando. Sou impaciente por natureza, e é por isso que me sinto mais preparada para assumir o controle do que ficar esperando o dominador começar. Mas sei que é melhor não falar, por isso exprimo minhas frustrações internamente quando prefiro expô-las.

Não acredito que estou realmente fazendo isso ou como estou aliviada por saber que não preciso pensar no que fazer. Estou pronta para aproveitar. Vi Sebastian no modo dominador, então tenho uma ideia do que esperar. Ele é intenso, focado e motivado, três qualidades que admiro. Mas nunca tive um amante que fosse as três coisas. Geralmente, os homens são uma das três, mas nunca todas.

Sua intensidade me deixa nervosa, mesmo quando minha excitação atinge níveis inigualáveis. Cada parte minha está em alerta total. Meus mamilos formigam, meu clitóris lateja e meus músculos tremem em antecipação.

Em meu esforço para deixar o pesadelo com Rafe para trás, encontrei algo novo em um amigo de longa data, e é exatamente o que preciso. Estar com alguém que realmente se importa comigo como Sebastian, alguém em quem posso confiar de forma implícita, me permite relaxar de uma maneira que normalmente não posso com outros homens. Estou sempre questionando os motivos deles e me perguntando se estão comigo por mim ou pelo que posso fazer por eles e suas carreiras.

Nada disso preocupa Sebastian, que era um verdadeiro amigo muito antes de mudarmos as regras entre nós. Ele quer que isso seja mais do que uma aventura e, agora que sei como ele se sente, posso nos imaginar juntos de uma maneira que não poderia ter pensado há uma semana. Engraçado como as coisas podem mudar quando as pessoas são honestas umas com as outras.

Dito isso, estou bem ciente dos problemas dele na área de comprometimento, portanto, embora me sinta confortável com ele nesse contexto, seria bom proteger meu coração no que diz respeito a isso. Já me importo muito com ele. O suficiente para que ele pudesse partir meu coração se eu permitisse.

A cama afunda atrás de mim e então ele está lá, com as mãos na minha bunda, apertando-a e moldando-a, seu pau duro quente contra a minha parte mais sensível. Os pelos grossos em suas pernas roçam na parte de trás das minhas e me provoca arrepios.

Tenho que dar crédito a ele — mal me tocou e estou mais excitada do que nunca estive.

— Você tem sido uma garota muito travessa, não é?

— Sim, senhor. — Minha voz soa estranha. Me pergunto se ele percebe isso também.

— Está com medo, Marlowe?

— Não. — Limpo a garganta. — Não, senhor. — Não tenho medo dele.

— Que punição você acha de que deveria receber?

— Deixo isso com você, senhor. Você sabe o que é melhor para mim.

O som que sai dele é uma mistura entre um gemido e um rosnado.

— Acredito que uma palmada seria uma boa opção.

— Se... se você diz, senhor.

— Sim. — Ele segura e aperta minhas nádegas. — Quantas palmadas você acha que merece?

— Ah, três?

— Isso não chega nem perto. Precisamos de três por você responder ao seu dominador e pelo menos mais cinco por você se culpar por coisas que não são sua culpa. E ainda há os segredos que você tem escondido de mim.

— Que segredos?

Ouço o toque da sua mão na minha bunda antes de sentir a palmada que se espalha como um incêndio descontrolado do local até meu sexo em questão de segundos. Já levei palmadas antes, mas isso nunca me excitou muito. Eu deveria saber que seria diferente com ele.

Ele esfrega o local onde sua mão atingiu minha pele.

— Está se lembrando dos segredos que escondeu de mim?

— Não, senhor.

Sua mão atinge a outra nádega e minha reação é ainda mais pronunciada na segunda vez.

— Hummm, alguém gosta de apanhar.

Gosto disso. Gosto de poder entregar meu prazer a ele e não ter que pensar em nada além do que ele decidir que devo sentir. Meu cérebro está cansado e enquanto Sebastian me "pune", me sinto desligada, concentrada e focada no prazer que é tão esmagador que não há espaço para mais nada. Nada mais importa a não ser nós dois e o que está acontecendo aqui e agora.

Mas um pequeno pensamento continua surgindo na minha cabeça. Todo esse tempo...

Ele estava bem aqui. Capaz *disso*.

A próxima coisa que estou ciente é a língua dele entre minhas pernas, seus dedos dentro de mim e o orgasmo que parece vir do nada, me arremessando para cima e depois me deixando cair em queda livre e me fazendo gritar.

— Pronta para mais? — Sua voz é rouca e sexy, me avisando que não sou a única envolvida nisso.

— Sim, senhor.

— Precisamos de método anticoncepcional? Preservativos?

— Estou protegida e segura, se você estiver.

— Fiz o exame há duas semanas e não estive com ninguém desde então.

— Então não precisamos de preservativos.

Ele empurra seu pau em mim, e solto um gemido novamente. A luta para acomodá-lo é épica e antes que ele esteja na metade, já gozei. Isso não pode ser real. Essas coisas não acontecem comigo. Me tornei dominatrix porque raramente encontrava um homem que pudesse me fazer sentir algo especial quando se tratava de sexo. Em vez de ficar o tempo todo desapontada, assumi o controle e distribuí o prazer, embora raramente o aceitasse.

Rafe tinha sido uma exceção. Eu gostava de transar com ele, mas nunca consegui me soltar por completo, provavelmente porque sabia que não podia confiar nele.

Mas isso... Sebastian ainda não me deu tudo e já sei que ele é o melhor que já tive.

Sua mão atinge novamente minha nádega direita.

— Me deixe entrar.

Eu me forço a relaxar, respiro e me rendo a ele.

— Sim. Assim. Bem desse jeito.

Estou esticada até meu limite e tendo um orgasmo após o outro. Cada terminação nervosa está em alerta máximo para o que vem a seguir.

Segurando meus quadris, ele sai e entra de novo.

Reviro os olhos e abro a boca em um grito silencioso.

Sebastian

Sabia que seria bom com ela, mas isso é algo completamente diferente. Tenho que me lembrar de ir com calma, que ela ficou gravemente ferida há apenas alguns dias. Apesar de suas afirmações em contrário, ela não está pronta para nada disso, mas, caramba, não pude dizer não depois que ela me dissesse o que queria.

Sua pele é tão macia, sua boceta apertada, molhada e quente. Ela é um sonho se tornando realidade, um sonho que nunca me permiti ter. E agora que ela está aqui em minha casa, minha cama e meus braços, espero que ela planeje ficar, porque acho que não aguento se ela decidir partir.

Detesto pensar que devemos a Rafe, aquele filho da puta, o que está acontecendo, mas isso não aconteceria se ele não tivesse feito o que fez. É um pensamento terrível, mas é a verdade, não importa quanto nós dois desejássemos.

Quero ver o rosto dela, aquele rosto lindo, pelo qual milhões de homens em todo o mundo se apaixonaram. Me afasto dela e ela suspira pelo impacto com o nosso distanciamento. Ao seu lado, me deito de costas.

— Fique por cima.

Leva um segundo para ela se recompor e seguir minha direção.

Fico satisfeito ao notar que seu cérebro parece um pouco confuso. Excelente. Se ela está confusa, não está se culpando pelo que aconteceu com *ele*, se preocupando em ir a público com o que *ele* fez ou se concentrando em algo que não seja prazer. É tudo o que quero que ela pense enquanto estamos juntos. Ela tem o suficiente para pensar no resto do tempo. Aqui, tudo se refere a ela.

Ela ainda está tentando se situar, então decido mudar as coisas, levantando-a pelos quadris e puxando-a por cima de mim com cuidado para não fazer nada para machucá-la ainda mais. As marcas e machucados em sua pele me enfurecem. Ela pode ter minhas impressões digitais na bunda amanhã, mas pediu. certamente com certeza não pediu os machucados que marcam a pele impecável de seu rosto, costelas, braços e pernas ou as marcas de chicotadas nas costas.

Seguro meu pau junto à base.

— Me leve.

Seu olhar encontra o meu quando ela se levanta para seguir minha ordem.

Não faço contato visual durante o sexo. É muito pessoal, mas não consigo desviar o olhar dela. Quero que ela saiba exatamente com quem está fazendo isso.

Ela desce no meu pau, seus olhos se arregalam e sua boca forma um O.

Nem toda mulher pode lidar comigo, mas sempre soube que ela poderia. Ela é durona. Não há nada que ela não possa suportar, nem um pau de vinte e cinco centímetros. Mas leva algum tempo para que ela me receba por inteiro, o que é bom. Não tenho para onde ir até o final da tarde de amanhã. Posso esperar a noite toda pra que ela me acomode, um centímetro torturante de cada vez.

Deslizo as mãos dos quadris para os seios cheios e deliciosos, segurando-os e provocando seus mamilos. Parte de mim não consegue acreditar que Marlowe Sloane está nua na minha cama e me montando com tanto abandono. Quero perguntar se ela está bem, se algo dói, mas não quero tirá-la do momento perguntando sobre os ferimentos que *ele* lhe causou. Não, quero que ela pense apenas em mim, em nós e nisso.

— Eu... acho que não consigo. — Metade de mim já está dentro dela.

— Consegue, sim.

Ela balança a cabeça.

— Precisa da sua palavra segura?

— Não.

— Tem certeza?

— Não.

Eu rio enquanto levanto meus quadris para dar a ela mais do que ela já conseguiu.

— Calma, meu anjo. Você consegue.

— Você é grande demais.

— Shhhh, não fale. Apenas sinta.

— Sinto que estou sendo dividida ao meio.

Deixo que ela continue falando, porque a submissão é algo novo para ela, mas depois disso, teremos uma conversa. Decido dar um descanso a ela e me sento, passando os braços ao redor das suas costas, onde não atinja os machucados. A nova posição me faz entrar mais.

— Jesus — ela murmura.

— Não, é Sebastian. Nunca te disseram que é péssimo usar o nome de outro homem quando você está na cama com alguém?

— Muito engraçado. — Seus dentes estão cerrados, seus dedos cravam nos meus ombros e posso senti-la tendo um pequeno orgasmo após o outro.

Apesar de seus protestos, ela está gostando, que isso é tudo que importa. Seguro sua bunda, abro as nádegas e a levanto, trazendo seus mamilos perto da minha boca para que eu possa lamber, chupar e mordê-los.

Ela segura meus cabelos e puxa com tanta força que vejo estrelas, mas não paro. Quando a solto, muitos minutos depois, ela desliza por todo o meu corpo e explode. Seu orgasmo é tão intenso que não consigo conter o meu. Seguro seus quadris com firmeza, cedendo ao desejo que parece vir da minha alma.

Ela desce em cima de mim, respirando com dificuldade enquanto sua boceta continua a se contrair ao redor do meu pau, um sentimento do qual poderia me viciar. Ela é uma sensação da qual eu poderia me viciar com facilidade.

— Você está bem? — Preciso saber que não pioramos nada.

— Hummm. — Ela parece feliz, e é assim que eu a quero.

— Algo dói?

— Não no momento, mas vou sentir mais tarde.

Passo os dedos pelos seus cabelos com uma mão e acaricio sua bunda com a outra.

— Gosto de saber que você vai me sentir quando eu tiver que sair.

— Sentirei você por dias.

— Então meu trabalho aqui está feito.

Ela levanta a cabeça para me dar um olhar desafiador.

— E eu que pensei que seu trabalho estava apenas começando.

— Você está certa. Está. Estou começando a colocar em prática as minhas fantasias relacionadas a Marlowe.

Ela apoia a cabeça no meu peito e a maciez de seus cabelos contra a minha pele me excita mais uma vez, como se eu não tivesse acabado de ter um orgasmo tão devastador que quase me fez desmaiar.

— Sinto muito. — Suas palavras faladas com suavidade me colocam em alerta.

— Pelo quê?

— Por nunca ter me permitido considerar essa possibilidade por sermos bons amigos, o que agora percebo ter sido estúpido da minha parte. A amizade é um ótimo lugar para começar.

— Não precisa se desculpar, meu anjo. Pensei em você dessa maneira muitas vezes, mas nunca disse nada. Nós dois fomos um pouco estúpidos.

— Me promete uma coisa?

— Nesse momento, você poderia me pedir qualquer coisa, e eu daria a você se pudesse.

— Só quero uma coisa.

— Diga.

— Não importa o que aconteça entre nós, prometa que ainda seremos amigos.

— Sempre.

— Promete?

— Prometo se você prometer.

— Eu prometo.

Permanecemos em silêncio por um longo tempo até que ela fale novamente.

— Há outra coisa que quero.

— Pode falar.

— Se você vai ficar comigo, não vai ficar com mais ninguém. Isso não é negociável para mim. Eu não compartilho.

Não posso evitar o riso que sai de mim, mesmo sabendo que ela está falando sério.

Ela levanta a cabeça do meu peito, com as sobrancelhas semicerradas e seus fabulosos olhos verdes me fuzilam.

— Por que você está rindo?

— Porque se tenho a linda, sexy, brilhante e *incrível* Marlowe Sloane na minha cama, não tenho absolutamente nenhuma necessidade de ter mais ninguém. Você não precisa se preocupar com isso.

— Mesmo quando você quiser alguém completamente submisso a você?

— Mesmo assim.

— Mesmo quando estiver cercado por mulheres sensuais e dispostas todas as noites no trabalho?

— Especialmente. Você sabe como raramente participo das ofertas que recebo no trabalho. — Dou um puxão suave no seu cabelo, obrigando-a a olhar para mim. — Eu me diverti muito com muitas mulheres diferentes - e alguns homens.

— Sério?

— Aham. Isso te choca?

— Na verdade não. Sabia que você era aventureiro, ainda que mantenha a maior parte em segredo.

— Não costumo assumir os aspectos públicos do nosso estilo de vida. De vez em quando, mas não como regra.

— Não me importo de fazer em público quando estou no comando, mas não quero ficar vulnerável em exibição pública. As pessoas gostariam muito disso.

— Por causa de quem você é.

Ela assente.

— Eu realmente não tenho o luxo de me liberar totalmente em público, mesmo que eu tenha fé nos contratos de confidencialidade. É muito fácil, especialmente nos dias de hoje, que as pessoas publiquem algo na internet em questão de segundos. Caminhei em uma linha tênue entre participar do estilo de vida e fazê-lo de uma maneira que nunca me deixaria aberta à exploração. Se o público me visse jogando como dominatrix, eu poderia dizer que era pesquisa para um papel. Se vissem um cara me dominando, eu me sentiria pressionada a me explicar, entende?

— Sim. — Nunca pensei sobre isso da perspectiva dela, mas faz sentido quando ela me explica. — Se você fosse chamada de dominatrix, isso só aumentaria sua reputação de durona.

Ela ri.

— Isso é verdade.

Outra coisa me ocorre, algo tão grande e selvagem que não tenho certeza se devo tocar no assunto, mesmo neste momento de honestidade íntima.

— Por que todo o seu corpo ficou tenso?

— Eu... não tenho certeza se devo dizer isso.

— Por que você se impediria de algo agora?

Verdade. Por quê?

— É só que me perguntei...

— Sobre?

— Você é realmente uma dominatrix ou está se escondendo atrás do chicote?

A pergunta a deixa desconfortável. Posso ver pela maneira como suas sobrancelhas arqueiam e seus lábios franzem em uma expressão pensativa.

— Sou uma dominatrix de verdade. Gosto de estar no comando.

— Mas você gosta de estar no comando porque realmente se interessa por isso ou porque ninguém nunca o fez corretamente?

— Na verdade, eu nunca senti prazer dominando.

Seguro seu queixo para que ela tenha que me olhar.

— Espere. *O quê?*

Ela umedece os lábios e depois mordisca o lábio inferior.

Olho nos olhos dela.

— Desembucha.

Ela balança a cabeça e fecha os olhos.

— Marlowe... sou eu. Você pode me dizer qualquer coisa que nunca vou contar para ninguém. Me diga que sabe disso.

— Sei. É que nunca contei a ninguém...

Estou desesperado para saber o que ela nunca disse a ninguém. Passo uma mão do seu ombro para baixo do braço e uno nossos dedos, esperando-a falar enquanto meu batimento cardíaco diminui e mal consigo respirar, pois espero que ela confie em mim. *Preciso* que ela confie em mim.

Depois de uma longa pausa, ela fala baixinho.

— Ser dominatrix nunca foi satisfação para mim. Eu não... não... isso não me excita.

— Marlowe. — Solto o ar que estava segurando quando caio no colchão, chocado e consternado com sua confissão. — O que te *excita*?

— O que você fez agora.

— Antes de mim, antes disso?

— Rafe e eu éramos bons na cama. Foi divertido, e ele tentou muito, mas...

— Ele nunca fez você gozar?

— Não, mas ele não sabe disso. Eu...

— Caramba! Você *fingiu* com ele?

— Eu não queria! Queria que ele fosse diferente. Você não tem ideia do quanto eu queria isso, mas nunca consigo me soltar com os caras porquê... — Sua voz falha e ela solta um soluço.

Eu me movo rapidamente para abraçá-la e oferecer conforto — o que ela precisar. Não suporto vê-la chorar.

— Shhh. Está tudo bem, meu anjo.

— Não está tudo bem. Sou a porra de uma fraude. Domino os caras, assim não precisarei lidar com minhas inadequações.

— Não há nada de inadequado em você. — A ideia de que ela poderia pensar isso é incompreensível para mim. — Quando olho para você, vejo perfeição. Uma mulher no controle da sua própria vida e da carreira de enorme sucesso. Vejo beleza, resiliência e fortaleza. Vejo autenticidade.

Ela balança a cabeça.

— Não sou autêntica.

— Sim, você é. — Afasto o cabelo do seu rosto, enxugando as lágrimas ao mesmo tempo. — Você é fiel a si mesmo e às pessoas que ama. É ferozmente leal, firme e muito linda. E sabe o que te faz bonita? O fato de você nem saber que é.

Não importa se pareço um homem apaixonado enquanto falo sobre suas muitas qualidades. Faço o que for preciso para convencê-la de que ela não é inadequada. Algo se quebra dentro de mim com o fato de que ela possa pensar algo assim.

— Você é um ótimo amigo por dizer coisas tão boas sobre mim.

— Não estou dizendo coisas legais para fazer você se sentir

melhor. Tudo o que eu disse é verdade. — Continuo acariciando seus cabelos e suas costas. — Me conte como isso aconteceu.

— Como o que aconteceu?

— Como você se tornou uma dominatrix que não deseja ser?

— Não é que eu não queira ser. É mais como as coisas não se referem a mim. É sempre uma questão de momento.

— Deve se referir aos dois.

Ela dá de ombros.

— Não é assim para mim.

— Me conte o porquê. Comece do começo.

CAPÍTULO 15

Marlowe

Faz muito tempo que não penso em como me envolvi na cena que faz parte da minha vida.

— Você sabe que Flynn e eu nos envolvemos por um curto período. Não demorou muito para percebermos que éramos melhores como amigos do que qualquer coisa romântica. Ele me levou a um clube de BDSM pela primeira vez e fiquei instantaneamente cativada, principalmente pela comunicação. Eu nunca tive uma conversa com um amante sobre o que ia acontecer antes de fazermos sexo. Eu não conseguia acreditar na maneira como tudo era discutido antes dos mínimos detalhes.

— Esse também é um dos meus aspectos favoritos. A conversa pode ser o melhor tipo de preliminar.

— Sim, exatamente. Conheci um cara naquele primeiro clube, e ele me treinou. Ele imediatamente me identificou como *switch*, mas foi bem na época em que minha carreira começou a decolar. Eu não estava confortável em me submeter. Isso me fez sentir muito vulnerável.

— Isso é totalmente compreensível.

— Então foquei no lado de dominação e nunca olhei para trás. Tive alguns relacionamentos aqui e ali, mas nunca incluí o estilo de vida neles. Eu dava um tempo quando estava envolvida com alguém. Rafe foi o primeiro que tentei trazer, e todos sabemos como foi.

— Ele não merecia a confiança que você depositou nele.

— Não, não merecia, mas o que isso diz sobre mim que queria tanto ter o que meus amigos têm com suas parceiras que estava disposta a arriscar tanto por um cara que já me mostrou quem era?

— Diz que você ainda quer pensar o melhor das pessoas. Você não deve deixá-lo diminuir seu otimismo.

— Estou tentando. Sei que você odeia quando me culpo pelo que aconteceu com ele, mas me coloquei nessa situação e tenho que assumir a responsabilidade por isso.

— Justo, mas você ser agredida? Isso é cem por cento culpa dele.

— Sim. A Teagan, a Veronica e eu vamos divulgar o que ele fez conosco em uma entrevista coletiva amanhã.

— Sério?

— Aham. — Agora que tenho permissão para tocar em Sebastian da maneira que eu quiser, deslizo as pontas dos dedos sobre os contornos de seu rosto tenso. — Acha que estou fazendo a coisa certa?

— Com certeza.

— Estou fazendo a coisa certa em tornar isso público enquanto meu rosto ainda está machucado?

— Claro. As pessoas precisam ver o que ele fez com você. Entre você e as outras, você garantirá que ele nunca mais terá a oportunidade de machucar uma mulher. Ele terá sorte em conseguir um encontro depois que vocês acabarem com ele.

— Esse é o objetivo.

— Sabe o que mais?

— O quê?

— Todas as mulheres por aí que vivem relacionamentos abusivos verão que isso aconteceu com Marlowe Sloane e, não apenas ela sobreviveu, mas está em busca de vingança por si e por todas as outras mulheres que esse homem machucou. Você pode dar a elas a coragem de encontrar uma saída para suas próprias situações.

— Isso seria bem legal.

— Você é um ícone, meu anjo. Será algo grandioso você apoiar as mulheres vítimas de abuso dessa maneira.

— Não quero que ninguém pense que sou uma vítima.

— Ninguém jamais pensará isso de você. Você é durona e todo o mundo sabe disso.

— Você é muito bom para o meu ego.

— Isso... você e eu... é bom para mim, e coisas assim nunca foram algo bom para mim.

O comentário lhe rende um grande sorriso.

— Sério?

Ele enrola uma mecha do meu cabelo em seu dedo.

— Sério. — Seu olhar encontra o meu. — Quer ficar sério comigo?

Eu rio.

— Talvez.

— O que é preciso para convencê-la?

Envolvo em seu pau magnífico e dou um puxão suave.

— Mais um pouco disso?

— Baby, você pode tê-lo a qualquer hora e da maneira que quiser.

NA MANHÃ SEGUINTE, ESTOU NA SALA DE REUNIÕES DA QUANTUM COM Liza, Emmett, Teagan e Veronica. Eu me encontrei com o sargento Markel, o contato de Kristian no departamento de polícia de Los Angeles, fiz a denúncia e detalhei o ataque. Emmett e Sebastian estavam ao meu lado, me garantindo que era a coisa certa a fazer. As fotos que a dra. Breslow tirou serão incluídas no boletim de ocorrência. Fico feliz que a deixei tirá-las. Se Rafe cometer o erro de retornar aos EUA, encontrará um mandado de prisão esperando por ele.

Ao ouvir as outras mulheres compartilharem suas histórias sobre Rafe, sinto uma sensação de afundamento por dentro. Se eu tivesse respondido suas mensagens há alguns meses, nada disso teria acontecido. Rejeito esse pensamento no momento em que ele aparece. As coisas acontecem por uma razão. Essa era uma das frases favoritas da minha mãe. Ela costumava me dizer que, às vezes, leva tempo para ver o motivo, mas sempre aparece. Experimentei essa verdade muitas vezes na minha vida. Se, como Sebastian sugeriu na noite passada, minha fama ajudasse outra mulher a escapar de uma situação perigosa, então valeu a pena. Esse é o meu motivo.

E talvez Sebastian também seja meu motivo. Sem o que aconteceu com Rafe, eu não entraria em algo significativo com ele, algo tão maravilhoso.

— Quero que você contrate uma advogada para aparecer com você na coletiva de imprensa — Emmett fala.

Posso dizer, só de olhá-lo, que ele está profundamente afetado pelas histórias que as mulheres compartilharam. Como um homem que respeita as mulheres, é difícil para ele ouvir o que passamos.

Balanço a cabeça com sua sugestão.

— Quero que seja você, Em. É em você que confio e conseguir alguém levará tempo. Se quisermos fazer isso enquanto as contusões ainda estão aparentes, temos que fazê-lo agora.

Emmett pensa a respeito.

— Fico feliz em representá-las, mas acho que não deveria estar lá com vocês. Vocês três são mais do que capazes de lidar com tudo por conta própria, se estiverem confortáveis com isso.

Olho para Teagan e Veronica.

— Posso fazer isso, se vocês fizerem. — Sinto um frio na barriga, mas não permito que me paralise. Sim, estou nervosa em divulgar minha história, mas não serei intimidada por nervosismo ou qualquer outra coisa. Rafe está prestes a conseguir exatamente o que merece.

— Pedi à imprensa que estivesse aqui para uma coletiva ao meio-dia — Liza declara. — Vamos nos encontrar com eles na sala de exibição.

— Eles sabem o motivo de virem? — pergunto.

— Só que Marlowe e duas de suas amigas gostariam de fazer uma declaração. — Liza olha para mim e para as outras mulheres. — Vocês prepararam o que planejam dizer?

Já preparei a maior parte.

— Só preciso finalizar.

— Nossa parte está pronta — Teagan responde, se referindo a si mesma e Veronica. — Também temos autorização de outras seis mulheres para incluí-las na declaração.

Meu estômago revira com nojo direcionado para Rafe e decepção comigo mesma. Apesar do que Sebastian acredita, tenho que me responsabilizar por abrir a porta que deixou um agressor entrar em minha vida. Outra das frases favoritas de minha mãe era "vivendo e aprendendo". Tudo o que podemos fazer, ela dizia, é aprender com nossos erros e tentar não cometê-los novamente. Ignorar as preocupações dos meus amigos e permitir que ele voltasse à minha vida após o incidente em Paris foram erros enormes que não voltarei a cometer.

Me levanto.

— Preciso terminar minhas anotações. Encontro vocês na sala de exibição. Sirvam-se de bebidas. — Pedi a Leah que trouxesse comida e bebidas para minhas convidadas, e ela apareceu com sanduíches, saladas e biscoitos, além de uma variedade de bebidas.

No meu escritório, ligo o laptop e leio minha declaração pela terceira vez, aprimorando o rascunho que escrevi mais cedo. Já havia feito muitos discursos, memorizei inúmeros monólogos e recitei milhares de diálogos. Mas nada que eu faça importará tanto quanto o que fiz para esta coletiva de imprensa.

Reviso as anotações repetidamente, do mesmo jeito que faço para memorizar minhas falas. Digo as palavras em voz alta três vezes, o que é suficiente para garantir que quando as luzes estiverem acesas e as pessoas estiverem assistindo, me lembrarei do que planejei dizer. Contenho a emoção e trato isso como qualquer outro script que eu precise decorar. Isso é tudo para mim. Outra performance. Se eu mantiver essa categoria, poderei passar por isso sem me destruir.

Me recuso a me destruir.

Me recuso a dar a ele a satisfação de saber que me atingiu.

Não vou dar isso a ele.

Já dei tudo o que ele podia conseguir de mim.

Estou feroz e determinada.

Ele achou que havia me destruído, mas não conseguiu.

Eu é que vou destruí-lo.

Recito essas frases repetidamente até estar o mais preparada possível para desempenhar o papel da minha vida. Desta vez, eu me interpreto, a pessoa mais importante da minha vida. Hoje, me vingarei por Marlowe e, ao fazê-lo, me vingarei pelas outras mulheres que ele machucou.

Trinta minutos depois, deixo meu escritório com uma cópia impressa das minhas anotações e vou direto para a sala de exibição no terceiro andar, que é um teatro que construímos para sediar exibições de nossos filmes para a equipe interna.

A sala está cheia de pessoas e câmeras quando entro.

Algumas pessoas que reconheço da imprensa de Hollywood me chamam, mas eu as ignoro.

Mantenho a cabeça baixa, o cabelo escondendo os machucados no rosto até estar pronto para revelá-los. Estou usando calça marrom, blusa de cor creme e um blazer marrom. Uma vez, fiz uma consultoria em moda e me disseram que eu deveria usar exclusivamente tons terra. Essa tem sido minha paleta preferida desde então. Leah pegou as roupas que eu precisava da minha casa e as entregou no escritório hoje de manhã.

Subo os três degraus para o palco, onde abraço Teagan e Veronica.

Parecendo sentir que algo está acontecendo, as pessoas reunidas na sala ficam quietas. Liza se ofereceu para fazer observações introdutórias para nós, mas recusei, preferindo lidar com isso sozinha.

— Prontas? — pergunto às outras mulheres.

As duas concordam.

Teagan aperta meu braço em uma demonstração de apoio que aprecio mais do que ela jamais saberá.

Vou até a plataforma e afasto o cabelo do rosto.

A plateia ofega ao ver meus machucados.

— Conheci Rafael Laurent há mais de um ano em Paris. Até recentemente, ele era executivo da Cirque, a empresa que distribui os filmes da Quantum na França. Ele é conhecido em toda a comunidade cinematográfica e trabalhava nos escritórios de Paris e Los Angeles. Começamos uma amizade que consistia inicialmente em mensagens de texto e encontros para drinques sempre que ele estava em Los Angeles ou eu em Paris. Com o tempo, nossa amizade se transformou em romance. Quando nosso relacionamento se tornou público, recebi mensagens de Teagan e Veronica, mulheres que o namoraram no passado. As duas me pediram para entrar em contato com elas, mas não respondi. Elas eram ex namoradas – o que elas poderiam me dizer que me interessaria?

Faço uma breve pausa e continuo.

— Acontece que elas estavam tentando me avisar que ele era perigoso. Outra noite, tomei a decisão de compartilhar algo profundamente pessoal com Rafe. Durante a maior parte da minha vida adulta, participei e desfrutei de um estilo de vida alternativo que apoia relacionamentos dominantes e submissos entre parceiros que consentem. Eu queria compartilhar meu amor por essa prática com o homem que eu achava que amava. Os ferimentos que vocês veem no meu rosto resultaram daquela noite, durante a qual Rafe me amarrou e chicoteou minhas costas até sangrarem. Quando ele terminou, me deixou amarrada e sangrando por horas até que fui encontrada por um amigo.

Suspiros de choque ondulam através da multidão reunida.

— Nos dias desde o ataque, ele ameaçou várias vezes divulgar fotos minhas nua, amarrada e espancada.

Quando olho por cima das minhas anotações, fico impressionada ao ver Sebastian, Flynn, Natalie, Hayden, Addie, Emmett, Leah, Kristian, Aileen, Ellie e Jasper alinhados na parede dos fundos da sala.

Seb assente e me dá um sinal de positivo, seu olhar feroz me encorajando a continuar.

Engulo o nó na garganta que se formou quando notei meus amigos mais próximos, a família que escolhi para mim, alinhados em apoio a mim. Eu os amo tanto naquele momento, mais do que nunca.

Movo meu olhar para Flynn e depois para Hayden enquanto continuo.

— Meus amigos mais íntimos o desprezavam. Eles o toleravam apenas por respeito a mim. Tentaram me dizer que não confiavam nele, que eu poderia encontrar coisa melhor. Ignorei suas preocupações. Me arrependo disso. Mas o que ele fez comigo – e com muitas outras mulheres? Essa culpa é *dele*. Descobri que ele é um abusador em série que atacou mulheres durante toda a vida adulta. Isso vai parar agora. Se você conhecer esse homem... — Faço um gesto para a tela, onde uma imagem enorme de seu rosto aparece. — Afaste-se dele. Sua boa aparência é a fachada para um monstro. Minha esperança é que, ao divulgar minha história, eu possa salvar outras pessoas de serem abusadas por esse homem. Vocês podem se perguntar por que não o denunciei à polícia até agora. Não queria que minha vida privada fosse transmitida para o mundo. Ainda prefeririria manter isso e minha vida pessoal em sigilo. Mas depois de conversar com a Teagan e com a Veronica e descobrir o que aconteceu com elas e com outras mulheres que ele machucou, permanecer em silêncio não era mais uma opção. Fiz um boletim de ocorrência com um policial da polícia de Los Angeles hoje de manhã e já emitiram um mandado de prisão. Acreditamos que ele esteja na França, mas se retornar aos EUA, as autoridades estarão esperando por ele.

Contendo a emoção, continuo a falar.

— Para todas as mulheres que vivem relacionamentos abusivos, quero que saibam que não estão sozinhas. Ninguém está imune a abusos. Fizemos uma lista de lugares onde se pode procurar ajuda que distribuiremos no final desta coletiva de imprensa. Agradecemos seu apoio em divulgar essa lista ao público. E agora vou passar a palavra à Teagan.

Imediatamente, os repórteres começam a chamar meu nome e gritar perguntas.

Liza intervém.

— Depois que as três se manifestarem, elas responderão às suas perguntas.

Ouço Teagan e Veronica corajosamente compartilharem suas histórias de romances de contos de fadas com Rafe, que se tornou abusivo ao longo do tempo.

Meu coração dói por elas, bem como pelas seis outras mulheres a quem se referem pelo nome, que podem contar histórias semelhantes.

— Ele é um homem perigoso que odeia mulheres — Veronica conclui com sua franqueza habitual. — Por favor, não pensem que você será aquela que irá consertar o que há de errado com ele. Fique longe dele. Isso conclui nosso discurso. Responderemos às suas perguntas.

Não estou surpresa que a maioria delas seja para mim, à luz da bomba que joguei a respeito do BDSM, junto com minhas contusões.

— Você é uma dominatrix, Marlowe?

Encontro o olhar intenso de Sebastian.

— Na verdade, sou o que chamamos de *switch*, o que significa que posso ser dominante e submissa.

— O que há no estilo de vida que te atraiu?

— Aprecio a comunicação aberta acima de tudo.

Uma das repórteres faz a próxima pergunta.

— Como alguém que passou a maior parte de sua vida adulta sendo centro das atenções como você manteve algo assim em segredo por tanto tempo?

— Mantive minha vida privada em particular. Nem sempre é fácil manter uma vida pessoal sob os holofotes de Hollywood, mas consegui manter minhas vidas públicas e privadas muito separadas. Quero ser clara sobre um ponto importante. Não tenho vergonha da minha participação no estilo de vida BDSM. Aqueles que consideram isso depravação não compreendem os princípios básicos do estilo de vida, que promovem interações seguras, sãs e consensuais entre adultos. Não há nada de ilegal ou imoral em duas ou mais pessoas concordando em se envolver em atividades consensuais. Qualquer um que tentar transformar isso em algo sujo ou depravado estaria mostrando sua ignorância para o mundo.

No fundo da sala, Flynn levanta a mão, apontando na minha direção, que é sua maneira de dizer: *Vai lá, garota*. Eu provavelmente deveria ter avisado aos meus sócios que planejava divulgar meu envolvimento no estilo de vida, mas não tinha cem por cento de certeza de que diria essa parte até que as palavras saíssem da minha boca. Queria tirar todas as armas que Rafe tentasse usar contra mim.

Alguns repórteres fazem perguntas sobre Rafe. Perguntam a grafia correta de seu nome, da empresa em que ele trabalhava e outras coisas sobre seu passado.

Fico feliz em saber que pelo menos alguns deles estarão focados no principal motivo pelo qual convocamos esta coletiva de imprensa.

Depois de uma hora respondendo a perguntas, Liza informa que terminamos e que qualquer outra pergunta pode ser direcionada ao escritório dela.

Fico surpresa e emocionada quando a sala explode em aplausos espontâneos e ainda mais espantada ao ver Teagan e Veronica aplaudindo também.

Eu abraço as duas.

— Eu não poderia ter feito isso sem vocês.

Teagan se afasta do nosso abraço.

— Sim, poderia. Você foi incrível. Acredito que é seguro dizer que as mulheres do mundo *o* evitarão a partir de agora.

— E para *ele* — Veronica acrescenta —, será uma punição pior do que a prisão jamais seria.

É verdade. Rafe precisa de sexo da mesma maneira que outras pessoas precisam de ar.

— Aposto que ele não será capaz nem de pagar depois disso — Teagan acrescenta.

Nós três compartilhamos uma risada e outro abraço. Percebo que as duas têm o cuidado de não tocar nas minhas costas, o que aprecio. Essa experiência nos uniu por toda a vida e sou grata por ter feito duas novas amigas como resultado de uma das coisas mais difíceis que já me aconteceram.

Minha família Quantum está me esperando quando saio do palco, cada um deles me abraçando gentilmente e me dizendo o quanto têm orgulho de mim.

Flynn e Hayden evitam os repórteres que querem tirar vantagem do fato de estarem na sala com dois dos melhores artistas de Hollywood.

— O sr. Godfrey e sr. Roth não estão disponíveis para perguntas da imprensa — Liza fala. — Sigam em frente.

Eles fazem o que ela manda para não entrarem em conflito com a equipe mais famosa da cidade.

— Estou tão orgulhoso de você, Mo — Flynn sussurra quando me abraça. — Você entregou aquele filho da puta e deteve totalmente a sua verdade lá em cima.

— Obrigada. — Ter o apoio dele significa tudo para mim. — Obrigada a todos por estarem aqui ao meu lado.

— Não teríamos perdido isso por nada — Ellie fala.

Sebastian é o último do grupo a me abraçar, e ele se mantém assim por um bom tempo, fazendo mais uma declaração pública em meu nome, essa na frente de nossos amigos em comum. Ele quase confirma que as coisas mudaram entre nós nos últimos dias.

— Você foi ótima lá em cima, mas nunca tive dúvidas de que você ia arrasar.

— Estou feliz que um de nós estava confiante.

Ele abaixa a cabeça no meu ombro e respira fundo. É quando percebo que ele estava nervoso por mim. Eu o abraço mais apertado, ciente de que todo mundo perto de nós está assistindo. E não me importo nem um pouco.

— Vamos para casa — ele sussurra em um tom rouco.

— Você acabou com a vida daquele filho da puta — Hayden fala. — Isso exige uma festa.

— Hoje, não. — Com o braço ao meu redor, Sebastian se dirige para a porta.

— Espere um minuto — Hayden chama.

Sebastian continua se movendo.

Percebendo que ele quer ficar sozinho comigo e não se importa quem saiba, é a coisa mais emocionante do mundo.

— Deixe-os ir — Addie diz ao marido. — Vamos comemorar amanhã.

Ouço Hayden começar a protestar, mas estou longe o suficiente deles para escutar o que ele diz.

— Mala pesada — Sebastian murmura.

Rio quando emergimos no sol brilhante do final da tarde. Um peso foi tirado dos meus ombros. Eu compartilhei minha história e "saí do armário" como participante do estilo de vida em meus próprios termos. Não dou a mínima para o que alguém pensa de mim ou de minhas escolhas. Estou muito além do ponto em que preciso me preocupar com as escolhas que afetam minha carreira. Quando se é sócio de uma das principais empresas de produção de Hollywood, há muito menos para se preocupar com a carreira. Se eu for evitada por outros produtores, o que me importa? Nos últimos anos, cheguei ao ponto de aceitar poucos papéis fora da Quantum.

Enquanto caminhamos em direção a caminhonete de Seb, um fotógrafo aparece atrás de outro veículo e tira uma foto nossa.

Sebastian grunhe para o cara, que sabiamente recua. Seb abre a porta do passageiro e espera que eu me acomode antes de fechá-la e dá a volta para o lado do motorista, falando algo com o fotógrafo que não consigo ouvir de dentro.

Ele está furioso quando entra na caminhonete, batendo a porta com força. Sua mandíbula está tão tensa que sua bochecha se contrai. Sua raiva por mim é uma grande excitação. Se o estacionamento não estivesse cheio de repórteres, eu poderia ter me sentado em seu colo para mostrar meu apreço. Mas já dei ao público o suficiente de mim hoje. Eles não vão receber isso também.

CAPÍTULO 16

Marlowe

Seb pisa no acelerador e saímos do estacionamento, indo para sua casa em Malibu. Gostaria de saber quando poderei voltar para minha casa na praia. Sinto falta do som do oceano e do cheiro da areia.

— Você está bem? — ele pergunta depois de um longo silêncio.

— Sim. E você?

— Melhor agora que acabou.

— Obrigada pela ajuda. Significa muito para mim.

Ele segura minha mão.

— Você significa muito para todos nós. Detestamos vê-la sofrer do jeito que sofreu nos últimos dias.

— Não foi tão ruim.

Quando ele olha na minha direção, vejo fogo em seus olhos escuros e um toque de sorriso em seus lábios pecaminosamente sexy. O tremor na bochecha se foi, e ele parece ter relaxado um pouco agora que escapamos.

— Não estamos sendo seguidos, estamos?

— Não. Estou de olho.

— Ah, que bom. — Solto um suspiro de alívio. — Isso é bom.

— Não vou deixá-los te encontrar, baby. Não se preocupe.

Quando outros caras me chamam de baby, me irrita. Quando ele me chama assim, me faz sentir quente, feliz e adorada. Esse pensamento é algo que reflito enquanto seguimos em um silêncio confortável até encontrarmos a costa e seguirmos para o norte em direção a sua casa. Por que um termo carinhoso que sempre me aborreceu soava diferente quando vinha dele? É porque éramos amigos antes de nos tornarmos outra coisa? Provavelmente porque sei que vem de um lugar de carinho e respeito com ele, o que nem sempre aconteceu com outros caras.

Essa base de amizade torna tudo diferente com Seb. Além de Flynn, nunca estive em um relacionamento com um cara de quem eu era amiga — e meu "relacionamento" com Flynn não durou muito. Gostaria de saber se o que comecei com Seb seguirá um caminho semelhante. Vamos descobrir que somos melhores amigos do que amantes? Eu realmente espero que não, porque a noite passada foi incrível e quero mais de tudo com ele.

Chegamos a sua casa uma hora antes que ele tenha que sair para o trabalho. Espero que seja tempo suficiente para mostrar a ele o quanto seu apoio significou para mim. Mal chegamos lá dentro, ele pega o telefone e envia uma mensagem de texto.

— Está tudo bem?

— Aham. Eu estava avisando a Quisha que ela está no comando hoje à noite.

Meu coração pula de emoção ao ouvir que ele está tirando a noite de folga. Ele raramente tira folga. Na verdade, ouvi Kristian, o sócio-gerente, ordenar que ele tirasse alguns dias, porque não podemos continuar acumulando meses de férias todos os anos. Sebastian sempre diz que não há nada que ele prefira fazer do que trabalhar e se ele perder o tempo das férias, que assim seja.

Ele é nosso funcionário mais leal e dedicado, e vê-lo mudar sua rotina para passar mais tempo comigo me deixa excitada. Vou até ele, coloco meus braços em volta do seu pescoço e pressiono meu corpo contra o seu.

— Por acaso encontrou algo que gosta de fazer mais do que trabalhar?

Suas mãos deslizam pelas minhas costas para segurar minha bunda. Ele me levanta do chão.

— Ah, sim, com certeza.

Envolvo minhas pernas em sua cintura e lhe dou um beijo profundo e apaixonado que provoca fogos de artifício dentro de mim. Meus seios estão pressionados em seu peito e meu centro macio está apertado contra a dureza da sua ereção enquanto ele me deixa louca com carícias da sua língua. Caramba... todo esse tempo ele estava ali esperando que eu o visse dessa maneira, e agora que estou com ele... não me canso de como me sinto quando ele me toca.

Só preciso de alguns dias com Seb para que fique óbvio para mim que *tudo* estava errado com Rafe muito antes de ele me bater e me deixar. Nunca me senti tão *consumida* por ele como por Seb. Ele nos leva para o quarto e me coloca na cama, olhando para mim com tanta emoção em seus olhos escuros e insondáveis.

— Isso sempre esteve aí entre nós, esperando que o encontrássemos? — pergunto a ele.

— Sempre esteve aí para mim, mas nunca me permiti acreditar que isso poderia acontecer.

— *Por quê?*

Seus lábios se curvam em um sorrisinho que não alcança seus olhos.

— Você é uma rainha, e eu sou um camponês perto de você.

— Isso não é verdade. Você é gentil, leal, trabalhador e dedicado às pessoas que ama. O que mais alguém poderia querer de um amigo ou amante do que alguém com essas qualidades? Sabe como essas coisas são raras? Especialmente nesta cidade. — Estendo a mão para abrir o cinto e soltar o botão do jeans desgastado e desbotado que o abraça nos lugares certos. — Eu vim do nada, Sebastian. Menos que nada. Em casa, estávamos sempre a um passo da luz ser cortada ou comprando comida com cupons. Minha mãe tinha tanta vergonha de ser pobre. Depois de tudo o que ela fez por mim, eu queria tanto lhe dar algo melhor.

Ele acaricia meu rosto com as pontas dos dedos, provocando arrepios em meus braços e costas.

— Ela ficaria tão orgulhosa de quem você se tornou.

— Espero que sim. — Olho para ele. — Somos mais parecidos do que você pensa. Nem sempre tive o que tenho agora e tento não deixar o sucesso que tive me definir. No fim das contas, sou apenas uma garota de Tulsa, Oklahoma, que teve muita, muita sorte.

— Foi mais que sorte. Você tem alguma ideia do quanto é talentosa? Fiquei encantado com você em *Insidioso*. Quando acho que já vi tudo que você pode fazer, você se supera.

Esse é um dos melhores elogios que já recebi.

— Obrigada.

— Você vai ganhar o Oscar.

— Shhh. Flynn te mataria por dizer isso.

— Que se dane ele e suas superstições. Se você não ganhar, será um crime.

Já ganhei o Globo de Ouro, assim como Flynn e Hayden, e o filme ganhou como melhor drama, então nossas chances são boas para o Oscar. Dito isto, não tomamos nada como garantido. Além disso, já tenho algumas estatuetas. Se não ganhar, vou sobreviver. Mas realmente quero ganhar.

Abro sua roupa com cuidado, afastando a calça da sua enorme protuberância, e exclamo com surpresa quando seu pênis nu cai na minha mão. Olho para ele.

— Livre?

— A maior parte do tempo. Não gosto de me sentir preso.

— Quando você acha que conhece alguém...

Sua risada me agrada muito. É preciso muito para arrancar um riso do sempre sério Sebastian Lowe. A risada se transforma em um gemido quando eu o acaricio e chupo a cabeça larga do seu pau. Ele entrelaça os dedos nos meus cabelos e me segura quando o acaricio com a língua. Eu o absorvo o máximo que posso e sinto um momento de pura satisfação quando sinto a cabeça bater na minha garganta.

— Marlowe.

Ouço a maneira rude com que ele diz meu nome, mas eu o ignoro e seguro suas bolas, que estão tensas e duras. Continuo, determinada a proporcionar a ele o máximo de prazer possível, mesmo quando ele está tentando me fazer parar. Não paro. Intensifico os movimentos e, em segundos, ele está mais duro e jorra seu gozo em minha garganta.

— *Caramba*. — Embora seu tom seja severo, seus olhos são ternos quando ele olha para mim, parecendo se certificar de que estou bem. — Você acabou comigo.

Sorrio para ele.

— Eu sei.

— Você está bastante satisfeita consigo mesma, não está?

— Bastante.

O telefone dele toca, mas o ignoramos. Quando toca novamente, ele expira exasperado e o tira do bolso. Só porque o observo tão de perto, percebo o choque quando ele vê quem está ligando. Ele recusa a ligação, coloca o telefone de volta no bolso e estende a mão para me ajudar a levantar.

— Quem era?

— Ninguém.

Sei instintivamente que ele está mentindo. Quem ligou o deixou chateado, estressado, inquieto.

— Minha mãe me convidou para jantar amanhã à noite. Quer vir? — Ele faz a pergunta de forma casual, como se não fosse grande coisa para ele me levar para casa da sua mãe. Eu a encontrei muitas vezes, mas nunca como acompanhante dele.

— Ela não se importa?

— Claro que não. Ela sempre faz o suficiente para alimentar um exército.

— Você vai dizer a ela que vai me levar?

— Prefiro surpreendê-la. — O sorriso de menino faz coisas maravilhosas ao seu comportamento.

— Vamos fazer uma troca. Jantar com a mãe para um encontro no Oscar.

Amo o jeito que seus olhos se arregalam de choque.

— Sério?

— Muito sério.

— Você quer me levar ao Oscar como seu acompanhante?

Rindo, concordo.

— Isso mesmo.

— Uau.

— Isso é um sim?

— Eu, ah... você tem certeza?

— Sim, tenho. A menos que você não queira ir.

— Quero. Quero dizer... Isso seria incrível, mas...

— O que foi?

— Não sou o tipo de cara com quem seus fãs esperariam te ver. Estou intrigada com o processo de pensamento dele.

— Com que tipo de cara você acha que eles esperam me ver? Ele faz uma careta.

— Alguém como o francês.

— E veja como isso funcionou. — Coloco minha mão em seu rostc e o obrigo a olhar para mim. — Eu não ficaria feliz se você pensasse que não é bom o suficiente para mim, Sebastian. Só porque tive sorte e sucesso em um negócio que me tornou famosa, isso não me faz melhor do que você ou qualquer outra pessoa. Nós dois conhecemos muitas pessoas famosas que são babacas.

— Verdade — ele diz com uma gargalhada.

— Mas se você não estiver disposto a ir, eu entenderia.

— Eu ficaria honrado em ir com você.

— Sério?

— Sim. — Ele me atrai para um beijo suave e sexy que me faz querer ronronar com o prazer de estar perto dele dessa maneira.

— Não acredito que você esteve aqui o tempo todo...

— Acredite, meu anjo. Eu via você em ação no clube e tinha que ir ao escritório para bater uma, assim não me envergonharia ficando de pau duro a noite toda.

— Não acredito!

— Eu fazia isso o tempo todo. Quando você está no modo dominatrix... — Seu grunhido baixo termina a frase por ele.

— Mas você é um dominador que não é *switch*. Não deveria te excitar me ver dominando os caras.

— E ainda assim... — Ele pega a minha mão e a leva até seu pau duro. — Isso é o que pensar em assistir você faz comigo.

— Isso é muito intrigante para mim.

— O que mais gosto no nosso estilo de vida é que duas pessoas ou casais não navegam exatamente da mesma maneira. As coisas devem funcionar do nosso jeito e se nos revezarmos no comando dá certo para nós, que assim seja.

Passo a mão pelo peito bem definido e tatuado.

— Isso com você... é bom. — É melhor do que qualquer coisa, mas não estou pronta para admitir isso para mim ou para ele. Há uma semana, eu estava em um relacionamento sério com um homem que eu pensava estar apaixonada. Meu julgamento não tem sido confiável ultimamente, por isso estou tentando não ir muito rápido com Sebastian. Ainda não se sabe se este é o início de algo novo ou um caso que se esgotará antes que ele possa ir a qualquer lugar. No entanto, quanto mais tempo passo com ele, mais começo a suspeitar do primeiro e não do segundo.

— É bom para mim também. De fato, é mais do que bom. Parece extraordinário.

É tão bom que ficamos a sós pelos próximos cinco dias depois que ele decide tirar mais tempo para passar comigo. Kristian está animado por ele estar usando alguns dias das férias. Por todas as contas, o mundo inteiro *enlouqueceu* com a minha revelação sobre minha afeição pelo estilo de vida BDSM. Com todo mundo querendo mais dessa história, é um bom momento para estar fora do radar.

Além da noite em que jantamos com a mãe dele — e ela chorou de alegria quando se deu conta de que estamos juntos — não vamos a lugar algum nem falamos com ninguém, a não ser um com o outro e desfrutamos do tipo de prazer sensual que nunca havia experimentado antes. Não me importaria se nunca mais saíssemos da sua cama, eu decido na manhã do sexto dia enquanto relaxamos depois de fazer sexo assim que acordamos.

Perdi a noção de quantos orgasmos já tive. O que importa quando são tão abundantes?

Nos aconchegamos por tanto tempo que não tenho ideia de que horas são, nem me importo. Não tenho que ir a lugar algum e aconchegada em seus braços é o melhor lugar que já estive há muito tempo. Acordo um pouco mais tarde para perceber que adormeci.

— Bem vinda de volta.

Estou viciada no som da sua voz rouca. Caramba, estou viciada nele todo.

— Sinto muito.

— Não sinta. Você sabia que fala enquanto dorme?

— Eu não falo.

— Fala, sim.

— O que eu disse?

— Era difícil dizer, mas foi algo como: me come mais, Sebastian. Dou uma gargalhada e bato em seu ombro duro como uma pedra.

— Isso não é verdade!

— Da próxima vez, vou gravar.

— Grave mesmo. — Amo o jeito que ele me faz rir. O jeito que ele me toca, me domina e me faz sentir adorada. Tudo nessa relação é diferente de como foi com Rafe, e depois de passar esse tempo com Sebastian, eu me pergunto como eu poderia confundir aquilo com amor. Isso... isso é amor. Embora nenhum de nós tenha dito as palavras, o que sinto por estar com ele dessa maneira é o mais próximo que já estive de estar realmente apaixonada.

O sentimento é frágil, como um pássaro recém-nascido que ainda está aprendendo a abrir as asas. Quero protegê-lo e guardá-lo para que nada possa prejudicá-lo.

Me estico com câimbra e noto a pontada sempre presente de dor entre minhas pernas. É o que ganho por me enroscar com aquele pau monstruoso sem parar por dias.

— Vou tomar banho. Quer se juntar a mim?

— Em um minuto. Meu telefone está tocando. Tenho que descobrir quem está me incomodando.

— Está bem. — Eu o beijo e me levanto, ciente do seu olhar na minha bunda nua enquanto entro no banheiro. Espero que ele não me deixe esperar demais.

CAPÍTULO 17

Sebastian

No momento em que ouço o chuveiro, me levanto, visto uma cueca, levo o telefone para a varanda e fecho a porta deslizante para que não haja chance de Marlowe ouvir essa conversa. Retorno às ligações recebidas há alguns dias desde a coletiva de imprensa.

— Que merda você quer? — pergunto quando ele responde.

— Sebastian Lowe. É assim que se fala com um velho amigo?

— Não somos amigos, Turk. Nunca fomos. — O som da sua voz provoca medo no meu coração, o que não é fácil de acontecer. Estou longe do jovem, tolo e ingênuo idiota que já fui. Naquela época, o som da voz de Turk Santos podia fazer meus joelhos tremerem. — O que você quer?

— Vi algo na internet que chamou minha atenção. Você está crescendo na vida, acompanhando Marlowe Sloane.

Ouvi-lo dizer o nome dela me deixa louco.

— Se chegar perto dela, eu te mato.

Turk solta uma grande risada.

— Como se você fosse idiota a ponto de fazer isso. Estaria morto antes de respirar fundo, mas é claro que sabe disso.

— O que quer?

— Se lembra de quando seu bom amigo Hayden veio buscá-lo, e eu deixei você ir com a ressalva de que você me devia?

— Não tenho ideia do que você está falando. — Sei exatamente a que ele está se referindo. Meu peito está apertado, como se estivesse tendo um ataque cardíaco. Talvez eu esteja.

— Tudo bem, se quer jogar desse jeito, farei sua vontade. Aqui vai o que você vai fazer: tenho uma sobrinha chamada Ariel. Ela é triplamente talentosa – canta, dança, atua e é linda. Ela quer ser uma estrela. Sua garota vai fazer dela uma estrela ou vou criar problemas para você. Estamos entendidos?

Pensar em pedir uma coisa dessas a Marlowe me faz sentir tão enjoado que tenho medo de vomitar.

— Isso não vai acontecer.

— Vai acontecer, sim. Tínhamos um acordo, você e eu. Você pode querer fingir que não se lembra, mas sei que sim. E está ciente de que ninguém sai da nossa vida sem fazer concessões significativas. Te deixei sair, mas você me deve e sabe disso.

— Não te devo nada. Não me ligue de novo. — Encerro a ligação e bloqueio o número, odiando a maneira como minhas mãos tremem quando abro a porta deslizante para voltar para dentro.

Isso não pode estar acontecendo. Estou muito distante de Turk Santos e do grupo com quem me envolvi quando era burro demais para ter evitado. Respiro fundo várias vezes, tentando fazer com que meu ritmo cardíaco volte ao normal antes de me juntar a Marlowe no chuveiro. Minha cabeça está girando, meu sangue fervendo e meu coração doendo com o pensamento de colocá-la em perigo. Isso não pode acontecer, especialmente depois do que ela acabou de passar.

Sabia que era demais esperar que pudéssemos ser alguma coisa. No espaço de alguns minutos, passei de exultante para devastado. Depois de ter um gostinho do que poderia ser com ela, como vou suportar me afastar? Vai doer pra caramba, pior do que qualquer coisa que já me aconteceu, mas farei isso para protegê-la. Pessoas como Turk Santos não podem nem chegar perto dela.

— Seb — ela chama do chuveiro —, você vem?

Sou atraído por ela com tanta intensidade que é preciso toda a minha força de vontade para ignorá-la, voltar para a varanda, me sentar na espreguiçadeira em frente ao oceano e ficar longe. Ela é linda, perfeita e tudo o que não sou e nunca serei. Era um sonho, um sonho lindo, mas mesmo assim, um sonho.

Agarro os braços da cadeira para não ceder ao desejo de estar com ela, tocá-la e me perder nela. É doloroso ficar longe, mas faço isso por ela.

Marlowe

Algo aconteceu enquanto eu estava no banho. Tudo está diferente. Ele não olha para mim enquanto joga as roupas em uma mochila na cama.

— Tenho que sair da cidade por alguns dias.

— O que está acontecendo?

— Um velho amigo está com problemas e me ligou pedindo ajuda.

— Alguém que conheço?

— Não, é um dos caras do meu antigo bairro.

— Onde ele mora agora?

— Ah... fora de San Jose.

— Você vai dirigindo até lá?

— Sim, esse é o plano. Pode ficar aqui o tempo que precisar. Coloquei as chaves no balcão da cozinha.

Cruzo os braços, sentindo a necessidade de me proteger do que quer que seja.

— Tudo bem.

Ele fecha a mochila, a coloca no ombro e caminha em direção à porta, parecendo parar quando percebe que não pode sair sem me dizer algo. Pelo amor de Deus, ele estava dentro de mim há uma hora.

— Sinto muito por isso — ele fala com a voz rouca quando volta para beijar minha testa antes de sair do quarto.

Muito tempo depois de ouvir a porta da frente fechar, não consigo me mexer, porque estou muito chocada, desesperada e confusa. Tudo estava bem até eu ir para o chuveiro, então o que foi que aconteceu? Não tenho ideia de quanto tempo fico lá tentando processar sua partida apressada até que desperto desse torpor. Não tenho como ficar aqui sem ele.

Ainda tentando entender o fato de que ele se foi, olho para a cama bagunçada onde encontramos um prazer intenso juntos. Foi demais para ele? Foi isso que aconteceu? Não sei e isso me deixa louca. Arrumo a cama rapidamente e entro no quarto onde minhas coisas estão.

Em seguida, ligo para Leah.

Ela atende imediatamente.

— Oi, como você está?

— Pode vir me buscar?

— Ah, hum, claro.

— Pode vir rápido?

— Vou sair do escritório agora e chego aí o mais rápido possível. Vou mandar uma mensagem quando estiver chegando.

— Obrigada. — Encerro a ligação, agradecendo por ela não ter perguntado por que quero uma carona ou para onde estou indo. E para onde exatamente vou? Não posso ir para casa, porque está cercada por repórteres. As casas de Flynn e Hayden provavelmente também estão sitiadas. Mas Flynn tem um portão para mantê-los do lado de fora. Ligo para ele.

— Ia mesmo ligar para você.

— Preciso de um favor.

— Qualquer coisa.

— Posso ficar com vocês por alguns dias?

— Claro que pode, mas pensei que você estava saindo com o Seb.

— Estava. Não estou mais e não posso ir para casa. — Detesto não poder ir para casa. Quero minha própria cama, minhas coisas e minha vista gloriosa do Pacífico. Normalmente não me procuram lá, mas não tenho privacidade com o mundo inteiro querendo um pedaço de mim. E a possibilidade de Rafe aparecer na minha casa, se ele tiver a coragem de voltar para LA, é suficiente para me afastar.

— Você está bem?

— Sim. — Me recuso a deixar a rejeição de Sebastian me abalar. Nos divertimos. Acabou. Ele se foi e estou seguindo em frente.

— Precisa de carona?

— Não, a Leah vem me buscar.

— Vou avisar a Nat que você vem. Nossa casa é sua. Sabe disso.

— Obrigada. — Minha voz falha e disfarço com uma tosse. Passei por coisa muito pior, como o que o que aconteceu comigo recentemente e sobreviverei da maneira que sempre faço.

Mais do que tudo, estou decepcionada. Os últimos dias com Sebastian foram mágicos, inesperados e deliciosos. Pensei que ele estava gostando tanto quanto eu. Aparentemente, achei errado. Jogo as roupas na bolsa sem me importar se elas vão ficar amassadas. O que me importa isso? Só quero dar o fora daqui.

Leah manda uma mensagem pouco tempo depois para dizer que chega em quinze minutos.

Pego a bolsa, faço uma rápida varredura no banheiro, na sala e na cozinha para ter certeza de que peguei tudo, notando as chaves que ele deixou no balcão para mim. Desvio rapidamente o olhar e fico concentrada no meu plano de fuga, mesmo que meu coração fique dolorido ao deixar o lugar onde fui tão feliz em um momento em que deveria estar arrasada.

Sebastian me fez sentir feliz, segura e protegida — até que ele puxou o tapete debaixo de mim e me deixou cambaleando mais uma vez. É uma maravilha não ter tido uma lesão no pescoço pela maneira como as coisas se desenrolaram. Não faz muito tempo, pensei que estava feliz com Rafe e agora estou com o coração partido por Sebastian?

Preciso de uma intervenção.

Depois de me certificar de que a porta está trancada, deixo o apartamento e desço as escadas até o saguão para esperar por Leah. Felizmente, ninguém está por perto para me ver ou me incomodar nos cinco minutos que fico lá antes que o carrinho vermelho pare no meio-fio. Ela está com a capota abaixada, então procuro um elástico na bolsa e prendo o cabelo antes de puxar a mala de rodinhas até o meio-fio, onde ela está esperando para colocá-la no porta-malas.

Quando estamos no carro e com o cinto de segurança, ela se vira para mim.

— Para onde?

— Para a casa do Flynn.

— Tudo bem?

— Sim. — Não quero falar sobre isso com ela nem com ninguém. Quero esquecer Rafe, Sebastian e tudo o que aconteceu, o que será mais fácil dizer do que fazer, especialmente a parte com Sebastian, que foi o melhor momento que já passei com alguém. Farei o que sempre faço quando a vida ne dá uma rasteira. Vou manter meu queixo erguido e firme, mesmo que doa por dentro.

— Achei que você estava saindo com o Sebastian.

— Estava. Não estou mais.

Ela não diz nada em resposta a isso, o que aprecio.

— Sinto muito, mas tenho que parar para abastecer. Pretendia fazer isso antes do trabalho.

— Não se preocupe. Você não sabia que viria para Malibu.

Alguns quilômetros depois, ela entra em um posto de gasolina.

— Serei rápida.

Encontro um boné na bolsa e o coloco, puxando-o sobre o rosto na esperança de que ninguém me note. Gostaria de poder parar de pensar em Sebastian ou no que aconteceu para fazê-lo fugir. Minha cabeça percorre cada minuto das últimas horas e dias, mas nada se destaca como preocupante ou estranho, exceto pelo fato de que alguém não parava de ligar para o seu telefone. Para mim, em um minuto, estava tudo bem. No seguinte, não estava.

— Marlowe Sloane.

Assustada, levanto os olhos para ver o rosto de um homem me encarando. Ao ver os olhos frios e escuros, sei que não é alguém amigável.

Ele afasta a jaqueta e me mostra a arma que está carregando.

— Você precisar vir comigo.

— O que você quer?

— Saia do carro e comece a se mexer ou a sua amiguinha vai se machucar. Quer que ela se machuque?

Há alguns meses, Leah foi ferida em um acidente de carro que quase a matou. A última coisa que quero no mundo é que algo aconteça com ela por minha causa. Saio do carro, me sentindo estranhamente afastada do que quer que seja. Não estou assustada nem alarmada. Talvez eu esteja entorpecida depois das últimas semanas que tive, mas o que há de errado comigo está me impedindo de ficar histérica enquanto ele me empurra para o banco de trás de um Dodge Charger, onde Leah está encolhida no canto.

Ele fecha a porta e sinaliza para outro cara, que sai com o carro de Leah.

A coisa toda acontece em questão de segundos. É tão bem feito que ninguém percebe. Gostaria de saber quanto tempo levará para que alguém perceba que estamos sumidas. Espero que não muito.

— O que você quer? — pergunto quando o homem entra no carro.

— Entreguem os telefones, calem a boca e continuem assim até que sejam autorizadas a falar.

Entregamos nossos telefones, e ele os desliga.

Seguro a mão de Leah e dou-lhe um aperto tranquilizador. Os olhos dela estão arregalados de medo. Seja o que for, certamente não a envolve. Farei o que for preciso para mantê-la segura. Tento prestar atenção aonde estamos indo, mas ele faz tantas curvas que perco a noção. Acabamos perto de um píer que não me é familiar. Ele pressiona um botão em um controle de garagem preso ao visor e entra em um prédio enorme. A porta se fecha atrás de nós com um barulho, nos envolvendo na escuridão.

Leah está tremendo quando somos puxadas para fora do carro, conduzidas por um longo corredor e empurradas para um espaço de concreto que é mais uma cela do que uma sala. A porta se fecha com um estrondo alto que nos faz pular.

Quando estamos sozinhas, Leah se vira para mim.

— O que foi isso?

— Não faço ideia.

— *O que vamos fazer?* — Sua voz está histérica.

— Vamos manter a calma e fazer o que for necessário para permanecermos vivas.

— Isso tem relação com o Rafe?

— Acho que não. Ele não tem imaginação para fazer algo assim.

— O Emmett vai me procurar se eu não voltar ao escritório ou responder suas mensagens.

— Isso é bom. Vai deixá-lo alarmado. — Coloco o braço em volta dela e a mantenho perto de mim quando nos sentamos no chão e esperamos. Rezo para que Leah esteja certa sobre Emmett e que ele a procure em breve. Também para que Flynn e Nat se sintam alarmados mais cedo ou mais tarde quando eu não aparecer na casa deles.

CAPÍTULO 18

Sebastian

Penso em ir à casa da minha mãe, mas basta ela me olhar para saber que algo está terrivelmente errado. Depois da noite em que levei Marlowe para jantar, ela ficou mais feliz do que jamais a vi. Não tenho coragem de tirar isso dela. Então vou para o clube, o único lugar onde tudo faz sentido. Desligo o telefone e me enterro no trabalho — faturas, cartões de ponto, inventário, limpeza. As horas passam antes de eu levantar a cabeça para descobrir quanto tempo se passou.

São quase duas horas. O clube abre às oito. Tenho tempo para ir à academia, onde troco a roupa que guardo em um armário. Fico feliz por não ter que ir para casa. Se eu ficar longe de Marlowe e nunca mais for visto com ela em um contexto romântico, posso mantê-la segura — ou pelo menos, espero. Isso é tudo o que importa para mim.

Malho até meus músculos tremerem e meu corpo ficar tão exausto que ando tropeçando quando saio da academia e volto para o clube para abrir. Dentro do saguão do edifício Quantum, encontro com Hayden.

— Jesus Cristo, Seb. Onde você esteve?

Estou impressionado com a pergunta, tanto quanto com a maneira calorosa com que é feita. Ninguém nunca questiona minhas idas ou vindas. Faço meu trabalho. Eles não se importam com a forma.

— Hã?

— Não conseguimos entrar em contato com você, Marlowe ou Leah o dia todo. As pessoas estão ficando loucas, especialmente Emmett. Estamos prestes a chamar a polícia.

Como ainda estou em um estupor da academia, leva um minuto para que suas palavras sejam registradas.

— A Marlowe está na minha casa.

— Não, não está. Estivemos lá há duas horas. Não há sinal de nenhuma delas.

— Você checou a casa dela?

— Estivemos em todos os lugares onde elas poderiam estar. Não conseguimos encontrá-las. Vou verificar o condomínio do Rafe. Juro por Deus, se ele as tiver...

— Não é ele. — Sinto frio ao perceber que não é o Rafe que colocou Marlowe e Leah em risco. Sou eu.

Hayden franze a sobrancelha.

— O que você sabe?

Estou enojado, envergonhado e com muito medo.

— Sebastian! *O que você sabe?*

— Turk Santos me ligou mais cedo.

A cor se esvai do rosto de Hayden.

— Que merda ele queria?

— Queria cobrar o favor que lhe devo por me deixar sair naquele dia. Ele... ele queria que Marlowe fizesse da sobrinha dele uma estrela. Eu o mandei se foder. Terminei com ela e saí, planejando ficar longe para que ele a deixasse em paz. — Cada parte de mim dói quando penso naquele porco chegando perto de Marlowe – ou de Leah. Meu Deus, o Emmett vai me matar com as próprias mãos e vou deixar. É o mínimo que eu mereço. — Eu nunca deveria ter chegado perto dela. — Estou tão apavorado que nem registro que estou, basicamente, dizendo a Hayden a verdade sobre nós dois. Embora eu tenha certeza de que eles descobriram isso por conta própria quando desaparecemos por quase uma semana.

— Nem vem com essa merda. Isso não é culpa sua.

— E de quem é? Sou eu quem tem uma dívida pendente com um dos piores bandidos de Los Angeles e ele veio cobrar. Como isso não é culpa minha?

— Não foi você quem as sequestrou ou as colocou em perigo.

— Coloquei-as em perigo quando toquei em Marlowe! Deveria saber que ele faria algo assim. Cometi o erro de supor que ele havia se esquecido de mim.

— Só precisamos pensar. Vamos. — Ele me agarra pelo braço e me arrasta até o elevador que leva aos escritórios no andar de cima.

Seguimos em silêncio e emergimos no caos na área de recepção. Todo mundo está lá e na sala de reuniões.

Emmett anda como um tigre faminto prestes a atacar carne fresca. Seu estresse e medo são palpáveis.

Gordon e sua equipe estão posicionados ao redor da mesa da sala de reuniões, todos trabalhando com laptops.

— Temos imagens das câmeras de vigilância do prédio de Sebastian — Gordon anuncia.

O resto do grupo fica em silêncio.

— Leah pegou Marlowe logo após o meio dia e seguiram para o norte. Vamos tentar encontrá-las em outras câmeras.

— E os telefones? — Flynn pergunta. — Conseguiram encontrar?

Gordon balança a cabeça.

— Estão desligados. Ou elas não querem ser encontradas ou alguém está com eles.

Emmett faz um som que nem parece humano.

Me sinto enjoado com a culpa pelo que ele e os outros estão passando por minha causa.

Hayden me olha como se perguntasse: *você vai contar ou eu conto?*

— Sei quem está com elas.

Todos os olhos se voltam para mim. Nunca tive mais vergonha do meu passado do que naquele momento.

— Recentemente, recebi uma ligação de alguém que conheci há muito tempo. Ele... ele me viu com Marlowe após a coletiva de imprensa e queria algo de mim, ou, devo dizer, queria algo *dela*.

— O quê? — A exasperação de Flynn é óbvia.

— Ele quer que ela faça da sobrinha dele uma estrela.

— E daí? Nós sempre recebemos essa merda de pessoas que mal conhecemos.

— Ele é o chefe de uma gang — Hayden explica. — Foi ele quem deixou Seb sair do grupo naquele dia e agora voltou para cobrar o "favor" que ele acha que Sebastian lhe deve.

O grupo inteiro me olha, incrédulo.

— O que você respondeu? — Flynn pergunta.

— Eu o mandei se foder.

Emmett solta um rugido e vem em minha direção tão rápido que não tenho tempo para reagir antes de cairmos no chão. Antes que ele possa me dar um soco ou me estrangular, os outros caras estão sobre ele, puxando-o.

— Pare! — O grito de Hayden paralisa Emmett. — Isso não vai ajudar em nada.

— *Onde elas estão?* — o grito de Emmett é primitivo e atinge um lugar dentro de mim onde minhas inseguranças mais profundas viveram por todo o tempo que fingi ser um deles. Mas não sou um deles. Nunca fui.

— Não sei. Faz anos que não tenho nada a ver com ele ou com sua organização.

— Qual é o nome dele? — Gordon pergunta.

— Turk Santos.

A julgar pela maneira como os olhos de Gordon se arregalam, ele conhece Santos e sua reputação de assassino implacável.

— Precisamos da polícia de Los Angeles.

— Não.

Mais uma vez, todos olham para mim.

— Se você chamar a polícia, ele irá matá-las. — Essa é a única coisa que tenho certeza. — Ele deve ter visto onde moro antes de me ligar. — Ele sabia que eu a deixaria antes de submetê-la a ele. Fiz exatamente o que ele esperava que eu fizesse e estou com muito medo de vomitar na frente das pessoas que considero minha família. Depois disso, eles não serão mais minha família. Depois disso, nunca mais falarão comigo e não os culpo.

— Gordon, por favor, me diga que há algo que você possa fazer. — O apelo de Emmett é tão cheio de tristeza que traz lágrimas aos meus olhos.

Se algo acontecer com qualquer uma delas, nunca me perdoarei. O pensamento de Marlowe e Leah com medo por minha causa... esse é um momento horrível para ter certeza de que estou apaixonado por Marlowe, que me sinto assim há anos e, se a perder agora, vou morrer.

~

É A NOITE MAIS LONGA DA MINHA VIDA. AS HORAS PASSAM SEM NOTÍCIAS, pistas, ideias ou qualquer coisa. Sinto que não vejo Marlowe há anos. Estou vacilando em minha certeza de que chamar a polícia seria um erro. Certamente, isso seria melhor que este purgatório. Entre crises de lágrimas, Addie se encarrega de alimentar todos com a ajuda de Aileen, Kristian, Natalie, Jasper e Ellie. Max e Stella estão aqui, assim como a mãe de Hayden, Jan, e o pai de Addie, Simon, que estão saindo juntos.

Eles nos apoiam a noite toda, oferecendo as garantias de que tanto precisamos. Eu me apego à certeza de Max de que Marlowe e Leah são espertas, inteligentes e infinitamente capazes, que se alguém pode passar por isso, são elas.

Hayden deve ter ligado para minha mãe, porque ela aparece de madrugada com donuts e café para todos. Depois de colocar a comida e a bebida na mesa da sala de reuniões, ela vem até mim e passa os braços ao meu redor. Seu perfume familiar me envolve e conforta.

— Pare de se culpar, *hijo*. Você não tinha como saber que isso iria acontecer.

Ellie ofega, segura a barriga, olha para o chão e depois para nós.

— Acho que a bolsa estourou.

Jasper solta um grito e a pega em seus braços, correndo para o elevador. Max e Stella os seguem enquanto todo mundo deseja boa sorte. Observo-os com um sentimento surreal de desconexão deles e dos outros, como se minha excomunhão já tivesse ocorrido e só estou aguardando até Leah e Marlowe serem encontradas.

Por favor, Deus, que elas sejam encontradas.

Nunca pedi nada a Deus. Espero que ele ainda possa me ouvir, porque eu daria qualquer coisa se ele as trouxesse de volta ilesas.

— Reze comigo. — Minha mãe, sempre intuitiva, me pega pela mão e recita a Oração do Pai Nosso em espanhol.

Fecho os olhos e digo as palavras junto com ela de memória, me agarrando à fé que foi incutida em mim quando criança. Negocio com Deus. *Se as trouxer de volta para nós sãs e salvas, voltarei à igreja. Farei o que for preciso.* Eu andaria pelas chamas do inferno por Marlowe e Leah, que passou a significar muito para todos nós.

Abro os olhos e vejo que Natalie está chorando enquanto Flynn tenta confortá-la. Leah é sua melhor amiga de Nova York, e Marlowe se tornou uma amiga íntima desde que ela se mudou para cá. A pobre Nat já passou por muito. Esta é a última coisa de que ela precisa, especialmente com a gravidez tão avançada.

Por cima do ombro de Natalie, o olhar intenso de Flynn se conecta ao meu.

Ele está zangado. Não o culpo. Todo mundo está chateado por minha causa, por causa das coisas que fiz no passado e pelas dívidas que estão sendo cobradas da maneira mais dolorosa possível.

— Temos algo. — O anúncio de Gordon chama a atenção de todos. — A organização de Santos tem sede perto do porto de Los Angeles e, aparentemente, ele tem um apartamento no mesmo prédio. Estamos aguardando a confirmação do endereço e descobriremos qual será nosso próximo passo.

Pelo menos é alguma coisa.

— Vamos lá. — Emmett parece um reator nuclear prestes a derreter. A energia sai dele em ondas palpáveis. Ele esperou a vida toda para encontrar o verdadeiro amor por Leah. Isso é torturante para ele e para mim, por saber que o coloquei neste inferno horrível.

— Não vamos até lá até que tenhamos um plano completo. — O tom de Gordon é severo e intransigente.

Hayden impede Emmett de sair da sala de reuniões com a mão em seu peito.

— Não, Em. Temos que fazer isso direito. Elas estão contando conosco.

— Não aguento esperar.

— Eu sei.

— Não, você não sabe. — Emmett se livra das mãos de Hayden. — Sua esposa está bem aqui. Você sabe onde ela está. Não há como você entender como é isso.

— Você está certo. Não sei.

Emmett começa a soluçar, cada soluço parece uma faca no meu coração.

— Eu vou. — Fico de pé e falo antes de levar um tempo para contemplar o que estou dizendo. — Vou atrás delas. É a mim quem ele quer e se eu for, talvez ele as solte.

Marlowe

Ficamos nessa sala muito tempo antes que alguém venha nos buscar. Estamos com fome e com sede, e nós duas precisamos fazer xixi. E estamos com medo, o que, suspeito, era o plano deles quando nos deixaram ali por tanto tempo — garantir que ficássemos quietas e com medo para fazermos o que eles pedirem.

O cara que nos levou é quem volta, com o olhar fixo em mim.

— Venha comigo.

— Não vou a lugar nenhum sem a Leah.

— Você não dá as ordens aqui, estrela.

— Claramente, estamos aqui porque você quer algo de mim.

— Assumiu corretamente. Seu namorado poderia ter facilitado se cooperasse com meu pedido simples.

Percebo duas coisas naquele momento. Um, Sebastian foi

embora porque esse homem me ameaçou. E dois, ele me ama o suficiente para fazer o que for preciso, até me deixar para me manter a salvo. Estou cheia de calor e força logo após essas percepções. O amor de Sebastian me dá a força que preciso para enfrentar esse homem, descobrir o que ele quer e nos tirar daqui o mais rápido possível. Nós duas temos homens incríveis para encontrar em casa, e estou determinada a sair daqui para poder dizer a Sebastian que também o amo. Acho que talvez eu sempre tenha me sentido assim, um pensamento que me faz querer rir no pior momento possível.

Fuzilo nosso sequestrador com os olhos.

— Você não vai ter nada de mim se a Leah não puder vir comigo aonde quer que tenhamos que ir.

Ele inclina a cabeça e me dá um olhar avaliador.

— Tudo bem, traga sua amiguinha.

Pego a mão de Leah e seguro-a enquanto o seguimos por corredores e chegamos em uma sala do armazém onde os homens estão trabalhando em vários carros de luxo. Flynn saberia exatamente as marcas e modelos, enquanto eu sou basicamente sem noção. Uma desmanche, ou pelo menos é o que parece. Meu coração afunda quando percebo o carro de Leah do outro lado do espaço. Os outros homens nos ignoram quando subimos uma escada de metal. Me surpreendo quando entramos em um espaço decorado com estilo.

— Querem alguma coisa para beber?

— Adoraríamos um pouco de água e ir ao banheiro.

— Por ali — ele fala, gesticulando para uma porta.

Leah corre.

Ele me entrega água gelada em um copo de cristal pesado.

Bebo metade dele em um grande gole.

— Você é muito mais bonita pessoalmente do que na tela.

Ele espera que eu me sinta elogiada por isso?

— Obrigada.

— Uma rainha como você deveria estar com um rei, não com um camponês.

Eu me pergunto se foi ele quem convenceu Seb de que ele não

passa de um camponês. Nesse caso, esse é outro motivo para eu desprezar esse homem.

Enquanto fala, ele toca meu rosto.

Eu me afasto de seu toque.

— Você não precisa de um perdedor como Lowe.

É preciso esforço para esconder qualquer reação perceptível ao seu insulto a Sebastian. Quero cuspir na cara dele, mas não vou dar a ele a satisfação.

— Eu poderia te dar tudo.

— Já tenho tudo o que preciso. — Não pisco enquanto olho em seus olhos escuros, tão escuros quanto os de Sebastian, mas sem o calor que Seb tem quando olha para mim. Aquele homem bobo foi embora em uma tentativa equivocada de me manter segura. Ele não sabe que eu faria o necessário para mantê-lo seguro? — Você não disse o que quer comigo.

— Sente-se.

Leah sai do banheiro, seu alívio óbvio.

— Vou usar o banheiro.

Leah me olha com medo, como se dissesse: *Por favor, não me deixe com ele.*

Não quero, mas estou prestes a fazer xixi na calça. Entrego a ela o copo de água e me movo rapidamente em direção ao banheiro, ansiosa para voltar para ela o mais rápido possível. Nunca me senti mais feliz por fazer xixi na minha vida. Volto para a sala, e Leah está visivelmente aliviada por me receber de volta.

Sento-me ao lado dela e seguro sua mão.

— Que tal você me dizer o que quer para que possamos ir para casa?

Ele liga a televisão, pega um controle remoto e aponta para o aparelho.

— Veja isto.

Uma garota loira de quinze ou dezesseis anos aparece na tela se apresenta como Ariel e passa a fazer uma performance elegante que inclui cantar, dançar e atuar. Na verdade, estou bastante impressionada com o talento cru da garota, não que eu diga isso a ele.

Quando o vídeo termina, ele desliga a TV.

— O que acha?

— Ela é uma garota adorável. — Isso é verdade.

— E muito talentosa, não é mesmo?

— Ela tem potencial.

Ele não gosta dessa resposta.

— O que isso significa?

— Que ela é jovem e com um pouco de polimento, pode transformar seu potencial em algo.

— Você vai fazer da minha sobrinha uma estrela.

Eu rio.

— Se fosse assim tão fácil.

Ele pega a pistola que exibiu mais cedo, a levanta e aponta para Leah.

— Me deixe simplificar as coisas para você – faça dela uma estrela ou sua amiguinha aqui morre. Estamos entendidos?

Leah começa a chorar.

Luto para manter a compostura com uma arma apontada para a jovem e adorável assistente que eu amo como uma irmãzinha.

— Não é como se eu pudesse acenar uma varinha mágica e fazer dela uma estrela. Não funciona assim.

Se aproximando de nós, ele pressiona a arma na cabeça de Leah.

Ela treme violentamente com o esforço de permanecer imóvel.

— Vou me encontrar com ela e ver o que posso fazer.

— E então você fará dela uma estrela.

— Farei tudo o que puder por ela.

Ele afasta a arma da cabeça de Leah.

— Isso foi tão difícil?

Leah soluça incontrolavelmente em meus braços. Eu a seguro com firmeza enquanto me pergunto o que acontece agora que concordei em dar o que ele quer.

CAPÍTULO 19

Sebastian

Fui abordado por Hayden e Flynn, que me derrubam como um carvalho caído, mesmo que eu supere os dois por pelo menos dez quilos de músculo. Mas não sou páreo para os dois juntos, especialmente no meu estado atual de desespero. Solto um grito cheio de raiva, medo e frustração. Sei onde ela está e eles não me deixam ir até ela?

Perco toda a pretensão de orgulho e desmorono em soluços desamparados.

— Por favor, me deixem ir. Vou resgatá-las.

— Você não vai a lugar nenhum. — Flynn aumenta a força. — Vamos fazer isso da maneira certa e deixar que os especialistas façam seu trabalho.

Quando eles percebem que conseguiram me subjugar, me deixam sentado no chão com as lágrimas escorrendo pelo rosto enquanto olho para o espaço, tentando não pensar no que Marlowe e Leah podem estar passando nas mãos de uma das pessoas mais cruéis que eu já conheci. Certa vez, eu o vi atirar na mãe de outro cara porque ela não dizia a ele onde o filho estava.

Sempre soube que ele viria atrás de mim em algum momento. Relaxei e baixei a guarda, e agora a pessoa que mais amo no mundo está em perigo mortal, junto com alguém que é um espectador inocente.

Eu deveria ter ficado longe dela. Nada disso estaria acontecendo se eu tivesse mantido minhas mãos longe dela. Cruzo os braços contra nos joelhos e abaixo a cabeça enquanto as lembranças do tipo de felicidade e contentamento com que só tinha sonhado antes de ela chegar para me lembrar do que está em jogo.

Muito mais tarde, me levanto do chão e vou para o banheiro masculino para jogar água fria no rosto. Uso uma toalha de papel para secar a pele, abro os olhos e encontro Emmett parado atrás de mim.

— Ele vai matá-las? — Sua voz soa cansada, seu rosto está contorcido com a tensão e os olhos... estão cheios de mágoa.

— Espero que não.

— Vou morrer sem ela.

— Sinto muito por ter feito isso com elas e com você.

— Não te culpo.

Minha risada é dura.

— Eu, com certeza, me culpo. — As escolhas que fiz há anos estão arruinando a vida das pessoas que amo. Como isso não é culpa minha?

— Você nunca submeteu nenhum de nós a algo assim. Sabemos o quanto você nos ama e também amamos você. Ninguém está te culpando.

Quase desmorono novamente.

— Me recuso a pensar em mim enquanto elas estão em perigo.

Ele me dá um olhar estranhamente curioso.

— Você está apaixonado pela Marlowe?

A pergunta me pega de surpresa. À luz de tudo o que aconteceu, acho que não posso mentir para ele.

— Sim.

Emmett assente.

— Imaginei isso.

Agora estou ainda mais chocado do que antes.

— Quando?

— Sempre.

Fico surpreso ao ouvir isso, porque não demonstrei meu sentimento até recentemente, então fiquei com a impressão de que ninguém mais sabia. Suponho que não deveria me surpreender que Emmett Burke tenha descoberto isso antes de mim.

Deixamos o banheiro masculino juntos e retornamos à sala de reuniões, onde Gordon está informando aos outros sobre o plano que ele e sua equipe elaboraram. Enquanto ouço o que estão dizendo, um sentimento de afundamento me atinge.

— Alguma pergunta? — Gordon fala.

— Se seguir em frente com esse plano, você e seus homens estarão mortos antes que saibam o que os atingiu. É provável que todo o local esteja preso a uma armadilha. Vocês estariam indo em direção a um massacre. — Respiro fundo e solto o ar lentamente. — Por mais que me doa dizer, você precisa de policiais para fazer isso.

Kristian pega o telefone.

— Vou fazer a ligação.

Vinte minutos depois, estamos sujeitos à ira do sargento Markel, o contato de Kristian na polícia de Los Angeles.

— O que *vocês* estavam pensando, escondendo isto a *noite toda*? Flynn não cai na pilha.

— Vamos superar isso e focar em como vamos tirá-las de lá. Markel olha para ele.

— Vou ligar para a unidade de gangues e a SWAT. Esta é oficialmente uma operação do departamento de polícia de Los Angeles agora. Vocês devem ficar bem aqui e nós vamos fazer o nosso trabalho.

— Temos as informações de que você precisa — Gordon fala —, então, que tal trabalharmos juntos em vez de nos envolvermos em uma discussão sobre quem tem o pau maior?

Quero gritar para que parem de perder tempo e apenas façam *alguma coisa. Qualquer coisa.*

Markel concorda com relutância em coordenar com Gordon e sua equipe e, em pouco tempo, o escritório é invadido por policiais. Pouco tempo depois, todos partem e ficamos apenas com orações e esperamos que eles tragam Marlowe e Leah de volta.

Nem consigo pensar no que farei se tudo der errado.

Flynn

Estou muito estressado e não me sinto assim há muito tempo. A última vez que senti isso foi na noite em que o passado de Natalie veio à tona depois que ela foi vista comigo no Globo de Ouro. Entre esperar para ouvir algo sobre Marlowe e Leah e receber atualizações regulares dos meus pais, que estão no hospital com Ellie e Jasper, minha cabeça está prestes a explodir.

Pelo menos a Ellie está indo bem, desconfortável, mas progredindo.

Se pelo menos soubéssemos algo sobre como Marlowe e Leah estão...

Vou procurar Natalie, que encarou essa situação com dificuldade. Sei que ela ama as duas, mas os hormônios da gravidez já estavam provocando estragos nela antes que tudo isso acontecesse. Ela não dorme ou come desde que descobrimos que elas sumiram e estou preocupado com ela e o bebê.

Eu a encontro no meu escritório, encolhida no sofá e paro para garantir que ela não esteja dormindo antes de me aproximar. Quando vejo lágrimas em seus olhos, meu coração se parte. Não suporto vê-la triste ou chateada e, agora, ela está as duas coisas.

Me sento e entrelaço meus dedos aos seus.

— Alguma novidade?

— Nada de novo. Markel disse que levaria algum tempo para dar andamento a ação.

— Alguma notícia do hospital?

— Minha mãe disse que Ellie está indo muito bem e progredindo.

— Pelo menos, são boas notícias. Mal posso esperar para descobrir o que eles vão ter.

— Eu sei. Como eles aguentam o suspense? — Conversamos sobre descobrir o sexo do nosso bebê. Eu estava morrendo de vontade de saber, e ela queria esperar. Eu a enlouqueci com a minha especulação até que ela finalmente cedeu e decidiu descobrir que nosso bebê é uma menina. Pode me imaginar com uma garotinha? Ela vai me fazer de gato e sapato desde o dia em que nascer e pelo resto da minha vida. Mal posso esperar.

— Não faço ideia, mas eles estão prestes a descobrir.

Envolvo uma mecha de seus longos cabelos escuros em volta do meu dedo.

— Você está bem, linda?

— Estou tentando ficar, mas a espera e a preocupação estão me matando. O que faremos se algo acontecer com elas?

— Elas vão ficar bem. Estamos falando da Marlowe. Ela é uma das pessoas mais inteligentes e mais duronas que conheço, e a Leah... ela vai fazê-los desejar nunca terem mexido com ela.

Natalie começa a rir, mas sua risada rapidamente se transforma em soluços.

— Ahh, linda, você sabe que não aguento quando você chora.

— Me desculpe. Estou com tanto medo por elas.

— Eu sei. Eu também.

Eu me estico ao seu lado e a abraço, desejando que houvesse mais que eu pudesse fazer para confortá-la. Me preocupo com ela sem parar desde que ela engravidou, mesmo que eu tente esconder minhas preocupações. Ela não precisa saber que sou obcecado por tudo que pode dar errado quando o bebê chegar. Esperei minha vida inteira para encontrá-la e, agora que a tenho, o pensamento de viver um dia sem ela é insuportável. Passei a caçar histórias de desastres na internet incessantemente, a ponto de ter que me forçar a parar de lê-las ou enlouqueceria imaginando os piores cenários.

— O que você está pensando? — ela pergunta depois de um longo período de silêncio.

— No quanto eu te amo.

— Estava pensando nisso quando perguntei?

— Penso nisso o tempo todo. Penso na sorte que tive por Fluff ter me atacado no parque naquele dia.

— Ela não te *atacou*.

— Ela me mordeu e tirou meu sangue. Como você chamaria isso?

— Ela te *reivindicou*.

Isso me faz rir.

— Certo. Foi por isso que ela rosnou por semanas depois que nos conhecemos?

— Ela estava te testando para se certificar de que você era digno de nós.

— Deve ter sido isso o que ela estava pensando quando mordeu minha bunda.

Natalie estremece com uma risada silenciosa, que prefiro muito às lágrimas.

Cutuco sua lateral.

— Não é engraçado. Ela quase me abateu.

— É engraçado, e ela nunca chegou perto de te abater.

— Ela estava duvidando da minha masculinidade.

— Pare — ela fala, rindo impotente. — Você parece um bebê.

— Ela está se comportando com a Leslie? — Temos a melhor babá de pet, que fica com Fluff sempre que precisamos sair. Felizmente, ela estava disponível para ir para nossa casa quando Marlowe e Leah desapareceram.

— Minha Fluff-o-Nutter está sendo um anjo perfeito, como sempre.

Dou uma gargalhada que tento cobrir com tosse, mas minha esposa é sagaz comigo.

Natalie me encara com olhos verdes insondáveis que me veem do jeito que ninguém nunca viu.

— Elas vão ficar bem, não vão?

— Com certeza. Tenho plena fé de que a Marlowe os está fazendo se arrependerem de tê-la sequestrado.

— Se ela não estiver, Leah certamente estará.

Isso nos faz rir.

— Com certeza. Elas são fortes, inteligentes e vão ficar bem. Eu sei. — Deus, por favor, deixe-as ficar bem. — Soube algo mais das garotas? — Estamos ansiosos para receber suas irmãs no próximo verão. Olivia fará alguns trabalhos como modelo enquanto Candace irá trabalhar no departamento de Ellie na Quantum. Nat ainda não sabe, mas as meninas também virão para as férias de primavera para nos ajudar a celebrar o vigésimo quinto aniversário de Natalie. Mal posso esperar para surpreendê-la com tudo o que planejei e continuar surpreendendo-a pelo resto de nossas vidas.

— Elas estão contando os dias até chegarem a L.A.

— Mal posso esperar para tê-las conosco. — Desmarquei todos os meus compromissos no outono para poder passar os próximos meses com Nat, o bebê e suas irmãs. Em setembro, começamos a produção de *Cativado*, que contará a história de como Natalie reconstruiu sua vida depois de ser atacada e estuprada na adolescência, e contará a nossa história – a dela e a minha.

O bebê escolhe aquele momento para dar um chute rápido que sinto contra a minha barriga.

— Uau. Ela está agitada!

— Está chutando o tempo todo ultimamente. A dra. Breslow diz que é uma coisa boa. Queremos que ela esteja ocupada e ativa, mesmo que esteja me maltratando.

— Que nome daremos a esse nosso anjinho?

— Tenho pensado muito sobre isso e acho que finalmente tenho um nome que realmente amo.

— Me fale.

— Cecelia Estelle.

O fato de ela ter incluído minha mãe no nome do bebê traz lágrimas aos meus olhos.

— Estava pensando que poderíamos chamá-la de Cece.

— Cecelia Estelle Godfrey. Cece. Eu gosto disso. Minha mãe ficará emocionada.

— Acredito que sim.

Sei disso. Ela adora a nora, quase tanto quanto eu.

— Me sinto culpada por estar tão empolgada com o bebê quando Marlowe e Leah estão passando por uma provação tão terrível.

— Elas não gostariam que você não ficasse animada com o bebê, não importa o que aconteça. — Passo a mão no comprimento sedoso do seu cabelo. — Feche os olhos por alguns minutos e tente descansar. Estou bem aqui e tudo vai ficar bem. Eu prometo.

Ela respira fundo e relaxa no meu abraço.

Enquanto eu a seguro perto de mim, só espero que seja uma promessa que eu possa cumprir.

CAPÍTULO 20

Hayden

Não consigo encontrar Addie. Sei que não a vejo desde que a polícia saiu.

— Onde está a Addie? — pergunto aos outros depois de verificar meu escritório e o dela sem sucesso.

— Eu a vi indo para o banheiro há um tempo — Aileen responde.

Me dirijo ao banheiro feminino que compartilhamos com a empresa que aluga o espaço para nós. Em circunstâncias normais, não entraria lá dentro, mas nada sobre essa circunstância é normal. Entro e não a vejo.

Estou prestes a sair quando ouço fungadas vindas da cabine para deficientes. Tranco a fechadura da porta principal e vou encontrar meu amor.

Ela está sentada no banheiro fechado, com a cabeça nas mãos e o corpo tremendo por causa dos soluços.

— Baby.

Surpresa com a minha súbita aparição, ela me olha com o rosto vermelho e devastado. Vou em direção a ela e a levanto antes de me sentar.

Ela resiste a mim, o que nunca aconteceu.

— Não.

— Por que não?

— Eu só... não posso.

— O que você não pode fazer?

— Não posso falar sobre isso.

— Tudo bem, então não vamos conversar. Só vou te abraçar pelo tempo que você precisar.

Para meu completo horror, isso a faz chorar mais.

Ela balança a cabeça e continua a lutar comigo.

Eu a seguro mais.

— Addison, pare. Simplesmente pare. Estou bem aqui e não vou te deixar.

— Hayden.

A maneira desamparada com que ela diz meu nome me faz entender.

— O que, baby?

— Não posso perder a Marlowe. Não vou sobreviver.

— Você não vai perdê-la.

— Você não tem como saber!

— Acredito nisso. A Marlowe e a Leah são determinadas. Se alguém pode passar por isso, são elas.

— Estou com muito medo. Você não está?

— Sim, claro que sim, mas acredito nelas. E aquele cara, o Turk, seria louco se machucasse uma das maiores estrelas da América.

— Ele já foi louco em sequestrá-la. Ele acha mesmo que vai se safar disso?

Sou encorajado ao ouvi-la falando como seu jeito destemido de sempre.

— Ele não vai se safar. Não vamos permitir.

Minhas garantias parecem consolá-la. Depois de um tempo, as lágrimas secam — graças a Deus por isso — e ela se acomoda um pouco.

— Hayden?

— Humm?

— Quero ter um bebê.

Suas palavras são como uma flecha que atingem meu coração, roubando o ar dos meus pulmões.

— Agora?

Ela ri.

— Talvez não neste minuto, mas em breve. Tudo bem?

— O que você quiser.

— Essa é uma afirmação bastante ampla.

— Se você está se perguntando o quanto eu te amo...

— Nunca me pergunto sobre isso. Já sabia que você me amava antes, lembra?

— Você nunca vai me deixar esquecer isso?

— Nunca.

— Tudo bem. — Inspiro a fragrância que sempre se apega ao seu cabelo e pele, o perfume da mulher que eu amo. — Isso significa que você tem que ficar comigo para sempre, para que nunca possa me deixar esquecer do idiota que eu era antes de você me mostrar o erro das minhas decisões.

— Você era um idiota. Isso é certo. E é claro que vou ficar com você para sempre. Para onde mais eu iria?

— A lugar nenhum. — Eu a abraço com mais força, com tanta que provavelmente a estou machucando, mas ela não reclama. Ela provou que pode receber tudo o que eu tenho a oferecer. — Você não pode ir a lugar algum, porque não posso viver sem você.

— Antes de tudo isso acontecer com Marlowe e Leah, eu ia te dizer que acho que encontrei nossa casa na costa. Tem um grande quintal para festas. Também tem piscina.

— Qual região?

— Em Calabasas, a um quilômetro e meio da casa do Kris e da Aileen.

— Quando podemos vê-la?

— Temos um horário para isso amanhã, mas...

O que ela não diz é que depende de conseguirmos trazer Marlowe e Leah para casa. Se não conseguirmos... não consigo pensar nisso. Simplesmente não posso.

— Deixe-me ver a casa. — Preciso mantê-la pensando em algo positivo enquanto esperamos notícias da polícia.

Ela tira o telefone do bolso e abre um anúncio antes de me entregar o telefone.

Dou uma olhada e sei que esta é a casa dos sonhos que ela me descreveu quando ficamos juntos pela primeira vez, quando ela estava me falando sobre a vida que imaginava para nós, a vida que eu tanto queria, mas tinha medo de reivindicar. Minha linda, doce e determinada Addison não aceitou isso. Ela a reivindicou por nós dois e agradeço a Deus por isso. Nunca conheci o tipo de felicidade que encontrei com ela. Nem sabia que existia até que ela me mostrou o caminho.

— Gostou?

— Amei. — É enorme, muito maior do que precisamos, mas se é o que ela quer, que seja. — Posso nos ver fazendo festas épicas naquele quintal.

— Vê aquela janela ali?

— Aham.

— É ali que colocaremos a árvore de Natal de quatro metros e meio.

— E quem vai levar uma árvore de Natal de quatro metros e meio para dentro de casa?

— Dã. Você.

— Como eu sabia que você ia dizer isso?

— Não se preocupe. — Ela dá um tapinha no meu rosto como se eu fosse uma criança travessa. — Flynn e os caras vão ajudar se for demais para você.

Dou a ela um olhar desgostoso.

— Não preciso da ajuda deles.

Ela ri e meu coração dá uma sacudida feliz.

— Você sabia que eu diria isso, não é, sua danadinha?

— Você é um pouco previsível quando sua masculinidade é questionada.

— Quando é que eu lhe dou motivo para questionar minha masculinidade?

— Nunca. — Ela dá um tapinha no meu rosto novamente. — Jamais.

— Está se sentindo um pouco melhor?

— Sim. Obrigada por vir me encontrar.

— Sempre vou te encontrar. Então, que tal você tornar isso mais fácil para nós dois e não fugir de mim? Venha *me* encontrar quando estiver se sentindo triste.

— Pode deixar.

— Elas vão ficar bem.

— Espero mesmo que sim.

Kristian

A espera é um inferno. Aprendi essa lição em detalhes excruciantes a cada três meses desde que estou com Aileen e tenho que esperar pelos resultados de seus exames de câncer. Já estávamos atolados nesse inferno antes de Marlowe e Leah desaparecerem, e mais isso faz minha ansiedade disparar. Vou procurar Aileen, que está ao telefone no escritório de Addie.

Ela está de costas para mim e não pode me ver lá.

— Tem certeza?

Quase morro com a pausa que segue a pergunta dela.

— Certo, vou agendar outra consulta antes.

Meu Deus. O câncer voltou? Não consigo ouvir isso. Simplesmente não posso. Ela e seus filhos — nossos filhos — mudaram minha vida completamente. Não há como suportar pensar em perdê-la depois da alegria que ela trouxe à minha vida. Eu nem sabia o que era alegria até que ela me mostrou, e agora...

Não posso.

Saio do escritório de Addie e entro no meu, fechando a porta. Gostaria de poder sair e ir para minha casa na cidade. Está à venda, mas ainda não foi vendida. Quero me esconder como fazia antes de ter Aileen. Olho o armário do meu escritório, onde guardo uma muda de roupa e a mochila da academia. É pequeno, mas serve. Entro no espaço escuro e apertado e fecho a porta antes de me sentar no chão e passar os braços ao redor dos joelhos.

Me sinto um covarde por me esconder dessa maneira, mas esse é o meu mecanismo de enfrentamento desde a infância, quando me escondia dos homens que minha mãe levava para casa para fazer sexo e para que pudesse pagar por seu vício. Eu a vi ser assassinada por um deles de dentro de um armário. Apesar disso, ainda encontro conforto no escuro, onde nada de ruim pode acontecer. A escuridão é minha amiga.

Estou lá há muito tempo, quase dormindo, quando a porta se abre. A explosão de luz é ofuscante depois de estar no escuro.

— Kristian.

O som da voz dela é como um bálsamo nas feridas que carrego comigo. Há muito tempo aceitei que elas nunca seriam curadas completamente, mas com ela ao meu lado, a dor é menos intensa e não a agonia que era antes.

— O que está fazendo aí?

— Eu precisava de um tempo.

Ela se aperta no espaço estreito e se senta ao meu lado. Há espaço suficiente para nós dois. Sou instantaneamente apoiado pelo calor do seu corpo contra o meu. É só o que preciso para que tudo fique melhor. Sempre me surpreendo com o fato de que ela pode fazer isso por mim só existindo. Ela segura minha mão e a embala entre as suas, me fazendo sentir amado e protegido como só ela pode fazer. Ela me ama muito. Como eu iria viver sem ela depois de ter tido isso?

— Sei que você está muito preocupado com a Marlowe e a Leah. Todos nós estamos.

— É uma sensação de desamparo saber que as pessoas que você ama estão com problemas e não há nada que você possa fazer para resolver.

— Isso deve ser ainda mais difícil para você, que é o responsável da família por "consertar" tudo, aquele que resolve as coisas para todos nós.

— É o pior.

— Odeio que você esteja sofrendo.

— Ouvi você ao telefone no escritório da Addie. Voltou?

Ela me dá um olhar confuso.

— O que voltou?

Como ela pode não saber o que quero dizer?

— O câncer, Aileen. Voltou?

— Não — ela responde, expirando longamente. — Está tudo normal.

Eu estava tão certo que quase não consigo processar que estava errado. Gratidão e alívio envolvem meu corpo. Minha garganta se fecha em um nó apertado de emoção enquanto lágrimas enchem meus olhos. Graças a Deus.

— Sinto muito que você tenha pensado nisso. O que você me ouviu dizer que fez você pensar que havia voltado?

— Você perguntou se a pessoa tinha certeza e que marcaria outra consulta.

— Ah, meu Deus, Kris. Sinto muito que você tenha pensado nisso. O exame de sangue não mostrou câncer, mas sim que estou grávida.

Por um segundo, me sinto atordoado demais para reagir.

— Você... você está...

Seu rosto se ilumina com a alegria incandescente que foi a primeira coisa que notei nela no casamento de Flynn e Nat. Mesmo no meio do tratamento do câncer, ela era a pessoa mais alegre que já conheci.

— Estou grávida. Nós vamos ter um bebê.

Eu estava tão preparado para o desastre que leva um minuto para registrar suas palavras por completo e quando finalmente isso acontece, meu coração fica enorme. Não tínhamos certeza de que ela poderia ter mais filhos após o tratamento, por isso não tomamos cuidado com a prevenção da gravidez.

— Você está feliz? — A maneira hesitante que ela pergunta me diz que estou fazendo um trabalho muito ruim para reagir à melhor notícia que alguém já me deu.

Beijo as costas da sua mão e depois seus doces lábios.

— Você tem mesmo que perguntar?

— Só estou me certificando de que as notícias sejam boas para nós dois.

— É a melhor notícia que já recebi. Vamos nos casar imediatamente.

— Não precisamos.

— Precisamos, sim. Você vai ter o maior e mais belo casamento que alguém já teve.

— Não preciso disso. Só preciso de você, das crianças e nossos amigos em casa.

— O que você quiser. Eu te dou tudo.

— Você já me deu. — Ela encosta a cabeça no meu ombro. — Me diga que a Leah e a Marlowe vão ficar bem.

— Elas vão ficar bem. São duronas, engenhosas e têm uma a outra. Na verdade, estou quase mais preocupado com Sebastian. Ele nunca vai se perdoar por isso.

Observar minha querida Ellie sofrer está me matando. Certamente deve haver uma maneira mais fácil de trazer uma nova vida ao mundo sem ter que se contorcer com uma dor insuportável por horas.

Mas Ellie... não parece incomodada com isso. Quanto mais dói, mais determinada ela fica. Como ela é capaz de fazer isso? É claro que sempre admirei sua força e a maneira como ela prefere aprender a fazer algo sozinha a pagar a alguém para fazê-lo. Isso, no entanto, é de outro nível.

Ela aperta minha mão com tanta força durante outra contração que temo estar com os ossos quebrados quando nosso filho nascer. Quando a contração passa, ela afunda nos travesseiros, respirando com os olhos fechados.

Umedeço seu rosto com um pano frio, me sentindo impotente e inútil. Gostaria que houvesse algo que eu pudesse fazer para tornar isso mais fácil, mas ela não precisa de mim. Ela está na sua zona e eu sou basicamente um estranho no momento.

— Alguma notícia sobre a Marlowe e a Leah? — ela pergunta quando pode falar novamente.

— Nada ainda.

A mãe de Ellie entra, trazendo seu inconfundível cheiro do perfume Joy, que significa alegria. Stella Flynn é a personificação da alegria.

— Como estamos indo?

— Sua filha é incrível.

Stella afasta o cabelo suado da testa de Ellie.

— Claro, já sabíamos disso há muito tempo.

— Terminaram de falar de mim? — Os olhos de Ellie se abrem, e ela oferece um sorriso pálido.

Posso ver como ela está exausta e a parte mais difícil ainda está por vir.

— Quer mais pedaços de gelo? — pergunto a ela.

Ela balança a cabeça.

— Queria mesmo um hambúrguer.

Eles não a deixam comer nada, caso acabe tendo que fazer uma cesariana. Espero que isso não aconteça. Era importante para ela tentar o parto normal. Fizemos todas as aulas, assistimos aos vídeos e lemos os livros, mas nada pôde nos preparar totalmente para a realidade deste momento.

A dra. Breslow entra para verificar Ellie e depois de examiná-la, diz que está na hora de começar a empurrar. As coisas começam a acontecer rapidamente depois disso. O quarto é transformado para o parto e outras enfermeiras são chamadas para ajudar a médica. Há tantas pessoas que sou momentaneamente afastado.

— Preciso do meu marido.

Será que algum dia vou me acostumar a me descrever como o marido da magnífica Estelle Godfrey? Nunca. Volto para ela. Sempre vou voltar para ela.

— Estou aqui, amor.

— Seu *marido*? — A testa de Stella franze quando ela olha de Ellie para mim e depois de volta para Ellie.

— Nós, hum... nos casamos no cartório na semana passada. Íamos contar para vocês. — Ela parece uma adolescente confessando à mãe que fugiu após o toque de recolher. — Você não está brava, está? Não me importava em ter uma festança. Eu só queria me casar com o Jasper.

— Querida... claro que não estou brava. Estou encantada. — Ela estende a mão sobre a cama na minha direção, e eu a seguro. Adoro minha sogra. — Bem-vindo à nossa família, Jasper, embora pareça bobo recebê-lo quando você é um de nós há anos.

— Obrigado, Stella. Eu amo ser um membro da família Godfrey.

Ellie ofega quando outra contração a atinge.

— Respire — Breslow diz a ela. — Na próxima, vamos empurrar.

A próxima hora passa em um borrão de emoção, dor e amor. Muito amor. Nunca admirei ninguém mais do que minha esposa feroz, que é indomável ao trazer nosso filho ao mundo, chorando e indignado.

— Parabéns. — A dra. Breslow abre um enorme sorriso. — Vocês têm um menino.

Lágrimas deslizam de forma descontrolada pelo meu rosto enquanto corto o cordão umbilical e observo o rosto enrugado, vermelho e bonito do meu filho. Uma vez pensei que nunca teria filhos e agora tenho um menino.

A enfermeira o coloca no peito da mãe e a expressão de espanto feliz no rosto de Ellie é algo que vou apreciar pelo resto da vida. Ela queria tanto ser mãe que estava preparada para usar um banco de esperma para fazer acontecer. Sempre serei grato por ter decidido segui-la naquela manhã no México, quando ela confessou seu maior desejo para mim e me ofereci para ajudar a tornar seu sonho realidade.

E, no processo, ela tornou todos os meus sonhos realidade —
sonhos que nunca me atrevi a ter por conta das obrigações impostas à
minha família no nascimento. Ellie me deu a coragem de enfrentar
meu pai, o que nos levou a um inferno indescritível antes de ele
concordar em permitir que minha irmã herdasse seus negócios.
Quando ele se for, me tornarei o décimo duque de Weathersby. Minha
esposa acabou de dar à luz ao décimo primeiro duque.

Tudo será diferente para o meu filho. Ele será incentivado a correr
atrás de seus próprios sonhos, honrando a herança da sua família. Vou
dar a ele tudo o que meu pai não me deu.

— Conseguimos — Ellie fala, sorrindo para mim.

Sua alegria alimenta a minha.

— Conseguimos, sim. Ele é um carinha bonito.

— Como ele poderia não ser bonito com você como pai?

— E você como a mãe dele. — Eu me inclino sobre a grade da cama
para beijar os dois. — Estou tão orgulhoso de você, El. Você foi
incrível.

— Não parei de dizer a mim mesma para continuar para poder
conhecer meu bebê. Olhe para ele! É tão perfeito.

— É mesmo. — Ele não poderia ser mais perfeito, com um
pouquinho de cabelos loiros, o nariz que parece um botão e a boca
pequena. Já olhei atentamente para confirmar que ele tem dez dedos
nas mãos e dez nos pés.

— Qual é o nome dele? — Stella pergunta, enxugando as lágrimas.

Aceno para Ellie dizer à mãe o nome que escolhemos.

— Harrison Godfrey Kingsley.

Uso profissionalmente o nome de solteira de minha mãe, Autry,
mas darei ao meu filho meu nome legal.

— Vamos chamá-lo de Harry — Ellie acrescenta enquanto olha
para o bebê, que se acalmou no minuto em que foi para o colo da mãe.

— Amei — Stella fala. — Bem-vindo ao mundo, doce Harry.

CAPÍTULO 21

Marlowe

Felizmente não nos levam de volta para a sala de concreto. Na verdade, parecem não saber o que fazer conosco agora que concordei em ajudar a sobrinha do nosso sequestrador. Ele não me disse seu nome, o que suspeito ser intencional.

— Estamos com fome. — Deve ter passado pelo menos um dia inteiro desde que nos sequestraram e não nos deram nada para comer nesse período. Não consigo imaginar o que Sebastian, Emmett e os outros estão passando, mas não tenho dúvida de que eles reuniram todos os recursos da Quantum para nos encontrar. A qualquer momento, espero que eles entrem na sala com armas em punho.

O sequestrador de olhos escuros pega o telefone e manda alguém nos trazer comida.

Enquanto esperamos, eu o encaro, me recusando a piscar.

— Você conseguiu o que quer de mim. Por que não nos deixa ir?

— Preciso de segurança. Quem me garante que você não vai voltar atrás em sua promessa para ajudar a Ariel no minuto em que sair daqui?

— Você tem a minha palavra. Não vou voltar atrás. Vou te dar meu número de telefone. Ela pode me ligar para marcar uma reunião.

— E você vai atender às ligações dela?

— Juro por Deus e pela felicidade de todos que amo que vou atender à ligação dela e farei tudo o que puder para ajudá-la.

Ele pensa nisso por um minuto antes de caminhar para uma mesa e retornar com um caderno e uma caneta que entrega para mim.

— Anote o seu número.

Faço o que ele pediu, tentando me lembrar do novo número de telefone. Faço o que for preciso para nos tirar daqui.

— Que tal você ligar para ela agora e fazer a bola rolar?

— Por mim, tudo bem.

Ele faz a ligação.

— Oi, amor, é o tio T. Tenho uma surpresa muito especial para você. — Ele me entrega o telefone com um olhar ameaçador que me faz perceber que é melhor não estragar tudo.

— Olá, Ariel, aqui é a Marlowe Sloane.

A garota solta um grito agudo que me faz afastar o telefone da orelha.

— Está brincando comigo?

— Não, sou eu mesma. — Digo a mim mesma que a garota não tem ideia de que seu tio está mantendo a mim e minha amiga reféns e me obrigando a fazer essa ligação. Ela é uma espectadora inocente. — Seu tio me mostrou seu vídeo. Você é muito talentosa.

— Meu Deus! Vou desmaiar. Não acredito que Marlowe Sloane acha que sou talentosa! A vida toda... só quis encontrar uma maneira de tocar as pessoas. — Sua voz está pesada de emoção que me faz lembrar como me senti antes de ter minha grande chance. Me lembro do desejo quase doloroso de usar meus dons para me conectar com as pessoas. Não há nada que ela possa dizer que me convença mais de que sua paixão é legítima. Juro naquele momento manter minha promessa ao seu tio, independentemente do que mais possa acontecer.

Falo com Ariel pelos vinte minutos que leva para a comida chegar. O cheiro de pizza me dá água na boca.

— Tenho que ir agora — digo a ela —, mas vou te dar meu número. Me ligue na próxima semana e vamos marcar para nos encontrarmos.

— Você nunca saberá o que isso significa para mim.

— Acho que sei. Já estive exatamente onde você está, com um

sonho e um coração cheio de ambição. Outras pessoas me ajudaram a chegar onde estou e fico feliz em retribuir com você.

Posso ouvi-la soluçar baixinho através do telefone.

— Muito obrigada.

— O prazer é meu. Falo com você em breve. — Encerro a ligação, devolvo o telefone para T e sirvo pizza para mim e para Leah. Depois de comer duas fatias e tomar uma garrafa inteira de água, confronto T. — Podemos ir agora?

— Vou deixar você sair, assumindo que não terei nenhum problema com a polícia ou sua segurança.

— Você nunca mais terá notícias minhas enquanto nos deixar em paz. — Não posso prometer que ele não vai ser confrontado pela polícia, pois não falo por eles.

— Cumpra sua promessa à minha sobrinha e não terei mais negócios com você.

— Te dou minha palavra.

Ele sinaliza para outro homem, que guarda a porta.

— Leve-as.

— Precisamos de nossos telefones e do carro da Leah.

— Vamos levá-los para você.

— Espero que sim.

Pego a mão de Leah e a seguro com força enquanto seguimos o outro cara pelas escadas de metal e por uma série de corredores. No final de um longo corredor, ele abre uma porta.

O brilho da luz do sol me cega temporariamente, mas avanço, puxando Leah comigo enquanto respiro fundo o ar fresco. Começamos a andar depressa e depois a correr, virando uma esquina, onde encontramos uma presença policial maciça.

Nunca fiquei tão feliz em ver policiais na vida.

Elas estão seguras. No momento em que ouço essa notícia, meu peito finalmente relaxa o suficiente para que eu possa respirar profundamente pela primeira vez desde que soube que elas estavam desaparecidas. No segundo seguinte, estou soluçando incontrolavelmente. Subo as escadas e vou até o saguão, onde uso o scanner de mão para ter acesso ao clube. Somente quando estou trancado em meu escritório é que me permito ceder às emoções que me dominam.

Meu telefone toca com uma mensagem de texto da minha mãe, que está emocionada por ouvir as notícias de que Marlowe e Leah estão voltando para casa. Hayden deve ter dito a ela.

Responderei a ela mais tarde, depois que eu arrumar minhas coisas.

Não sei por que vim aqui. O que realmente preciso fazer é sair desse prédio. Deveria ir para casa, arrumar algumas roupas e sair da cidade antes de ser forçado a enfrentar coisas que é melhor deixar como estão.

Pego o telefone e as chaves da mesa, e vou para o elevador. Ele abre no saguão no momento em que Marlowe e Leah estão passando pela porta principal, cercadas por policiais. Por um segundo, fico tão impressionado com a visão dela que não consigo me mover, respirar ou fazer outra coisa que não seja encará-la. Ela está segura e Leah também. Essa é a única coisa neste mundo inteiro que importa neste momento.

Marlowe se aproxima de mim, coloca a mão no meu peito e me empurra para o elevador. As portas se fecham, silenciando o policial que estava dizendo a ela que precisava de um depoimento.

Ela me olha com um sorriso no rosto, os olhos brilhando de alegria.

— Indo a algum lugar?

O que há de errado com ela? Ela foi sequestrada por um dos bandidos mais cruéis de Los Angeles por minha causa. Então, por que está me olhando assim?

Ela dá um passo à frente.

Dou um passo para trás e bato na parede.

— Você está machucada? — Tenho que saber.

— Não fisicamente.

— O que isso significa? — Vou matá-lo se ele tiver tocado em um fio de cabelo vermelho dela.

— Cara interessante seu amigo.

— Ele não é meu amigo. *Nunca* foi.

— Eu sei. — Ela continua com aquele sorriso sexy e esperto, como se tivesse um segredo que não está pronta para compartilhar comigo. — Quer saber o que mais eu sei?

Desesperadamente. Mas então me lembro do meu plano de dar o fora dali e tento contorná-la.

Mas ela não aceita e me bloqueia.

— Seja lá o que está pensando, pare. Seja lá o que planejou, seus planos mudaram. Eu estou no comando agora.

No tempo de dez segundos, vou de excitado a duro pra cacete.

Ela acena em direção às portas abertas do elevador.

— Aperto o botão para descer.

— Tenho que ir a um lugar.

— Não precisa mais. — Antes que eu possa antecipar seu próximo passo, ela tira meu telefone do bolso de trás e o desliga. Coloca o aparelho na blusa, onde presumo que esteja dentro do sutiã.

Engulo em seco. Não posso tocá-la se ainda pretendo sair de lá. Se eu a tocar, nunca irei embora, e é isso que preciso fazer. Ela pode encontrar alguém muito melhor e eu quero isso para ela. Quero o melhor de tudo para ela.

Ela me agarra pela camisa e me puxa pelas portas duplas que levam ao clube. Quando estamos lá dentro, ela tranca a fechadura que só uso quando estou sozinho e quero permanecer assim.

— O que está fazendo?

— Não fale comigo a menos que eu te faça uma pergunta direta. Qual é a sua palavra segura?

Zombo.

— Não preciso de uma.

— Ah, precisa, sim.

Sei que ela não está de brincadeira. Ela está no modo dominatrix completo e é tão sexy quando ela me dá ordens que quase engulo minha língua. É preciso esforço, do tipo normalmente gasto na academia, para resistir ao desejo de carregá-la em meus braços e devorá-la. Minha gratidão é profunda. Ele a levou, mas não a machucou, pelo menos não fisicamente. Ainda bem que não tive assassinato na minha lista de tarefas hoje.

Quero saber se ela foi ferida, mas ela me disse para calar a boca. Após a provação a que foi submetida por minha causa, parece que o mínimo que posso fazer é deixá-la fazer isso do seu jeito. Quando ela terminar comigo, vou escapar.

Fico atordoado quando ela se dirige diretamente para o calabouço. A última vez que estivemos lá, eu a resgatei após o ataque de Rafe.

Ela aponta para as escadas.

— Desça.

— Marlowe.

— Cale a boca, Sebastian.

Estou excitado ao ponto da loucura. Tropeço nas escadas.

Ela me segue.

— Tire a roupa.

Me viro para ela.

— Precisamos conversar.

Ela ri.

— A hora de conversar foi quando ele ligou pela primeira vez e disse para você me pedir um favor. Essa era a hora de você dizer: Ei, Mo, preciso de um favor. Portanto, não, não vamos conversar agora.

— Você não entende.

— Ah, sim, entendo. Entendo tudo agora e você vai entender também. Mas, por enquanto, você fará o que foi solicitado. Lembra de como concordamos em nos revezar no comando? É a minha vez. Então cale a boca e tire a roupa. *Agora*.

— Eu... hum...

— Tem certeza de que não precisa de uma palavra segura?

— Tenho. — Posso lidar com o que quer que ela faça. Estou certo disso.

— Tudo bem, então cale a boca e tire a roupa.

Não acredito que minhas mãos tremem quando começo a desabotoar a camisa. Meu pau está tão duro que é difícil desabotoar a calça jeans.

Ela observa todos os meus movimentos e umedece os lábios quando meu pau se liberta da calça.

— Ele sentiu minha falta.

Não devo dizer nada, então não digo. Mas se pudesse falar, diria a ela que cada parte de mim sentiu falta dela.

— Também senti falta dele. — Ela coloca a mão ao redor do meu pau e começa a me acariciar do jeito que eu mostrei a ela que gosto.

Estou prestes a gozar em segundos.

Claro que ela sabe disso.

— Não goze. Seu orgasmo pertence a mim.

Tenho um momento de puro pânico. Como dominador, me orgulho do meu controle inquebrável. Certamente não posso estar prestes a perder o controle com tanta facilidade. Luto contra isso, cerrando os dentes e tentando pensar em outra coisa que não seja a necessidade desesperada me consumindo.

Ela me solta de repente e dou um passo para trás, quase caindo pela mudança de planos.

— Na cruz. Se apresse. Não tenho o dia todo.

Entendo agora. Ela vai me ensinar uma lição e seguir com sua vida. A decepção é quase tão poderosa quanto o desejo, mas o que eu esperava? Eu a fiz ser sequestrada por um marginal. O que achei que ia acontecer quando ela chegasse em casa? Que viveríamos felizes para sempre atrás de uma cerca branca? Essa ideia é tão absurda que chega a ser ridícula.

— Algo engraçado?

Não quis rir alto.

— Não, senhora. — Subo na plataforma onde a cruz de St. Andrew fica. — De frente ou de costas, senhora?

— De costas primeiro.

Assumo a posição com as mãos segurando as tiras de couro. Ouço um farfalhar atrás de mim, mas fora isso, nada acontece por algum tempo — tempo suficiente para eu começar a suar com o calor no calabouço. Meu pau vaza por estar tão duro.

Quando ela se junta a mim, seu corpo nu roça contra o meu, arrancando um suspiro de prazer dos meus lábios tensionados. Ela coloca tiras de velcro em meus pulsos e tornozelos, fazendo com que eu não possa me mexer e me deixando completamente à sua mercê.

Não tenho medo dela, de forma alguma, mas tenho medo de não ser capaz de aguentar como um homem. Vi Marlowe reduzir seus submissos a meninos chorões. Ela não faria isso comigo, faria?

— Me diga uma coisa. — Ela passa a ponta dos dedos pelas minhas costas, no vão entre minhas nádegas, até que ela pressiona contra meu anus. — Alguém já te fez usar um plug anal?

— Não, senhora. — Não quero isso, mas não posso falar, a menos que eu queira acabar com tudo.

— Humm interessante. Vamos fazer isso.

Puta merda. Como meu pau pode fica mais duro do que já está? Parece prestes a explodir.

Ela se afasta e volta com lubrificante que aplica no meu traseiro com dois dedos muito insistentes.

Tive alguma ação anal aqui e ali, mas ser penetrado nunca me deixou excitado. Eu gosto é de penetrar. Quando seus dedos me violam por completo, minha inclinação natural é tentar fugir, mas não há para onde ir com as algemas me prendendo com firmeza no lugar. Cerro os dentes, fecho os olhos e me concentro na respiração para superar do desconforto. E é possível que ela esteja intencionalmente tentando fazer isso doer? Eu não descartaria essa hipótese depois do que ela sofreu por minha causa.

Ela retira os dedos antes de me penetrar novamente. Desta vez, o ajuste é ainda mais apertado, o que me leva a acreditar que ela adicionou um terceiro dedo. Porra, isso dói. Ela me penetra com força, entrando e saindo em movimentos rápidos que não tenho escolha a não ser aceitar. Quando ela alcança a parte da frente do meu corpo para que a mão livre acaricie meu pau, eu explodo, gozando com tanta força que quase desmaio com o prazer que me atravessa como uma onda.

— Que submisso *impertinente* você é.

Ela parece encantada, o que me irrita.

Ela me superou desta vez. Agora que ela levou a melhor de mim, não vou ser tão fácil de ser derrubado. Sinto uma pressão intensa contra meu ânus. Puta merda, ela está usando o maior dos plugs. Um suor frio toma conta de mim. E se eu não conseguir? Tento me lembrar das coisas que digo às minhas submissas quando elas insistem que não podem me tomar por trás. *Respire. Empurre para trás. Tente relaxar.* Como se isso fosse possível quando seu corpo está sendo esticado e invadido. Tenho uma apreciação totalmente nova pelo que minhas submissas sofreram quando tentaram receber meu pau dessa maneira.

Apenas duas conseguiram.

A revanche é uma merda, penso enquanto ela empurra o plug de forma implacável em mim até meu corpo ceder para permitir que ele entre. No momento em que o plug está totalmente inserido, estou tão duro quanto antes de gozar. O plug fica apertado contra a minha próstata, de modo que o menor movimento vai me provocar de novo. Quando o plug começa a vibrar, grito com as sensações que meu corpo inteiro recebe e com o orgasmo que me atinge como um tsunami dessa vez. Ele vem do nada e me deixa ofegante depois.

— Você é péssimo submisso.

Estou muito cansado para reagir, não que eu possa. Eu não deveria falar. Deveria ficar parado e aceitar o que ela está oferecendo.

— Ganhou duas punições.

Percebo pelo tom de sua voz que ela está gostando muito disso. E quando o primeiro estalo do chicote bate na minha bunda, meu pau fica duro novamente.

Meu gemido permite que ela saiba que está vencendo esse jogo.

CAPÍTULO 22

Marlowe

Eu o coloquei exatamente onde o queria enquanto chicoteava sua bunda até ficar em um tom vermelho ardente. Quero que ele sinta isso toda vez que se sentar pelos próximos dias. Quero que ele se lembre disso, de mim e do que aprenderá enquanto estiver à minha mercê.

— Quando você soube que estava apaixonado por mim? — pergunto a ele.

Ele está respirando com dificuldade, mas por outro lado não teve uma reação perceptível ao açoitamento. Eu o observo de perto, como sempre faço durante as cenas. Levo meu trabalho como dominatrix muito a sério. Meus submissos podem ficar muito, muito desconfortáveis, mas nunca se machucam.

— Do que está falando? — Sua voz é tensa.

Dou um puxão suave no plug e o empurro de volta no lugar.

Seu corpo fica rígido em reação.

Isso é divertido para mim. Não muito para ele, acho. Ah, bem. Pena que ele não me disse a verdade no outro dia. Nada disso teria acontecido.

— Responda à pergunta. Quando soube?

— Não estou apaixonado por você.

Rio muito.

— Mentiroso.

— Vai me dizer como me sinto agora?

— Quer saber quando tive certeza de que você me ama?

— Desembucha.

— Quando meu sequestrador... como é mesmo o nome dele? Ele não falou.

— Turk — ele responde, grunhindo o nome.

— Quando Turk me disse o que queria comigo. Duas coisas ficaram muito claras para mim naquele momento: que você fugiu porque ele te pediu algo e porque me ama.

— Não, não amo.

— Ama, sim. O que quero saber é há quanto tempo você me ama? Ele continua em silêncio.

Puxo o plug, retirando-o até que a parte mais larga o estenda de uma forma obscena.

— Há *quanto* tempo?

Ele se inclina nas restrições e seus ombros caem.

— Sempre soube. Há muito tempo.

— Por que não me contou?

— Por que não.

Eu o açoito com mais força do que já fiz.

Ele grita.

— Não pensei que era o cara certo para você.

— E eu não tenho poder de decisão nisso?

— Não me acho certo para você. Olhe para mim. Estou cheio de cicatrizes das brigas em que me envolvi quando mais jovem, coberto de tatuagens estúpidas que fiz antes de saber que elas deveriam signi-ficar alguma coisa e você acabou de ser sequestrada e ameaçada por minha causa. E ainda se pergunta por que acho que não sou bom o suficiente para você?

Eu o golpeio mais uma dúzia de vezes, até que ele ofegue e sue. Mas então me detenho, porque uma das principais regras de nosso estilo de vida é nunca agir com raiva. Estou furiosa por ele pensar tão pouco de si mesmo.

— Sabe o que mais me incomoda?

— O quê? — ele pergunta em um grunhido baixo.

— Você é um dominador. Qual é o elemento mais importante em um relacionamento dominador/submisso?

— A comunicação.

— Bingo! E o que você fez quando Turk ligou e pediu uma coisa?

— Ele não *me* pediu nada. Ele queria algo *de você*.

— E isso era inaceitável?

— Claro que sim! Não quero esse babaca perto de você.

— Como isso poderia dar certo?

O som que sai dele é quase animalesco.

— Estraguei tudo, certo? É isso que você quer que eu diga?

— É um bom começo. — Acaricio a vermelhidão em seu traseiro. Ele geme.

— O que vai fazer se algo assim acontecer novamente? — Deslizo um anel peniano ao redor das suas bolas e sorrio quando sua espinha dorsal fica completamente ereta em reação à borracha apertada.

— Isso não vai acontecer novamente.

— Claro que vai. A sua mulher é uma grande estrela.

— Você não é minha mulher.

— Ah, sim, sim e você ficará feliz em saber que decidi te dar outra chance.

Ele resmunga uma risada.

— O que te faz pensar que quero outra chance?

Dou um beijo suave e terno no meio das suas costas.

— Porque você me ama o suficiente para me deixar e me manter em segurança. — Inclino a testa contra seu corpo e coloco os braços ao redor da sua barriga. Este momento é de amor, não de sexo ou dominação, e me deleito plenamente na consciência de que *o* encontrei, aquele que eu esperava encontrar, aquele que me completa e me faz feliz.

O fato de ele estar bem debaixo do meu nariz torna tudo ainda melhor do que seria com alguém novo. Conheço esse homem. Conheço seu coração e estou começando a entender o que o conduz.

Ele se importa tanto com as pessoas que ama que se sacrificaria se isso significasse salvá-las.

Eu o beijo nas laterais de seu corpo.

— Não preciso que você me proteja.

— Que pena.

— Se sente uma necessidade tão ardente de me proteger, isso pode ser porque você me ama?

— Pare com isso. Nós nos divertimos. Isso é tudo.

— Mentira. — Envolvo seu pau com a mão e o aperto com força.

Ele solta um suspiro profundo.

— Pare de mentir para mim e para si mesmo.

— Não estou mentindo. Não quero isso.

As palavras me atingiram como um soco no estômago. Eu tinha tanta certeza de que havia descoberto o que ele sentia. Talvez eu esteja errada, mas acho que não. Quando estávamos juntos, antes de Turk ligar e estragar tudo, nada parecia mais perfeito ou mais certo. Sei que ele se sentia da mesma maneira e é por isso que o estou pressionando com tanta força.

Se não puder trazê-lo de volta, temo que ele fuja de mim e nunca mais volte. Isso não pode acontecer. Agora que tive um gostinho da perfeição, quero devorá-la — e a ele. Estendo a mão para retirar as restrições de seus pulsos. Em seguida, libero seus tornozelos. Pego sua mão e o conduzo à espreguiçadeira no canto que solicitei quando construímos o calabouço.

— Sente-se.

Ele se senta com cautela devido ao plug e ao anel.

Monto em seu colo, forçando-o a olhar para mim.

— Já sentiu algo melhor do que o que existe entre nós?

— Claro que sim. — Ele finge um tom casual, mas eu vejo a verdade em seus olhos negros. — Muitas vezes.

Balanço para frente e para trás sobre seu pau.

— Nunca te considerei um mentiroso.

— Não estou mentindo.

— Está, sim. — Alinho seu pau com minha boceta e enfrento a batalha habitual para permitir que ele entre. Busco todo o impacto enquanto desço sobre ele devagar até que ele me penetre o máximo que puder. Com as mãos nos seus ombros, observo os planos e ângulos de seu rosto tenso. Ele é bonito de uma maneira feroz e sexy.

— Você se esforça tanto para ser forte por todos. Quem é forte para você?

Suas mãos seguram meus quadris e as pontas dos dedos pressionam minha pele.

— Não preciso que ninguém seja forte para mim.

— Que mentira, Sebastian. Não sabia que você era tão covarde. — Ah, ele não gosta disso! Estou encantada com o olhar repugnante que ele me dá. Se não se importasse, ele não ficaria chateado. Inclino meus quadris e começo a montá-lo lentamente, amando a maneira como ele revira os olhos.

Peguei você.

Ligo a vibração do plug, e ele fica louco, estocando em mim até que eu tenha certeza de que nunca mais andarei ereta.

Por mim, tudo bem.

Tudo está bem desde que eu o tenha — e ele a mim.

Emmett

Me disseram que eu precisava ficar aqui e relaxar até que os policiais trouxessem Leah e Marlowe para nós. Na verdade, a palavra que Flynn usou foi: "acalme-se". Gostaria de ver como ele lidaria com isso se Natalie tivesse sido a pessoa escolhida. Ando de um extremo do saguão ao outro mais vezes do que posso contar. Nunca notei que são necessários cerca de cem passos para atravessar o saguão, provavelmente porque nunca tive motivos para contá-los antes.

Pelo menos, não sinto mais que vou ter um ataque cardíaco.

Ela está segura. Está voltando para mim. Está tudo bem. Só que não vai estar tudo certo até ela voltar aos meus braços, onde ela pertence. É ridículo o quanto ela se tornou essencial para mim. Há alguns meses, eu a descrevia como uma mosca chata zumbindo ao redor da minha cabeça, me deixando louco com suas perguntas jurídicas bobas, os seios empinados, a bunda gostosa e comentários infinitamente espirituosos. Queria tanto torcer seu pescoço quanto transar com ela.

Agora...

Bem, agora não consigo respirar direito quando ela não está por perto e mal consigo funcionar quando ela corre algum tipo de perigo.

Estou meio chateado, na verdade. Minha vida estava perfeitamente bem até que ela mudou tudo. Como ela ousa fazer isso comigo? Ela tem alguma ideia do que me fez passar nas últimas trinta horas sem ela?

O elevador soa antes de abrir e ali está ela. Estou tão feliz em ver seu rosto doce que nem me importo que ela tenha arruinado minha vida.

Corro em sua direção e a levanto.

Ela me abraça e soluça no meu pescoço.

Eu a carrego direto para o meu escritório, ignorando os policiais que estão dizendo que precisam falar com ela. Eles podem se foder. Chuto a porta do escritório para fechá-la e caio no sofá, abraçando-a contra meu peito.

— Shhh, está tudo bem. Está tudo bem agora. — Digo a ela tanto quanto a mim mesmo. Nós dois precisamos de garantias.

— Pensei que nunca mais ia te ver.

— Sinto muito que você tenha sentido medo. — Levanto seu queixo para que eu possa beijá-la.

Ela se apega a mim, sua boca se abre para a minha língua e antes que eu perceba, estou deitado sobre ela, nossas pernas estão entrelaçadas e estou tão duro que tenho medo de explodir com a necessidade que pulsa através de mim como um batimento cardíaco que pertence apenas a ela.

Só quando preciso respirar, interrompo o beijo e deixo minha cabeça se inclinar contra seu peito.

— Você nunca mais pode fazer isso comigo.

Ela afunda os dedos no meu cabelo.

— Não é como se eu quisesse deixar você louco.

— Bem, você deixou.

— Você estava louco?

Levanto a cabeça para poder olhá-la.

— Estava. Você está tão dentro de mim que não posso viver sem você.

— Isso significa que estamos em um *relacionamento*? — O sorriso atrevido é muito mais "ela" do que as lágrimas de coração partido poderiam ser.

— Cale a boca.

— Me faça calar.

— Fico feliz em fazer isso. — Eu a beijo até que estou prestes a gozar na calça. Me abaixo para me libertar e depois de empurrar suas roupas de lado, deslizo para dentro dela. É como voltar para casa. Como e por que é tão diferente com ela, nunca vou saber. É assim, da mesma forma que seus olhos são azuis e seus seios pequenos são incrivelmente sensíveis e sua vagina é tão apertada que me faz querer uivar de prazer.

Não posso fazer isso aqui. Mas quando eu a levar para casa... poderá haver uivos.

— Eu te amo muito, meu pequeno pitbull sexy. Tanto que me deixou louco saber que você estava em perigo. Esta é a segunda vez que faz isso comigo. Você precisa parar de me assustar. Se alguma coisa te acontecer... — Fico horrorizado quando minha voz falha e meus olhos se enchem de lágrimas.

Leah emoldura meu rosto com as mãos e me dá um beijo doce e terno que quase me desmancha.

— Estou bem. Estou aqui com você, exatamente onde queria estar desde o dia em que comecei na Quantum e você e seu grande cérebro quase me fizeram gozar na sala de conferências.

Mesmo quando acho que não é possível rir, ela prova o contrário.

— E eu também te amo. Muito. — Ela acaricia meu rosto com um toque terno. — Tudo o que eu conseguia pensar enquanto o tempo passava era se você estava bem.

— Não estava. Eu não estava bem. — Eu a abraço, beijo e faço amor com ela. — Preciso que você se case comigo, Leah. Case-se comigo, fique comigo e seja só minha.

— Você está realmente me fazendo o pedido enquanto transamos?

— Acho que sim. Por quê? Você precisava de alguma proposta romântica sofisticada?

Ela balança a cabeça.

— Está tudo bem.

— Isso é um sim?

— Sim, Emmett, vou me casar com você.

Amo o sorriso feliz em seu rosto bonito.

— Espero que você esteja feliz que seu plano maligno de se infiltrar totalmente em minha vida tenha sido tão bem-sucedido.

— Estou muito feliz.

Eu a abraço o mais forte possível.

— Essa é a única coisa que importa.

CAPÍTULO 23

Sebastian

É possível morrer por muito sexo ou ficar desidratado por tantas vezes que você perde a conta de quantos orgasmos teve? Nesse caso, estou com o pé na cova quando Marlowe me usa total e completamente. Sinceramente, não acredito que ainda estamos aqui. Deve ter passado horas desde que isso começou. O clube deve abrir em breve, mas a porta principal está trancada. O que os funcionários vão fazer quando chegarem para trabalhar?

Não há nada que possam fazer. Tenho a única chave para aquela porta e está no chão do calabouço, no bolso do meu jeans.

Quero perguntar a ela quanto tempo vamos ficar aqui, mas suspeito que já sei a resposta para essa pergunta. Meu peito dói com a pressão que aumenta na área do meu coração. Não posso dar o que ela quer, por mais que eu queira.

Mais uma vez, ela liga a vibração do plug e como toda vez que ela faz isso, gozo como uma adolescente inexperiente.

— *Caramba*, Marlowe. Que merda você quer de mim?

— Tudo.

— Não.

— Sim.

— Não posso.

— Mentira.

— Não *quero*.

— *Mentira.*

— E daí? Vamos fazer isso até eu te dar a resposta que você deseja?

— Vamos fazer isso até que você me dê a *verdade*.

— Você não está ficando dolorida?

— Engraçado você perguntar. Estava pensando que deveria mudar de local.

— O que... — Antes que eu possa avaliar sua intenção, ela move meu pau, que fica pressionado contra sua bunda. — Marlowe, não. Você precisa estar preparada para isso.

— Você não está no comando aqui, lembra?

Ela acaricia o lubrificante no meu pau, que está duro – de novo. Como isso é possível?

— Vai se machucar.

— Por que você se importa?

— Eu me importo. — Me importo demais e esse é o problema. Nunca mais quero me sentir tão impotente quanto quando soube que ela estava em perigo por minha causa e não havia nada que eu pudesse fazer a esse respeito. Ainda que os momentos com elas foram maravilhosos – e os melhores que tive com qualquer mulher – não posso arriscar que algo aconteça novamente ou que ela acorde em um ano ou dois e perceba que pode encontrar alguém melhor que eu.

Depois de me ouvir dizer que me importo, ela faz uma pausa.

— Você se importa com o quê?

— Com você. Claro que me importo com você. Somos amigos há anos.

Ela faz uma careta e continua seu plano equivocado de se iniciar no sexo anal.

— Vai se machucar. Precisa estar preparada, especialmente para... bem, me ter.

— Tudo bem, então me prepare. — Ela se levanta e fica ao lado da espreguiçadeira, gesticulando para que troquemos de lugar.

— Não teve o suficiente?

— Obviamente, não.

— Marlowe...

— Me prepare. Agora.

Não quero assim.

— Não tenho certeza se posso.

Ela olha para o meu pau duro e levanta uma sobrancelha.

— Estou meio dolorido com o que já fizemos. — Tenho certeza de que nunca transei tanto em um período tão curto de tempo e estou realmente dolorido.

Seus olhos atiram fogo em mim, mas seu queixo estremece.

— Bem. Esqueça. Apenas esqueça a coisa toda. — Ela caminha até onde nossas roupas estão espalhadas no chão e se veste, seus movimentos são bruscos e apressados, como se ela mal pudesse esperar para sair dali e se afastar de mim.

Começo a me levantar para ir até ela, mas minhas pernas estão moles. Demoro um segundo para me recompor e então ela está indo para as escadas. Gentilmente agarro seu braço para detê-la.

— Não vá.

— Por que não?

— Por que sim.

— Isso é tudo o que você tem a dizer?

É hora de falar ou calar a boca. Entendi. Mas as palavras... estão presas dentro de mim, presas atrás de uma parede inquebrável de medo.

Ela gira o braço para se soltar do meu aperto.

— Me solte, Sebastian. Você deixou bem claro que não quer o que quero.

— Isso não é verdade.

— Até parece.

— Marlowe.

Só porque somos amigos há muito tempo, ela se vira para mim.

— Estou com medo. — É preciso todo tipo de coragem que posso encontrar dentro de mim para admitir isso.

A expressão dela não muda.

— De quê?

— Disto, de como me sinto quando estou com você, como é saber que você esteve em perigo por minha causa, de perdê-la depois do que tivemos. Tudo isso. É aterrorizante.

Ela respira fundo e solta o ar lentamente antes de fechar a distância entre nós e colocar as mãos no meu peito.

— Eu te amo.

— Eu sei, mas...

— Sebastian.

Olho nos adoráveis olhos verdes que me observam com carinho, humor e amor, muito amor.

— Estou apaixonada por você. Acho que talvez esteja desde que te conheço.

— Você... eu... *sério?* — Minha voz falha nessa última palavra, do jeito que acontecia quando eu tinha doze anos e estava passando pela puberdade.

— Sim.

Balanço a cabeça.

— Você não deveria me amar assim.

— É tarde demais. — Ela abre o grande sorriso que fez dela uma estrela. — Já amo. Tomei muitas decisões muito ruins porque me recusei a reconhecer o que estava à minha frente há anos. Você também vai tomar decisões ruins?

— Você foi sequestrada por *minha* causa.

— Eu sei e adivinhe? Sobrevivi por minha causa. Estou bem aqui. Estou sã e salva e dizendo que estou apaixonada por você.

— Você pode encontrar alguém melhor.

Sua decepção é óbvia.

— Acho que nos vemos por aí então.

— Espere.

Ela para, mas se mantém de costas para mim.

— Você é muita coisa e eu...

Ela se vira para mim.

— Você me ama, Sebastian?

Quando ela me olha desse jeito e me faz a pergunta à queima-roupa, acho que não posso negar. Não quero negar.

— Sim, amo você. — Um pouco da tensão no meu peito diminui quando digo essas palavras.

— Essa é a única coisa que preciso de você. Não quero nem preciso de algo mais além disso. Bem, preciso do seu pau excepcional de vez em quando também.

— Ele meio que vem com o pacote.

— É um pacote muito atraente e você nem sabe. Você é a pessoa mais leal que conheço. Tem alguma ideia do quanto essa qualidade é importante para alguém como eu, que frequentemente vê as piores pessoas nesse negócio? Você é o melhor amigo que alguém poderia ter. Não há nada que você não faria por nenhum de nós, e todos sabemos disso. Vi seu coração e o amo.

— Você me deixa constrangido.

— Você me excita.

Meu coração, o coração que pertence só a ela, acelera muito, como faria se eu estivesse prestes a descer de um penhasco em queda livre. Não é exatamente isso que estou fazendo?

— Tem certeza absoluta de que é isso que quer? De que sou o que você quer?

— Um milhão por cento de certeza.

— E não vai mudar de ideia daqui um ou dois anos quando alguém melhor aparecer?

Ela coloca os braços ao redor da minha cintura e me olhar.

— Não há ninguém melhor que você.

Quando ela diz isso com tanta convicção, começo a acreditar que talvez seja verdade. Pode haver homens melhores por aí, homens que nunca violaram a lei ou fizeram as coisas que fiz, mas ninguém nunca a amará mais do que eu. Sei disso com certeza. Envolvo meus braços em seu corpo e enterro meu rosto em seus cabelos macios e perfumados.

— Vamos mesmo fazer isso?

— Só se for o que você quer também.

— É. É o que sempre quis, mas estava com muito medo.

— E agora que você tem isso ao seu alcance, o que planeja fazer?

— Manter. — Aperto minha mão nela. — Para sempre.

Marlowe

É noite do Oscar e estou nervosa. Não pela premiação ou o evento, mas pelo que vem depois. Durante a última semana, Sebastian me preparou para terminar o que começamos no calabouço naquele dia. Hoje à noite, sob o vestido Dior cor cobre que foi feito para mim, estou usando o maior dos plugs que ele me comprou.

Quando penso na batalha que foi para inserir esse plug, meu corpo formiga com antecipação e uma boa dose de medo. Sebastian tem o dobro do tamanho do plug. Há uma boa chance de não conseguir recebe-lo lá, mas estou determinada a tentar.

Como devo pensar em algo além do que virá depois enquanto estivermos na premiação?

Ele entra no quarto e para ao me ver no vestido que combina perfeitamente com meu tom de pele e cabelo. Vestido com um smoking Armani, ele está absolutamente devastador.

— Me deixe ver a frente — ele pede, com a voz rouca.

Me viro para mostrar a ele o decote — se é que pode se chamar assim. A roupa deixa o meio do meu corpo completamente nu. A aparência ousada exigiu fita adesiva dupla para impedir que os mamilos aparecessem, mas Tenley me garantiu que vou ser eleita uma das mais bem-vestidas, não que eu me importe com isso.

Me preocupo com a maneira calorosa, desesperada e possessiva que Sebastian me observa.

— O que acha?

— Tem muito de você aparecendo.

Sabia que ele diria isso.

— Todas as partes importantes estão cobertas.

— Todas as suas partes são importantes.

Balanço o dedo para ele.

— Venha aqui e me deixe vê-lo.

Ele atravessa o quarto e passo as mãos sobre o tecido fino do paletó.

— Você está lindo.

— Você também.

Entrelaço o braço no dele e nos viro para encarar o espelho de corpo inteiro que Tenley trouxe quando soube que Seb não possuía um. *"Como os homens podem viver assim?"* ela perguntou.

Inclino a cabeça para apoiá-la em seu ombro.

— Ficamos muito bem juntos, não acha?

— Parecemos incríveis juntos.

Desde que ele decidiu abandonar o medo e assumir o que queria, ele tem sido uma versão totalmente nova e aprimorada do que já era maravilhoso. Ele está totalmente envolvido, e essa versão é uma força a ser reconhecida. Ele diz que me ama nada menos que uma dúzia de vezes por dia. Ele quer falar sobre o nosso futuro — onde moraremos e se devemos vender sua casa e morar na minha na praia ou comprar algo novo juntos.

Ele não me deixa pagar por nada.

Está tudo certo, meu anjo é seu refrão regular.

Deixo-o pagar, porque entendo que ele precisa cuidar de mim, o que para mim está tudo bem. Por que me importaria com quem paga, desde que façamos tudo juntos?

Turk foi preso cerca de uma hora depois que saímos do armazém. Meu depoimento e o de Leah ajudaram a estruturar o inquérito contra ele. Mantive minhas promessas para Ariel e tenho planos de encontrá-la para almoçar esta semana. Ela não tinha nada a ver com o que o tio fez e se posso ajudá-la a avançar nesse negócio cruel, por que não? De alguma forma, os policiais conseguiram manter meu nome e o de Leah fora das declarações públicas sobre a prisão de Turk e serei eternamente grata por isso. Ultimamente, tenho tido publicidade suficiente.

Turk vai responder a várias acusações criminais por sequestro, cárcere privado e extorsão. Seu desmanche foi invadido e os caras que trabalhavam para ele também foram presos. Leah e eu achamos legal termos ajudado a fechar toda a corporação criminosa.

Falando em Leah, ela e Emmett estão *noivos*! Estamos muito felizes por eles. Amo o jeito que ela transformou a vida de Emmett e lhe deu algo que ele nem sabia que estava perdendo até que ela mostrou que poderia haver muito mais. E o diamante que ele colocou no dedo dela? *Santa declaração, Batman.* O homem está apaixonado, e isso é óbvio para quem passa cinco minutos com os dois.

Nós duas estamos mais próximas do que nunca desde nossa provação com Turk, e fiquei encantada quando ela me pediu para estar em sua festa de casamento.

A mão de Sebastian na minha bunda me tira dos meus pensamentos e me faz voltar à realidade quando ele pressiona a base do plug.

— Está tudo pronto para mais tarde?

— Sim.

— Não vai desistir, vai?

— Espero que não.

Ele coloca um braço ao meu redor com cuidado e beija o topo da minha cabeça.

— Tudo bem se você desistir. Depois que você fez isso comigo, tenho uma apreciação totalmente nova de como é.

— Não, não tem. Esse plug não é nada comparado à besta em suas calças.

Sua risada rouca me aquece o tempo todo. É tudo perfeito com ele. Ele é tudo o que sempre quis e muito mais. Me sentir completa e ser eu mesma com meu amigo Sebastian, que também é o meu amor, é o maior presente de uma vida já abençoada.

— Temos que ir.

— Ainda não acredito que sou o seu acompanhante para o Oscar.

— Acredite. Você é o acompanhante da minha vida. Sua mãe vai assistir?

— Sim, com meu pai, aparentemente. — Ninguém sabe muito bem como é o relacionamento entre os pais dele atualmente, mas tudo bem. Como Sebastian diz, se dá certo para eles, é o que importa. Um Bentley preto com motorista nos leva à cidade para a premiação. Vou encontrar meus sócios da Quantum lá e estou ansiosa por uma grande noite para todos nós, com *Insidioso*, principal candidato a melhor filme. Ganhar dois anos seguidos consolidaria nosso lugar como a maior produtora de Hollywood. Por isso, estou quase mais empolgada com a categoria de melhor filme do que com a de melhor atriz. Mesmo que fosse bom ganhar por atuar novamente. Faz quase vinte anos que levei para casa a estatueta de melhor atriz coadjuvante no meu primeiro filme. Também recebi um Oscar como produtora de *Camuflagem* no ano passado.

Mais do que tudo, estou animada por ter o homem que amo como meu acompanhante no maior evento do ano. Meu celular toca e atendo a chamada sem verificar o identificador de chamadas, certa de que é um dos meus sócios. Não é.

— Marlowe. Por favor, não desligue.

Rafe.

— Como conseguiu esse número? — Não consigo imaginar como ele teria conseguido meu novo número.

—Não importa. Preciso falar com você. Você tem que fazer alguma coisa. Onde quer que eu vá, as mulheres... elas jogam coisas em mim. Uma delas jogou comida quente em mim em um restaurante! — Mordo o lábio para não ficar tentada a rir. — Elas me bateram. Você tem que mandá-las parar!

— Por que eu deveria? Depois do que fez comigo e com outras doze mulheres, é o mínimo que você merece.

— Eu disse que estava arrependido.

— Não acredito em você. Acho que se arrepende por finalmente ter sido repreendido por seu mau comportamento. Aqui está um conselho: fique em casa. Ninguém vai jogar coisas ou te bater se você não sair. Além disso, acho bom ficar fora dos EUA, pois há um mandado de prisão contra você. E aqui está o meu último conselho: se me ligar de novo, vou prestar queixa por assédio, além das acusações de agressão.

— Marlowe, por favor... — Encerro a chamada e bloqueio o número.

— Tão sexy. — O estrondo baixo da voz de Sebastian me faz querer me abanar.

— Você acha?

— Ah, sim. A minha mulher é *durona*. Ninguém se dá bem às custas dela.

— É isso aí.

— Babaca.

— Estão jogando comida nele em restaurantes. — Caímos na risada. E quando o telefone toca novamente, faço uma careta em antecipação a outra ligação dele. Dessa vez, verifico o identificador de chamadas e vejo o nome de Flynn aparecer.

— Mo — ele fala antes que eu possa dizer olá. Ele parece frenético. — A Nat está em trabalho de parto.

— *Já?* — Ela só deveria ter o bebê daqui a um mês.

— Sim, estávamos prontos para sair quando a bolsa estourou. Estamos a caminho do hospital.

— O que a dra. Breslow disse?

— Que ela está bem para ter o bebê com trinta e cinco semanas, mas...

— Ela vai ficar bem, Flynn. Ela é jovem e forte, e o bebê está ótimo. Estou certa disso.

— Mo. — Ele consegue transmitir um medo gigantesco pela forma como diz meu nome.

— Quer que eu vá até o hospital? — Eu faria isso em um segundo se ele me pedisse, e ele sabe disso.

— Claro que não. Essa vai ser uma grande noite para você e para a Quantum. Odeio me agourar dessa maneira, mas você pode aceitar o prêmio por mim se eu ganhar?

Com suas superstições, é bem importante que ele reconheça a possibilidade de vencer.

— Eu adoraria. Posso falar onde você está?

— Sim, por que não? Vou ser pai.

A alegria e o espanto em sua voz me fazem chorar.

— Vai mesmo. O melhor pai de todos os tempos. Amamos vocês dois. Nos mande notícias de como ela está?

— Te envio uma mensagem.

— Dê a Nat o nosso amor.

— Pode deixar.

— Continue respirando, Flynn.

— Estou tentando. Entrarei em contato.

Ele desliga e olho para Sebastian.

— Acha que eu deveria ir ao hospital?

— Vamos passar lá depois da premiação.

— Temos planos após a premiação.

— Ficarão em suspenso até visitarmos nossos amigos.

Chegamos pouco tempo depois ao Dolby Theatre, em Los Angeles, e aguardamos em uma longa fila de outros carros que deixam as celebridades.

— Está pronto para isso? — Tornaremos oficialmente público o nosso relacionamento neste evento e tentei preparar Sebastian para como as coisas vão mudar para ele. Ele diz que entendeu, mas só vai compreender mesmo quando for perseguido em uma cafeteria ou supermercado por paparazzi empunhando câmeras. Claro, ele passou um bom tempo com todos nós e viu como isso pode nos afetar, mas é diferente quando o foco está na pessoa – e o foco estará nele quando a imprensa descobrir que estamos juntos.

Ele beija minha mão e olha nos meus olhos.

— Estou pronto para qualquer coisa, se isso significa que vou dormir com você todas as noites e acordar com você todas as manhãs.

Quase desmaio.

— Eu te amo.

— Também te amo. Vamos acabar com eles!

Ele sai primeiro e me estende a mão. Eu a seguro e o deixo me ajudar a sair do carro. A multidão enlouquece quando vê que sou eu e somos cegados momentaneamente pelos flashes de mil câmeras que gravam esse momento. Ouço o zumbido: *quem é ele? Nós o conhecemos? Não o vimos antes?* Não vai demorar muito tempo para descobrirem quem ele é. Instruí a Liza para não lhes dizer nada. Para deixá-los descobrir por conta própria.

Aceno para meus fãs adorados que me chamam da arquibancada enquanto caminhamos pelo tapete vermelho, parando para várias entrevistas dos grandes programas de entretenimento. Como combinamos, Seb me espera um pouco afastado para que não seja obrigado a responder perguntas. Converso com os entrevistadores sobre o filme, digo a eles quem estou vestindo e falo um pouco sobre a carreira, evitando a única pergunta que eles mais querem que eu responda: quem é ele e o que significa para mim. Em breve, eles saberão. Ele é Sebastian Lowe e é tudo para mim.

Sebastian

A premiação é surreal. O que é que estou fazendo usando um smoking de três mil dólares e bebendo com a realeza de Hollywood? Quando Marlowe me olha e abre aquele sorriso lindo, que é sua marca registrada, me lembro do que estou fazendo aqui. Estou aqui por ela, porque não há lugar onde eu prefira a não ser junto dela.

Uma semana depois de selar meu destino no calabouço, me pergunto por que me incomodei em resistir a ela. Minha resistência era tão fútil quanto um metal evitar um ímã quando os dois estão em rota de colisão com o destino.

Ela é o meu destino e, por algum motivo que nunca vou entender completamente, sou o dela.

Após nossa passagem pelo tapete vermelho, somos levados ao teatro, onde a equipe da Quantum está sentada nas duas primeiras filas. Quando os produtores são informados de que Flynn e Natalie não vão comparecer, há uma disputa para ocupar seus lugares. Marlowe concorda em apresentar sozinha o prêmio de melhor roteiro original, que eles deveriam apresentar juntos. Todo mundo quer saber onde eles estão. Além da família Quantum, não contamos a ninguém por que o casal Godfrey está perdendo a maior noite do ano. Só nós sabemos que essa pode ser a maior noite de suas vidas e o motivo não tem nada a ver com prêmios. Demora uma eternidade, ou é o que parece, para chegar aos prêmios que viemos assistir. Jasper ganha o Oscar de melhor fotografia por *Insidioso* e sobe ao palco para aceitar seu prêmio.

— Isso significa muito para mim. — Sua voz está cheia de emoção quando ele olha para o seu segundo Oscar consecutivo. — Há um ano, eu era um solteirão sem nenhuma preocupação no mundo além do meu trabalho e meus amigos. Hoje... hoje à noite, sou eternamente grato à minha linda esposa, Ellie Godfrey, que me tornou pai na semana passada, quando nosso filho Harrison nasceu. A Ellie e o Harry estão assistindo de casa, e quero agradecer aos dois por me darem uma vida com a qual eu só podia sonhar antes de eles aparece-rem. Aos meus sócios na Quantum... durante os dias mais difíceis da minha vida, vocês ficaram ao meu lado, me incentivaram e me deram a coragem de lutar pela vida que eu queria. Amo muito todos vocês. Obrigado à Academia por esta incrível honra.

Estamos todos chorando enquanto aplaudimos Jasper, Ellie e o bebê Harry.

Depois de mais alguns prêmios serem apresentados, chegamos ao de melhor atriz. Quando seu nome é lido como um dos indicados, Marlowe me dá um sorriso bobo e aperta minha mão.

— E o Oscar vai para Marlowe Sloane. — Ela ganhou! Puta merda, ela ganhou! E quando ela se inclina para me beijar com ternura antes de se levantar para receber seu prêmio, meu coração se enche de um amor tão grande que não pode ser contido. Eu a acompanho até o palco e seguro sua mão enquanto ela sobe as escadas com saltos impossivelmente altos. Só me afasto quando tenho certeza de que ela consegue seguir dali.

— Uau, muito obrigado à Academia e a todos que votaram em mim. Estou emocionada por ser reconhecida por esse papel, por este personagem e pela importância de valorizar o trabalho dos profissionais de saúde mental. Quero agradecer a Flynn por ser meu parceiro neste filme, bem como meu melhor amigo e o amado irmão do meu coração por todos esses anos. Meu amor e agradecimentos vão para Hayden, que dá seu coração e alma em tudo o que faz, a Jasper, que faz todos nós ficarmos incríveis no filme, e a Kristian, por cuidar dos detalhes. Não gostaria de ter essa vida ou esse trabalho sem vocês e toda a nossa família Quantum. Quero agradecer a minha mãe...

Sua voz diminui de tom e seus olhos se enchem de lágrimas. Estou muito comovido por ela.

— Nada disso teria acontecido sem sua crença feroz em mim e os muitos sacrifícios que fez para me trazer a L.A. para perseguir esse sonho. Devo tudo o que tenho a ela. — Ela respira fundo e olha para mim. — Todos sabem o que aconteceu comigo recentemente, mas o que talvez não saibam é que um dos piores dias da minha vida também foi um dos melhores, porque me levou aonde eu deveria estar o tempo todo, com meu amigo e amor eterno. Sebastian, não tenho certeza do que fiz para ter a sorte de te ter ao meu lado, mas serei grata por você todos os dias que me restam. Eu te amo muito. Obrigada novamente por esta incrível honra.

Lágrimas deslizam pelo meu rosto enquanto aplaudo, assobio e comemoro muito por ela. Estou muito orgulhoso. E o que ela disse sobre mim? Ainda não acredito que ela me ama assim, mas graças a Deus que ela ama.

Ela volta ao palco para aceitar o prêmio de Flynn quando ele ganha o Oscar de melhor ator.

— Estou muito orgulhosa em receber este prêmio em nome do meu melhor amigo, Flynn Godfrey, que está, neste momento, ajudando sua linda esposa, Natalie, a dar as boas-vindas ao seu primeiro filho.

A multidão enlouquece, aplaudindo a notícia.

— Flynn gostaria que eu dissesse a vocês que significou muito para ele dar vida a esse personagem em particular, chamar atenção ao terror do vício em opioides neste país e mostrar que é possível lutar para sair do fundo do poço, e encontrar ajuda e uma nova vida após o vício. Para todos que estão lutando neste momento, recebam nossos corações, apoio e amor. Obrigada por reconhecerem o incrível desempenho de Flynn com este prêmio.

Não consigo conter as lágrimas que caem quando cada um dos meus amigos mais próximos é reconhecido por seus incríveis trabalhos.

Hayden é o próximo, que recebe o prêmio de melhor diretor.

Ele sobe as escadas duas de cada vez, o que nos faz rir. Adoro ver meu amigo geralmente sério, focado e mal-humorado brilhando de felicidade. Ele é meu irmão de outra mãe e estou cheio de orgulho ao vê-lo no palco.

— Obrigado à Academia pelo reconhecimento a *Insidioso*. Lutamos muito para dar um nome a este filme. Queríamos chamá-lo de Vicio, mas o estúdio achou que poderíamos encontrar algo melhor e estavam certos. *Insidioso* é o título perfeito para este filme que conta a história comovente dos nossos tempos. Essa nova era do vício não se limita às pessoas ricas que podem comprar drogas caras. Essa onda é indiscriminada. Ela toca todas as cidades e níveis econômicos. É realmente insidioso. Foi uma honra para mim e todos os associados da Quantum, contar essa história. Quero agradecer aos meus parceiros no trabalho e na vida – Flynn, Marlowe, Jasper e Kristian, bem como a incrível equipe que nos apoia todos os dias. E quero agradecer a minha linda esposa, Addison, por ter criado o título de *Insidioso* e salvado nossos pescoços, mas também por me amar e se casar comigo. Não tenho ideia de quem eu era antes de ter você, querida Addie, mas o que sei é que tudo está melhor agora. — Ele levanta a estatueta. — Mais uma vez obrigado por este prêmio incrível. — Não surpreende ninguém quando *Insidioso* ganha o prêmio de melhor filme. Kristian o aceita em nome da Quantum.

— Obrigado à Academia e a todos que acharam que nosso filme merecia essa honra. Temos a sorte de fazer esse trabalho, contar histórias importantes e fazê-lo com as pessoas que mais amamos no mundo. A segunda melhor coisa que fiz foi dizer sim a Flynn e

Hayden quando me convidaram para ingressar em sua equipe na Quantum. A melhor coisa que fiz foi me apaixonar pela minha noiva, Aileen, e seus filhos, Logan e Maddie, que agora também são meus filhos. — Ele olha para Aileen e as crianças, que estão usando trajes formais para essa grande noite. — Vocês três me deram mais do que eu esperava sonhar ser possível, e agora... — Kristian faz uma pausa por um segundo para se recompor. — Descobrimos recentemente que nosso quarteto será um grupo de cinco até o final do ano. — Todos nós ficamos loucos batendo palmas e assobiando enquanto Aileen soluça, sorri e ri da nossa reação às notícias deles.

— Nossa família é o melhor prêmio que já recebi. O amor é o melhor prêmio, mas o de melhor filme é um segundo bem próximo. Mais uma vez, obrigado por honrarem *Insidioso* com este prêmio. É um prazer aceitá-lo em nome de toda a equipe Quantum.

Minhas mãos doem de bater palmas e minha voz está rouca de todos os gritos que dei em apoio à minha família. Observando-os no palco, com os braços entrelaçados, radiantes de felicidade, me sinto tão orgulhoso que poderia explodir.

Após o show, pulamos as festas e seguimos direto para o hospital, levando as estatuetas do Oscar, trajes de gala e animação para a sala de espera da maternidade, onde vários membros de famílias de outras grávidas ficam surpresos ao perceberem quem se juntou a eles. Ficamos muito tempo lá, tanto que as outras famílias foram embora. Paletós de smoking e sapatos de salto alto foram descartados, quantidades enormes de fast food foram consumidas e os Oscar que trouxemos para mostrar a Flynn e Nat estão alinhados como brinquedos esquecidos em uma mesa de canto.

Amo que todos estejam muito mais preocupados com Flynn, Natalie e o bebê do que com essas estatuetas. Eles sabem o que importa nesta vida e quais são suas prioridades. Max Godfrey está aqui, assim como as outras irmãs de Flynn, Annie e Aimee. Stella está na sala de parto com Flynn e Nat.

Finalmente, Flynn aparece por volta das quatro da manhã, cansado, com lágrimas e brilhando de felicidade.

— Ela chegou. Cecelia Estelle Godfrey. Três quilos e meio,

quarenta e oito centímetros. Vamos chamá-la de Cece. A Nat foi incrí-vel. — Ele desmorona e seu pai se aproxima para abraçá-lo.

Max dá um tapinha nas costas do filho.

— Parabéns, papai.

— A Nat disse para levar todos vocês para vê-la e a Cece, para que possam ir para casa e descansar um pouco. — Toda a nossa turma o segue, carregando roupas e sapatos, bem como toda uma nova coleção de Oscar.

Marlowe entrega o de Flynn.

— Parabéns.

Flynn pega a estatueta, sorri, dá uma olhada rápida e a coloca no balcão ao lado da janela antes de voltar a se sentar com Natalie e o bebê.

Nat parece cansada, linda, feliz e contente enquanto segura sua garotinha.

— Ela é linda, pessoal — Marlowe declara.

— Muito — Jasper concorda.

— Graças a Deus ela se parece com a Natalie. — O comentário de Hayden provoca uma careta do pai de Cece.

Ficamos com a nova família por meia hora antes de notar Natalie tentando não bocejar.

— Vamos deixar você descansar um pouco — Marlowe declara. — Entraremos em contato pela manhã.

— Obrigada por virem, pessoal — Natalie fala. — Significa muito vocês estarem aqui para receber nossa Cece.

Abraçamos e beijamos os dois antes de sairmos juntos, um grupo bagunçado que mal se parecia com o anterior. Marlowe e Hayden causam alvoroço entre os médicos, enfermeiros e outros funcionários do hospital enquanto nos dirigimos para as portas principais, mas eles ignoram a atenção que recebem em todos os lugares que vamos.

Como liberamos o motorista, Marlowe e eu pegamos uma carona de volta a Malibu com Hayden e Addie, que nos deixam na minha casa no momento em que o sol rompe o horizonte.

— Que noite.

Sigo Marlowe até meu apartamento e vou direto para o quarto que se tornou nosso, onde deixamos nossas roupas no chão com pressa para ficarmos na horizontal. Então me lembro dos nossos planos e do plug, e uma ideia maliciosa e covarde me vem à cabeça. Encontro o controle remoto no bolso da calça e espero até que ela entre no banheiro para escovar os dentes para ligá-lo. Ela solta um grito agudo.

— Sebastian! *Desliga essa merda!*

Preciso me esforçar ao máximo para não rir.

— Esse não é o meu nome agora.

Ela aparece na porta, gloriosamente nua, seus cabelos ruivos bagunçados depois de ter sido solto do penteado elaborado que ela usou para a cerimônia de premiação. Ela está com a escova de dentes na boca enquanto olha para mim.

— Pare.

— Não. Se apresse e venha aqui. — Estou no modo dominador completo quando a encaro, deixando-a saber que estou assumindo a liderança.

É assim que resolvemos as coisas. Às vezes, ela está no comando, outras vezes, eu. Como nós dois estamos bem em nos submeter ao outro, encontramos o nosso ritmo. Se houver "regras", elas são simples. Quando um de nós indica um desejo de estar no comando, espera-se que o outro o acompanhe. Apenas uma palavra segura pode parar o trem depois que ele sai da estação.

Ela está cansada. Posso dizer só de olhar para ela, que está exausta da noite do Oscar e da visita prolongada ao hospital. E talvez esteja com um pouco de medo do que vamos fazer. Mas ela me lança um olhar desafiador e se vira para terminar de escovar os dentes.

Meu pau está duro, pensando sobre o que está prestes a acontecer aqui. Vou para a mesa de cabeceira para me lubrificar e depois para o armário, em busca de toalhas extras. Estou pronto quando ela sai do banheiro e fica diante de mim com os dedos entrelaçados e a cabeça baixa em súplica. Ela escovou seu cabelo lindo. Estou paralisado pela visão dos mamilos espreitando pelas mechas.

Vou até ela, atraído com muita força pela necessidade que parece crescer exponencialmente a cada dia que passa. Ela se tornou tão essencial para mim que eu ficaria sem comida e água antes de ficar sem ela. Eu costumava rir de caras como eu, até meus próprios amigos se tornaram escravos patéticos para as mulheres que amam, mas agora entendo. Sou seu escravo, seu servo fiel, qualquer coisa que ela queira que eu seja.

— Minha pequena submissa está nervosa?

— Sim, senhor.

— Por quê?

— Hum, olá?

Ela gesticula para o meu pau totalmente ereto.

— Sabe que eu nunca te machucaria, certo?

— Não intencionalmente.

— De modo nenhum. Nunca.

Ela me dá um olhar atrevido e desafiador que eu amo.

— E como você propõe fazer o que faremos com essa *coisa* sem que eu sinta dor.

Estou um pouco ofendido em nome da minha *coisa*.

— Eu não disse que não doeria nada. Disse que não te machucaria.

— Está me enrolando?

Sorrio.

— Não precisa mais falar, a menos que você precise da sua palavra segura.

— Sim, senhor.

Essas palavras vindas dela vão direto para o meu coração. Antes de fazer qualquer outra coisa, preciso que ela saiba o que significa para mim. Posso dizer que a pego de surpresa quando a abraço o mais perto possível de mim. Passo a mão sobre seus cabelos sedosos, pelas costas e seguro sua bunda.

— Eu te amo, Marlowe. Estava tão orgulhoso de você no Oscar, que pensei que poderia voar. Estou tão honrado por você ter me escolhido para passar a vida ao seu lado e quero que saiba que nunca tomo como garantida a incrível confiança que você depositou em mim. — Para meu completo horror, ela funga.

Eu me afasto e vejo seu rosto inundado de lágrimas.

— O que foi?

Ela ri de mim, não comigo.

— Não entre em pânico. Essas lágrimas são do tipo bom.

— Deveria haver uma lei contra as lágrimas das garotas.

Ela segura meu rosto e passa o polegar sobre meu queixo.

— Me desculpe pelas lágrimas, mas o que você disse... a culpa é sua.

Olho para ela.

— Como assim?

— Esperei a vida inteira para encontrar alguém que me dissesse o que você acabou de me dizer e que falasse sério. Alguém que me amasse por mim e não pela ilusão de quem sou.

— Sei exatamente quem e o que você é. Eu não poderia dar a mínima para sua fama, seu dinheiro ou toda a besteira que vem com você. Só quero você.

— Me tome, Sebastian.

Marlowe

Isso dói. Não estou surpresa, porque sabia que doeria, mas não é tão ruim quanto pensei que seria. Ele me preparou bem e vai devagar, me dando seu pênis em pequenas estocadas enquanto meu corpo se ajusta à invasão. Ouvi dizer que fica melhor... a qualquer momento. Estou esperando, respirando, focando e tentando não pensar em outra coisa além do que está acontecendo aqui e agora.

Discutimos a melhor posição e concordamos que eu deveria estar de costas para podermos nos ver.

— Fale comigo. — Sua voz está tensa e seu queixo demonstra a tensão de tentar fazer isso bom para mim.

— *Humghduh.*

— Isso não é uma palavra.

Arqueio as costas, dizendo a ele sem palavras para me dar mais.

Ele me dá.

Solto um gemido pelo choque do prazer doloroso. Meus mamilos e clitóris latejam e minha pele está arrepiada com uma sensação que torna tudo mais intenso.

Sebastian abaixa a cabeça e captura o mamilo esquerdo em sua boca, sugando, puxando e mordendo, apenas o suficiente para desviar minha atenção do que está acontecendo lá embaixo — até que ele entra mais em mim. É tudo o que posso fazer para não gritar.

— Foi?

— Metade.

— *Merda*.

— Já disse antes que é *Sebastian*, mas posso entender como você cometeu esse erro.

Como posso rir quando estou sendo invadida por esse *monstro*?

Ele pressiona o polegar contra o clitóris e um som que nunca fiz antes sai de dentro de mim.

Já haviam me dito que anal é a experiência mais intensa que existe, mas não tinha ideia do quanto. O tempo parece ter parado quando ele se afasta e volta, me dando mais a cada vez até que, finalmente, consigo recebê-lo. Estou tendo um orgasmo após o outro, meu corpo inteiro se debate e reage à emoção no nível nuclear de tomá-lo dessa maneira.

Sinto uma ridícula sensação de realização.

— Você é tão gostosa. — Seus lábios roçam em meu ouvido enquanto ele fala em um sussurro rouco. — Tão quente, apertada e sexy. Me diga que está sendo bom para você.

— Está chegando lá.

— Me diga quando estiver pronta para mais.

— Você disse que tinha tudo!

— Sim, mas essa é apenas a primeira parte.

— Caramba. Você vai me matar.

— Nunca. — Ele beija meus lábios, meu pescoço e captura de volta meu mamilo direito. Quando ele muda de lado, eu me contorço, procurando algo mais.

Ele se apoia nos braços.

— Se segure em mim.

Agarro seu bíceps, tentando me preparar, mas nada que eu pudesse fazer me prepararia para o passeio em que ele me leva. Poderosa é a única palavra em que consigo pensar para descrever a conexão que sinto quando ele entra e sai de mim repetidas vezes, até que estou me esforçando mais do que nunca. Ele está lá comigo, gemendo por sua libertação.

Depois, divago em um mar de prazer, tremores secundários e emoções. É um alívio *tê-lo* encontrado, aquele que deveria ser meu. Coloco meus braços ao seu redor, segurando firme nele, nisso, em nós.

— Você está bem?

— Sim. E você?

— Ótimo. Nunca estive melhor. — Ele se afasta de mim, lenta e cuidadosamente, e se levanta para ir ao banheiro.

Ouço água correndo antes que ele retorne com uma toalha quente que usa para me limpar. Ele deixa cair a toalha no chão e se senta na beira da cama, com um braço apoiado em cada lado dos meus quadris, olhando para mim.

— Tem certeza de que está bem?

— Sim.

— Mais uma prova de que você é durona. Você é a terceira que conseguiu fazer isso comigo.

— Onde estão as outras duas para que eu possa matá-las?

Seu sorriso ilumina seus lindos olhos negros.

— Você não tem nada com o que se preocupar. Não as reconheceria se as encontrasse. Isso foi há anos. — Ele enrola uma mecha do meu cabelo e deixa deslizar entre os dedos. — Não há mais ninguém além de você, minha estrela super sexy e durona. Você me arruinou para qualquer uma há anos.

Eu lhe mostro meu sorriso bobo.

— Excelente. — Dou-lhe um puxão para trazê-lo de volta para a cama comigo e me aconchego com a cabeça em seu peito, o braço em seu abdômen e seus braços apertados ao meu redor.

Temos muito o que esperar — o casamento de Kristian e Aileen em algumas semanas, o casamento de Leah e Emmett no outono, ver

Logan, Maddie, Harry, Cece e Deus sabe quantas outras crianças mais crescerem, talvez até alguns dos nossos próprios filhos.

— Você quer ter filhos?

Seu corpo fica completamente imóvel.

— Você quer?

— Talvez.

— Há.

— O que isso significa?

— Nunca me ocorreu que você gostaria de ter uma família.

— Por que não?

— Você está tão focada em sua carreira na maior parte do tempo.

— Já estive, no passado, mas agora tenho outras coisas em que quero me concentrar. — Passo a mão sobre o abdômen musculoso. — Eu realmente não queria filhos até ter alguém na minha vida para tê-los.

— Acha que eu seria um bom pai?

— Você seria um ótimo pai. Eles teriam muita sorte em ter você.

— E se eu estragar tudo, se eles se meterem em problemas ou descobrirem a merda que fiz quando garoto? — Ele levanta a cabeça para me olha. — Você está *rindo*?

— Não estou rindo *de* você.

— Bem, eu não estou rindo, então você não está rindo comigo. — Ele cutuca minha barriga e eu rio mais.

Limpo a garganta e me forço a ficar séria, porque sei que ele está preocupado de verdade.

— Você honestamente acha que qualquer criança minha poderá correr solta e fazer as coisas que você fez?

— Não, mas...

— Sem desculpas. Vai dar certo, Seb. Seremos ótimos pais e criaremos filhos maravilhosos e bem comportados, que serão tão focados na escola e nos esportes que não terão tempo para mais nada.

— Tem certeza de que podemos fazer isso?

— Tenho certeza de que podemos fazer qualquer coisa se fizermos juntos.

— Promete que não vai se dar conta de repente e perceber que poderia ter arranjado alguém muito melhor do que eu?

— Se você disser isso de novo, vou ter permissão para te bater.

Seus deliciosos lábios se curvam em um sorriso sexy.

— Que fodona!

— E você não se esqueça disso. Eu te amo. *Sempre* vou te amar. E a única coisa que você precisa fazer para me manter para sempre é me amar de volta.

Seus olhos escuros brilham com felicidade que parece tão bem nele. Ele me beija, demorando vários minutos deliciosos.

— Combinado.

Se você ou alguém que conhece é vítima de violência doméstica, **entre em contato com a Central de Apoio à Mulher no telefone 180, ou visite o site: https://www12.senado.leg.br/institucional/omv/ acoes-contra-violencia/servicos-especializados-de-atendimento- a-mulher**

E fim, como se costuma dizer no *show business*. Oito livros depois, a família Quantum deve viver feliz para sempre enquanto continua trabalhando e se divertindo em Hollywood. Gosto de pensar neles participando de festas de aniversário e jogos de futebol dos filhos um do outro e ainda fazendo o que sempre fizeram, agora que todos encontraram a felicidade. Espero que você tenha gostado da história tão esperada de Marlowe e a ame com Sebastian tanto quanto eu. Sempre os imaginei terminando juntos quando os dois estivessem no momento certo para ver o que era possível para eles. Toda vez que alguém se opunha ao meu plano de terminar a série Quantum com a história de Marlowe e dizia E QUANTO AO SEBASTIAN, eu queria rir. Sempre tive um plano para ele.

Não deixe de conferir a edição em áudio de FAMOUS (a versão em inglês de Fama), estrelada pelo incrível Sebastian York como nosso

Sebastian e Emma Wilder como Marlowe. Participe do FAMOUS Reader Group em www.facebook.com/groups/famousbook8/ e do Quantum Reader Group em http://www.facebook.com/groups/QuantumReaders/.

Alguns de vocês perguntaram se vou revisitar o universo da Quantum no futuro e tudo o que posso dizer é talvez. Nunca digo nunca para nada, mas pretendo seguir em frente com mais livros das minhas outras séries e espero que algumas coisas novas venham por aí. Tenho muito orgulho da série Quantum, que me tirou muito da minha zona de conforto e me desafiou de várias maneiras.

Tenho orgulho dos romances incríveis contidos nesta série, que incluem alguns dos meus momentos favoritos de todos os tempos. Será que algum dia esqueceremos Hayden batendo no vidro do Club Vice, tentando chamar a atenção de Addie antes que ela fizesse algo que não poderia ser desfeito? Ou Leah e o plug anal, Fluff mordendo a bunda de Flynn, Jasper lutando pela vida que ele queria desesperadamente com Ellie ou Aileen encontrando Kristian no armário? Cada momento com esses personagens foi uma delícia para mim, e estou emocionada que muitos de vocês os amem tanto quanto eu.

Como um agradecimento especial aos fãs da série Quantum, escrevi um epílogo bônus para este livro chamado PRECIOSO, que o levará ao casamento de Kristian e Aileen. Para encontrar o link, vá à página de FAMA no meu site em https://marieforce.com/famous, acesse a página da série Quantum em português e clique no link do epílogo bônus PRECIOSO. Solicitaremos seu endereço de e-mail para adicioná-lo à minha lista de e-mails se você ainda não estiver lá (se estiver, não será adicionado novamente) e, em seguida, você terá acesso imediato ao epílogo.

Também incluí o conto FELICIDADE, publicado como parte da antologia *Naughty & Nice*, no final do ano passado para quem ainda não o leu. Vire a página para ler FELICIDADE. Na edição em áudio de FAMOUS, JOYOUS (a versão em inglês), é narrada por Cooper North, que fez o papel de Flynn nos três primeiros livros da série Quantum.

Um enorme obrigada à equipe que me apoia todos os dias: meu marido, Dan, e minha equipe da HTJB: Julie Cupp, Lisa Cafferty,

Holly Sullivan e Nikki Colquhoun. Obrigado à minha incrível rela-
ções públicas, Jessica Estep, às minhas fabulosas editoras Linda
Ingmanson e Joyce Lamb e às minhas leitoras beta Anne Woodall e
Kara Conrad. Um agradecimento especial aos leitores beta da série
Quantum: Katy, Heather, Tammy, Molly, Marla, Sherri, Julia, Phuong
e Mona.

Finalmente, a todos os leitores que abraçaram esta série desde o
segundo em que Flynn conheceu Natalie em um parque de Nova York
em 2015. Obrigada do fundo do coração. Vocês fizeram esta jornada
tão rica e gratificante para mim, e serei eternamente grata por seu
apoio.

Com muito amor,
Marie

Vire a página para ler FELICIDADE, um Natal da série
Quantum.

FELICIDADE

UM NATAL DA SÉRIE QUANTUM

Flynn

O Natal nunca foi meu feriado favorito. Provavelmente porque também é meu aniversário — um ano de preparação para um grande dia que termina em um piscar de olhos. Quando eu era criança, ficava muito empolgado com o meu grande dia apenas para experimentar uma grande decepção no dia 26, ao me lembrar que tinha um ano inteiro para esperar o meu grande dia voltar. Também odiava que minhas irmãs ganhassem presentes no meu aniversário. Claro, eu sabia que era Natal e todos recebiam presentes, mas não achava justo que não houvesse um dia que pertencesse apenas a mim, como os aniversários delas.

Eu sei, eu sei. Pareço um pirralho mimado, mas era assim que me sentia naquela época. E eu amo minhas irmãs. Sempre amei, mesmo que tenham sido malas pesadas de verdade na maioria das vezes. Elas são a razão pela qual a fama e o sucesso que tive como ator nunca me transformaram em um idiota de classe mundial. Elas não aceitariam isso e sou grato pela influência que tiveram sobre mim, mesmo quando me deixam louco.

Quando adulto, o Natal e o meu aniversário eram apenas mais um dia — especialmente desde que meus sobrinhos começaram a chegar e o dia se tornou ainda menos meu. Este é o primeiro ano de uma eternidade em que realmente me preocupo com o Natal, mas não é por minha causa. Não, é tudo pela minha linda, doce e sexy esposa. Agora que tenho Natalie na minha vida, todos os dias são como o Natal e quero fazer um esforço para garantir que ela tenha o melhor feriado de todos os tempos. Ela esteve separada da família desde que tinha apenas quinze anos, então faz nove que ela não tem família para passar os feriados. Quero que ela tenha o Natal mais incrível e especial da sua vida, mas estou confuso em como conseguir isso.

Como sou péssimo com essa porcaria, trouxe a especialista — Addison York Roth, minha fiel assistente, a irmã mais nova que nunca tive e a esposa do meu sócio, Hayden Roth. Addie é o ser humano mais organizado do mundo e ama Nat quase tanto quanto eu. Ela sabe tudo sobre o pesadelo que Natalie viveu aos quinze anos e o resultante afastamento dos pais e irmãs, então Addie vai adorar meu desejo de dar a minha linda esposa um Natal de que ela nunca esquecerá.

— Não dou a mínima para o meu aniversário — digo a Addie. Estamos no meu escritório de Los Angeles, na Quantum Productions, a empresa que fundei com Hayden, um dos principais diretores de Hollywood. Desde então, adicionamos a atriz *superstar* Marlowe Sloane, o diretor de fotografia Jasper Autry e o produtor Kristian Bowen como sócios na empresa – e parceiros na vida. As pessoas com quem trabalho também são meus amigos mais próximos. — Não deixe que ninguém faça com que essa festa seja para mim. Quero que este Natal seja focado nela.

Addie, ainda bronzeada após três semanas de lua de mel no Adriático, está com o iPad pronto para fazer anotações.

— O que tem em mente?

— Não sei. Esse é o problema. Quero que seja incrível, mas não consigo determinar o que isso implica. É aí que você entra.

— Preciso de consultores para isso. — Ela se levanta para usar o telefone do escritório. — Pode vir ao escritório do Flynn? Traga a Leah também. — Depois de uma pausa, ela assente. — Obrigada.

— Imagino que estava falando com a Aileen? — Ela está noiva de Kristian. Minha irmã Ellie vai ter um bebê com Jasper e Leah está em um relacionamento com Emmett, nosso diretor jurídico. Tem sido um ano incrível para a família Quantum e precisamos de um Natal que faça justiça às mudanças pelas quais passamos. Quero que seja perfeito, o que significa que seria um total fracasso se eu tentasse fazer isso sozinho. Com Addie supervisionando os planos, há motivos de esperança.

Que seja. Enquanto eu estiver com Natalie, será perfeito. O resto são só detalhes. Ou é o que digo a mim mesmo. Não sei por que estou tão estressado com um feriado que normalmente não dou a mínima.

— Você está me ouvindo?

A pergunta de Addie atravessa a confusão em minha cabeça sempre ocupada.

— Claro que estou.

Ela me dá um olhar cético.

— Eu estava dizendo que deveríamos ir para Aspen.

Penso sobre isso. Natalie e Ellie, ambas grávidas, estão liberadas para voar durante as duas horas necessárias para chegar ao Colorado. A casa é enorme. Acomodaria facilmente a equipe Quantum, bem como as irmãs de Nat, minhas irmãs, as famílias e meus pais — todas as pessoas que precisaríamos para tornar este o Natal perfeito para Natalie.

— Isso pode funcionar. — Só espero que todos os outros concordem com o plano.

Aileen entra no meu escritório.

— O que pode dar certo?

Addie a informa.

— Natal em Aspen. A casa do Flynn é enorme e perto de estações de esqui, lojas, restaurantes cinco estrelas e qualquer outra coisa que possamos desejar ou precisar.

— Ahhhh. — Os olhos expressivos de Aileen brilham de emoção.

— Que maravilhoso. As crianças adorariam ter neve no Natal. Era tão imprevisível quando moramos em Nova York.

Quanto mais penso em Aspen, mais adoro a ideia. Poderia ser realmente assim tão simples? Deixo Addie ir direto ao assunto.

Aileen, que era amiga de Nat em Nova York, oferece um sorriso tímido.

— Não quis sugerir que seremos convidados.

— Claro que serão. Não seria um Natal perfeito sem todos lá. — Aileen e seus filhos fazem Kristian tão feliz. Não há nada que eu não faria por ela ou pelas crianças. Eles são minha família agora. É assim que funciona com a gente.

Addie faz uma careta.

— Temos que convidar o Rafe?

Leah entra na sala, carrancuda com a menção a Rafe.

— Não prefere dizer aquele que não deve ser nomeado? Talvez ele volte para casa na França durante o Natal e não precisaremos convidá-lo para o que que quer que iremos fazer.

— Natal na casa do Flynn em Aspen — Addie fala.

Leah se senta em uma cadeira.

— Ah, ótimo. Parece incrível, mas a Marlowe vai querer levá-lo. — Como assistente de Marlowe, Leah conhece muito bem a chefe.

— Argh. — Nenhum de nós pode suportar o cara por quem Marlowe é louca, o que me coloca em desacordo com um dos meus melhores amigos pela primeira vez nos quase quinze anos em que nos conhecemos. Nenhum de nós entende o que ela vê no francês de fala mansa. Natalie me disse que não preciso entender. Segundo minha esposa, Marlowe é a única que precisa. O que, por mim, tudo bem – até que eu tenha que passar o Natal com ele.

— Eu ia adorar passar um tempo com meu amor em Aspen. — Leah pisca e parece sair das suas fantasias de ficar sozinha com Emmett em Aspen. — Mas será divertido ter todo mundo lá também.

Addie começa a rir.

— Se saiu bem.

Leah sorri.

— Posso ser diplomática quando preciso.

Isso me faz rir. Diplomática é a última palavra que eu usaria para descrever Leah, uma das pessoas mais engraçadas que já conheci. Ela era colega de apartamento de Nat em Nova York quando as conheci, e foi ideia de Natalie que Marlowe a contratasse como sua assistente. E agora, ela está loucamente apaixonada por Emmett, que anda por aí com um sorriso bobo, tudo graças a Leah.

O amor esteve no ar no escritório da Quantum Productions este ano. Cada um dos meus amigos e sócios acabaram com alguém que eu escolheria para eles, exceto Marlowe. Continuo torcendo para que ela enxergue quem é o Rafe e dê um chute na bunda pretensiosa dele. Juro que ele está namorando com ela mais pelo que ela pode fazer por sua carreira do que por causa da magnificência que Marlowe é. Ele trabalha para a empresa que distribui os filmes da Quantum na França, e foi assim que ela o conheceu.

Há algo nele que me parece estranho e sei que Hayden, Kristian, Jasper e Emmett se sentem da mesma maneira. Se eu puder provar que ele a está usando para crescer, juro por Deus que vou acabar com ele. Talvez o tempo em Aspen me dê mais informações para juntar as peças. Não que eu queira indicar isso a ela, mas prefiro que isso venha de um amigo que a ame do que da imprensa ou de alguém que esteja procurando explorar sua fama em benefício próprio.

Enquanto as mulheres discutem os detalhes do Natal em Aspen, pondero o benefício adicional de passar alguns dias com Rafe e a chance de procurar uma rachadura na armadura. Sei que ela existe. Estou convencido disso.

— Flynn.

A voz exasperada de Addie me traz de volta à reunião.

— O quê?

— Você está sonhando acordado hoje. Perguntei se concordamos sobre Aspen. Nesse caso, vamos seguir daqui e fazer os planos.

— Com certeza, sim para Aspen. — Uma semana nas montanhas com meu amor e nosso grupo favorito? De repente, mal posso esperar pelo Natal.

~

Natalie sabe que vamos viajar no feriado, mas, além de dizer a ela para fazer as malas para o tempo frio, não lhe dei nenhuma informação e pedi aos outros que ajudassem a manter o segredo.

— Não é justo que todo mundo saiba para onde vamos e eu não.

— Eu amo esse biquinho, amor, mas não vai me dobrar.

Ela me dá um olhar astuto e sexy.

— Tenho outras maneiras de te dobrar.

E estou duro. É tudo o que é preciso quando se trata dela.

— É mesmo? Adoraria ver você tentar.

Ela esfrega as mãos alegremente.

— Ahhh, um desafio. *Adoro* um desafio. — Antes que eu possa avaliar seu próximo passo, ela está se levantando e saindo da cama – e com a barriga começando a aparecer por causa do bebê, ela vem se movendo mais devagar ultimamente. Mas isso não a impede agora. Antes que eu perceba, ela está de pé ao meu lado da cama, seus cabelos escuros brilhando depois do banho, seus lábios macios do bálsamo que ela aplica na hora de dormir e suas curvas mais deliciosas do que nunca enquanto ela acolhe o nosso bebê. Só posso encarar minha adorável esposa.

Minha. Para sempre. Melhores palavras de todas.

— Sente-se.

Essas palavras também são muito boas.

— Minha pequena submissa está tentando me dominar?

— Não. Nesse caso, ela está atrás de informações.

Divertido e excitado, me sento e ajeito as pernas para que meus pés fiquem no chão.

— Dê o seu melhor.

Ela pega um travesseiro da cama, o coloca no chão e cai de joelhos de maneira deselegante.

— Nat... — Me preocupo constantemente agora que ela está grávida, e algumas das maiores brigas que tivemos foram sobre meu tratamento excessivamente gentil com ela. Ela se acostumou com o sexo dominante que a apresentei e está constantemente irritada comigo por insistir em que mantenhamos as coisas calmas enquanto ela estiver grávida.

— Não fale, a menos que você me diga o que quero saber.

— Não vou te contar.

— Então fique quieto.

Deus, eu a amo. Amo que ela não se importe com quem sou para o resto do mundo. Ela é a primeira mulher que realmente me ama por mim, não pelo que eu ou meus pais podemos fazer para impulsionar sua carreira, nem pelo dinheiro ou pela adulação que é uma parte tão grande da cultura das celebridades. Para Natalie, nunca se tratou de nada disso, o que a fez diferente de todas as outras desde o início. É tão *real* com ela e foi desde o primeiro segundo que a vi, quando ela trombou comigo durante uma filmagem em um parque da cidade de Nova York — e então sua cachorra idosa, Fluff, me mordeu. Melhor dia da minha vida, com certeza.

Fama, fortuna e Oscar não têm qualquer importância comparados a ganhar o amor da mulher mais extraordinária que já conheci.

No momento, minha esposa extraordinária está querendo me destruir ao passar as mãos pelo interior das minhas pernas, incendiando todos os nervos do meu corpo enquanto espero para ver o que ela planejou para mim. Estou muito duro e vazando copiosamente, mas ela ignora essa parte minha para concentrar toda sua atenção em outros lugares, me fazendo queimar por mais.

— Natalie. — Meus dentes estão cerrados, minhas mãos fechadas e meu coração está batendo tão forte que posso ouvir o eco do trovão nos meus ouvidos.

— Shhhh. Você não pode falar, lembra?

Quero dizer que a vingança é uma merda, mas ela sabe disso. Ela ama minha forma de vingança, que é outra razão pela qual a amo. Ela aceita cada parte de mim, mesmo a que precisa de sexo dominante. Mas não sou o dominador agora. Minha submissa está acabando comigo enquanto luto contra o desejo de explodir por todo o seu lindo rosto. Eu não faria isso com ela, não importa o quanto ela me torture. E, caramba, sua língua nas minhas bolas é pura tortura.

Depois de quase um ano juntos, ela conhece todos os meus pontos sensíveis e explora cada um deles enquanto tenta me deixar louco.

Com uma mão no meu peito, ela me empurra para trás, então me deito na cama. Ela empurra minhas pernas para que fiquem mais abertas, com meus pés apoiados na borda da cama. Caramba... se ela respirar no meu pau, vou gozar.

— Você está pronto para me dizer para onde vamos no Natal?

Eu daria toda a minha fortuna a ela se isso significasse que ela me tiraria da minha miséria e chuparia meu pau. Mas não posso ser assim tão fácil.

— Não.

— Não é justo que todos os meus amigos saibam e eu não. — Seus lábios estão tão perto do meu corpo que posso sentir seu hálito quente na minha pele sensível.

Fico arrepiado.

Ela percebe e sorri triunfante.

Eu a amo louca e desesperadamente. Cheguei ao ponto em que mal consigo me lembrar da vida sem ela. Comecei a recusar trabalhos que me afastariam dela por até uma noite. A única maneira de trabalhar mais é se ela puder vir comigo. Com um bebê chegando no começo do ano, o trabalho está em espera enquanto lhe dou toda a minha atenção. A única coisa com que estou me ocupando profissionalmente é o projeto que que estou coordenando para levar a história de Natalie para as telonas. Tirando isso, sou todo dela.

E nenhum desses pensamentos é capaz de me distrair o suficiente para controlar o orgasmo explosivo que está prestes a transbordar.

— Natalie... — Ela já me conhece o suficiente para entender o aviso que estou oferecendo. Se ela não fizer algo – em breve – não posso ser responsável pelo que acontecerá a seguir, que é um fenômeno totalmente novo, tudo culpa dela. Antes dela, o controle nunca foi um desafio para mim. Com ela, é uma luta boa e constante. Com ela, tudo é diferente, melhor, mais.

Ela passa a língua sobre o meu pau, e eu estremeço.

— Tem certeza de que não pode me dizer nada sobre o que planejou?

— Sim. — A única palavra surge em um suspiro quando ela coloca a mão ao redor da base e brinca na ponta com a língua. — Baby.

— Sim, Flynn?

Minha atrevida está gostando disso, mas eu também estou. Se ela está feliz, estou feliz. Em momentos como esse, fico completamente delirante, porque ela é toda minha e sou o único homem no mundo que jamais conhecerá esse lado sexy, sedutor e travesso dela. Estou prestes a contar tudo sobre o plano de Aspen quando ela me leva a boca e acaba comigo. Gozo tão forte que vejo estrelas, e ela não perde o ritmo enquanto engole cada gota. Ela faz isso tão bem que ainda estou duro quando acaba.

— Achei que poderia te dobrar.

Odeio que ela pareça decepcionada consigo mesma e é isso que finalmente me dobra, como nada mais poderia. Estendendo os braços, eu a encorajo a se juntar a mim na cama.

Ela se enrosca em mim, e eu a abraço.

— Vamos a Aspen com a turma toda. Suas irmãs também.

— Ah, Flynn! Sério?

Assentindo, passo os dedos pelos cabelos sedosos e escuros, amando a maneira como seus olhos verdes brilham de alegria.

— Queria que você tivesse uma grande família no Natal para compensar todos os anos em que ficou sozinha nos feriados.

Fico horrorizado quando seus lindos olhos se enchem de lágrimas. Ela sabe que não aguento mais quando ela chora. Isso me deixa louco. Depois da dor que ela sofreu na adolescência, nunca mais quero que ela fique triste ou chateada, mesmo sabendo que esse é um objetivo irreal.

— Não faça isso. — Limpo as lágrimas que escorrem por suas bochechas. Ela costuma chorar regularmente desde que engravidou, o que me disseram que é perfeitamente normal, mesmo que cada uma de suas lágrimas seja como uma navalha no meu coração.

— Não posso evitar. — Ela se inclina para me beijar. — Você é tão fofo.

— *Não sou* fofo. — Meu dominador interior se encolhe com a palavra que ela fala um pouco demais para o meu gosto.

— É, sim.

— Vou te mostrar o fofo. — Me movo para ficar em cima dela, mas tomo cuidado para não colocar peso na barriga. Ajeito suas pernas para que elas se apoiem nos meus quadris e deslizo nela devagar e com cuidado para não machucar a ela ou ao bebê. Sempre tenho muito medo de machucá-la e por isso nossa vida sexual se tornou baunilha desde que ela engravidou. De vez em quando, dou uma palmada ou a surpreendo com um brinquedo, mas a coisa excêntrica ficará em espera até depois que ela der à luz.

É engraçado que eu nem sinta falta disso. Antes de Nat, eu ficaria entediado sem o estilo de vida. Com ela, não importa o que fazemos, contanto que façamos juntos. Eu a observo atentamente, procurando algum sinal de desconforto. Sou grande, ela é apertada e o bebê está ocupando muito espaço.

— Tudo bem?

Ela assente, me olhando com aqueles olhos que veem direto no meu coração, o coração que pertence somente a ela. Eu sabia que desde o primeiro dia em que a conheci, nunca mais haveria outra pessoa para mim e, um ano depois, a quero mais do que antes, se isso é possível.

Ela estende a mão para passar os dedos pelos meus cabelos, seu toque provocando um arrepio na minha coluna.

— Por que você parece tão sério?

— Fazer amor com minha esposa é um negócio muito sério.

— Pare de se preocupar em me machucar. Está sendo incrível, como sempre.

No segundo trimestre, descobrimos que estar grávida a deixa com muito tesão e sensível ao orgasmo, duas coisas que fico feliz em ceder sempre que ela estala os dedos. Sou escravo dela e ela sabe, mas sempre tomo cuidado.

Discutimos sobre isso. Ela não quer que eu a trate de maneira dife-rente porque está grávida. Não posso impedir minha necessidade de proteger a ela e ao bebê de qualquer coisa que possa prejudicá-los, até de mim. Por isso, vou com calma quando minha inclinação é ir rápido e com força. Voltaremos à programação regular depois que nosso pacote de alegria chegar. Por enquanto, lento e tranquilo é a rotina. Ela não parece se importar, pois posso sentir o aperto quase constante de seus músculos internos massageando meu pau enquanto um orgasmo a atinge.

Como ela me fez gozar antes, posso esperar por ela, mantendo o ritmo até senti-la se cansar. Isso é outra coisa que acontece com muito mais facilidade desde que ela está grávida. Quando a sinto começando a voltar, me deixo levar, porque sei que ela precisa descansar — não porque já tive o suficiente. Nunca vou ter o suficiente dela.

Fico dentro dela enquanto olho para o rosto que mudou minha vida.

— Mal posso esperar para passar o Natal com você.

— Também mal posso esperar. E é seu aniversário.

— Esse feriado não é para mim. É tudo para você.

— É para *nós* e as pessoas que mais amamos.

Seus olhos estão pesados e seus lábios um pouco inchados do sexo oral. Ela está deslumbrante.

— A única coisa que quero no Natal ou no meu aniversário é você.

— Posso fazer melhor que isso.

— Não, não pode.

Ela adormece com um sorrisinho satisfeito no rosto. Às vezes, ainda não consigo acreditar que essa é minha vida agora, que *ela* é minha vida agora. Se no ano passado, alguém me dissesse que estaria tão apaixonado por alguém que me casaria com ela e começaria uma família, eu teria rido na cara da pessoa. Após o desastre que foi meu primeiro casamento, jurei publicamente nunca mais aderir ao matrimônio e qualquer coisa que cheirasse a compromisso. Mas encontrei Natalie e sua cachorrinha mal-humorada e vi aquele rosto... meu Deus, esse rosto. Passo a ponta do dedo de leve sobre sua bochecha.

A melhor parte do plano para o Natal é uma semana inteira com ela. Mal posso esperar.

Dez dias depois, um grupo barulhento chega ao aeroporto de Los Angeles para o voo para Aspen. A única coisa que prejudica meu humor eufórico é a previsão do tempo de lá, onde uma nevasca vem ameaçando a semana toda. Estamos viajando um dia antes do planejado, esperando chegar antes que a tempestade se concretize, mas as previsões continuam mudando e os vários meios de comunicação estão fornecendo informações diferentes. Meus pais e minhas irmãs, Annie e Aimee, bem como suas famílias irão voar na véspera de Natal, no mesmo dia em que as irmãs de Natalie devem chegar.

Meu estômago está em nós. Não sou grande fã de voar nas melhores condições, mas saber que poderíamos enfrentar uma tempestade não me deixa bem, mesmo que eu confie nos pilotos que trabalham para nós há anos. Eles mudaram nosso horário de partida na esperança de não pegar a tempestade.

Natalie, que abraça Fluff em seu colo, sente minha ansiedade e segura minha mão com força, mesmo depois de estarmos acomodados em nossos assentos.

— Relaxe. Você está de férias e tudo vai ficar bem.

Ao nosso redor, vozes alegres discutem planos para esquiar, praticar snowboard, andar de trenó, fazer bonecos de neve e outras atividades de inverno. Os filhos de Aileen, Logan e Maddie, estão tão empolgados com o Natal e a viagem, que Kristian nos avisou que eles podem entrar em combustão espontânea. Maddie estava preocupada com o fato de como o Papai Noel iria encontrá-los em Aspen, mas Kristian garantiu que Papai Noel sempre sabe onde ela está. Aileen e Kristian enviaram presentes para a casa de Aspen em nome do Papai Noel. Como eu, ele está ansioso pelo seu primeiro Natal como homem de família, e estamos todos animados em ter as crianças conosco na manhã de Natal. No próximo ano, adicionaremos mais dois pequenos à família: a nossa filha e o de Jasper e Ellie. Esses são os dois que sabemos até agora, mas com todos do nosso grupo se unindo e se apaixonando, o boom dos bebês pode continuar por um bom tempo.

Por mim, tudo bem. Mais pessoas para amar.

Do outro lado do corredor, Addie está aconchegada a Hayden, que está com um braço em volta dela. Estou na expectativa de descobrir que ela está grávida, mas até agora não soube de nada e Nat me disse que não tenho permissão para perguntar a ela. Atrás de nós, Leah e Emmett estão rindo e sussurrando do jeito que fazem o tempo todo e, na última fila, Sebastian, que é amigo de infância de Hayden e gerente do nosso clube de BDSM, está sentado sozinho, olhando pela janela. Ele brinca sobre ser a nossa vela, mas afirma que não deseja se apegar a ninguém. Não o vejo se estabelecendo tão cedo, mesmo que o resto de nós esteja fazendo isso. Sua filosofia sempre foi por que ele iria querer apenas uma mulher quando pode ter *todas*? Essa também era a minha até encontrar a minha mulher em um dos lugares mais improváveis. Passo um dedo sobre a pequena cicatriz no meu braço, onde Fluff me mordeu naquele primeiro dia. Uso essa cicatriz como um distintivo de honra, um lembrete de como a vida pode mudar em questão de segundos.

— Onde é que a Marlowe está? — Hayden pergunta.

— Ela disse que viria — Leah responde.

— Estamos em uma crise com a tempestade iminente. — Olho para Leah por cima do assento. — Pode ligar para ela?

— Sim.

Se ela não chegar logo, vamos sem ela. Ela pode recuperar o atraso quando o namorado chegar da França. Posso ouvir o lado de Leah na conversa e entender o suficiente para saber que eles estão vindo.

— Cinco minutos — Leah confirma. — O voo do Rafe de Paris atrasou.

Odeio que ele venha conosco, mas nunca diria isso a Marlowe. Continuo torcendo para que ela perceba que pode arranjar alguém muito melhor do que um falso encantador com sotaque francês e um passado questionável. E sim, fiz com que Gordon, nosso diretor de segurança, pesquisasse o sujeito e não gostei do que ele descobriu, especialmente a parte de sua ex-esposa alegar que ele foi violento com ela durante o processo de divórcio. Ele nunca foi acusado, mas de alguma forma Gordon descobriu a esse respeito, dizendo que não era algo que seria revelado em uma pesquisa de rotina, o que também fiz.

Para levar essa informação a Marlowe, preciso confessar que o namorado dela foi investigado. Ninguém mais sabe que fiz isso, nem mesmo Natalie, que ficaria chateada comigo por invadir a privacidade de nossa amiga. Mas com meu sexto sentido me dizendo que o cara não é bom, não me arrependo de pedir a Gordon para investigá-lo. Em vez de iniciar um incidente internacional com uma das minhas melhores amigas no Natal, decidi adotar uma abordagem de esperar para ver. Sou a prova viva de que as pessoas podem crescer e amadurecer ao longo do tempo e quero dar a Rafe o benefício da dúvida pelo bem de Marlowe. Espero estar errado sobre ele.

Marlowe sobe as escadas e entra no avião, com o rosto vermelho e sem fôlego, vinda do painel através do aeroporto. Infelizmente, Rafe está logo atrás dela, igualmente sem fôlego e com o rosto vermelho.

— Sinto muito por segurar todos vocês. — O inglês dele acentuava fortemente as inflexões francesas. — Foi culpa minha.

Nenhum de nós diz nada. Me pergunto se ela percebe isso ou se está tão apaixonada que não consegue ver o que tem diante do nariz. Ele esteve na França nas últimas três semanas, e ela estava ansiosa por seu retorno enquanto o resto de nós temia isso. Nossa única esperança é que ela se canse antes de fazer algo estúpido como se casar com ele. Deus, não permita. Hayden e eu teríamos que ser impedidos de nos jogar entre os dois antes que eles pudessem dizer "sim".

— Vamos lá. — Sinalizo que estamos prontos para o comissário que nos servirá coquetéis e lanches durante o voo. Ele notifica os pilotos e, alguns minutos depois, estamos taxiando.

Minha ansiedade está enorme. Quero que tudo seja perfeito para Nat, incluindo o voo. Com todo mundo animado, tento relaxar e aproveitar o tempo com minhas pessoas favoritas. Mas, como se viu, eu estava certo em estar ansioso.

O voo fica super instável a partir do momento em que decolamos e a atmosfera a bordo do avião se torna muito mais moderada quando os pilotos nos pedem — e ao comissário — para permanecermos sentados. *Merda*. Odeio isso. Posso lidar com decolagem e pouso como um profissional, mas a turbulência me assusta. Não há pista aqui em cima e quando nos movimentamos, receio vomitar.

— Baby.

Olho para encontrar Natalie mais pálida do que o habitual. Ela não gosta mais disso do que eu, mas está mais calma.

Ela me olha nos olhos.

— Respire.

Respiro fundo algumas vezes, o que ajuda a me acalmar um pouco.

O avião dá um grande solavanco.

— Puta merda — Hayden murmura.

Não poderia ter dito melhor.

— Flynn.

Olho para ele e levanto meu queixo. Addie está com os olhos fechados e os lábios se movendo, como se estivesse rezando.

— Deveríamos mesmo estar fazendo isso? — Hayden pergunta.

— Presumo que os pilotos nos dirão se precisamos desviar ou voltar.

Imagino as manchetes se os cinco sócios da Quantum morrerem juntos em um avião. Jesus. Esse é um pensamento *ótimo*. Seguro firme a mão de Natalie e faço minhas próprias orações enquanto sacudimos por entre as nuvens por mais de uma hora antes de ouvirmos o piloto novamente.

— Desculpem pela viagem difícil, pessoal. Não encontramos uma rota suave aqui e ouvimos que vai piorar quanto mais perto estivermos de Aspen.

Não posso imaginar que fique pior do que está agora.

— Vamos pousar e arranjar um novo plano. Desculpe pelo inconveniente.

Neste ponto, a inconveniência é a menor das minhas preocupações. Começamos a descer e a turbulência fica ainda pior. É tão ruim que me pergunto como o avião não se desintegra. Atrás de mim, Aileen e as crianças estão chorando. Kristian tenta confortá-los, mas posso ouvir pânico em sua voz e isso que alimenta o meu.

Isso é péssimo.

Cada minuto parece uma hora enquanto passamos por nuvens escuras e tempestuosas. Quando penso que não aguento mais um segundo, rompemos as nuvens e o chão aparece envolto em neblina. Não tenho ideia de onde estamos, mas nunca fiquei tão feliz em ver o chão. Cinco minutos depois, os pilotos fazem um pouso sem falhas.

Enquanto o alívio me atinge, os outros comemoram.

— Graças a Deus — Natalie sussurra.

Não poderia ter dito melhor. Nunca mais quero voar depois disso.

O sistema de som ganha vida.

— Bem-vindos a Saint George, Utah. A hora local é dezesseis horas e vinte minutos.

Olho pelo corredor.

— Addison.

Addie se inclina para frente para poder ver Hayden.

— O que sabemos sobre Saint George, Utah?

— Nada ainda, mas vou pesquisar.

Ela pega o iPhone e começa a clicar.

Volto minha atenção para Natalie.

— Desculpe por isso, querida. Não é exatamente o que eu havia planejado.

— É uma aventura, e o que importa onde estamos? Estamos todos juntos e vivos. Isso é o mais importante.

— Verdade. — Decido, naquele momento, deixar de lado meus planos e noções preconcebidas sobre o Natal perfeito e deixá-lo acontecer da maneira que tiver que ser. Estou com Natalie, minha irmã, meus amigos mais próximos e estamos seguros após um voo angustiante. Eu não poderia me importar menos com o que acontecerá a seguir.

Depois que os pilotos nos informam que encerramos os voos por hoje — e possivelmente amanhã também —, Addie faz sua magia e encontra o único hotel na cidade que pode acomodar a todos nós. Quando os proprietários descobrem quem são seus hóspedes, eles enviam pessoas da cidade para nos buscar e nos levar ao Castaway Inn.

Addie combinou de trazer comidas e bebidas no avião para que não precisássemos nos preocupar com fazer compras em supermercado quando chegássemos a Aspen. Levamos tudo para o hotel.

O lugar é limpo, mas simples, um daqueles lugares à beira da estrada em que as portas se abrem para o estacionamento e os quartos são adjacentes. Não são exatamente as acomodações com as quais estamos acostumados, mas a certeza de que morreríamos naquele avião coloca todos nós em clima de festa. Fluff cheira cada centímetro quadrado do lugar e aparentemente parece gostar. Ela se enrola em uma bola na nossa cama e está roncando em poucos minutos.

Abrimos as portas de conexão dentro dos quartos e, em pouco tempo, temos uma festa completa. É bom sermos os únicos hóspedes, porque provavelmente seríamos expulsos se houvesse outros.

Às seis horas, está nevando forte e a neve se acumula rapidamente.

Nos próximos dois dias, o tempo só piora e começamos a aceitar que o Natal em Aspen não vai acontecer. As irmãs de Nat e o resto da minha família também estão impedidos de voar e nós entramos em contato com eles para lamentamos os planos mal sucedidos.

Passamos o tempo comendo, dormindo e jogando os jogos de tabuleiro que encontramos em um armário na área principal do hotel, que também tem uma cozinha que os proprietários nos disponibilizaram. Até Rafe tem sido mais agradável do que o habitual, o que é um alívio, pois estamos presos ali. Apesar dos quartos próximos, ainda consigo ficar bastante tempo sozinho com Natalie, que é a melhor parte de ficar preso.

Se for sincero, este é o momento que me sinto mais relaxado em mais tempo do que me lembro. Não há absolutamente nada a fazer além de estarmos juntos, o que é perfeito à sua maneira. Aileen, que teve um mini surto quando percebeu que ficaríamos presos aqui no Natal, disse às crianças que o Papai Noel as encontrará, mas pode não ser exatamente no dia de Natal, já que não estamos onde deveríamos estar.

Felizmente, eles parecem ter aceitado essa explicação enquanto decoravam a árvore que eu e os caras encontramos em um lote de árvores desertas na rua do hotel. As crianças passaram o dia fazendo flocos de neve de papel e outras decorações improvisadas. Os presentes que trouxemos no avião para as crianças estão embaixo da árvore na manhã de Natal. Como Aileen disse, Logan e Maddie estão muito mais acostumados a Natal "esparsos" do que com um abastado, então estão perfeitamente satisfeitos com o que têm.

No final da tarde de véspera de Natal, encontro Natalie em nosso quarto, de pé na janela, observando a neve que não mostra sinais de diminuir. Passo um braço em volta dela por trás, descansando meu queixo no topo de sua cabeça.

— Como você se sente em passar o Natal em Saint George?

— Enquanto você estiver em Saint George, tudo bem para mim.

— Não era exatamente isso que eu tinha em mente quando disse que queria te dar um Natal mágico.

— Talvez não, mas ainda assim é mágico. Não preciso de uma grande casa chique em Aspen para ficar feliz enquanto tiver você, Fluff e meus melhores amigos. Gostaria que minhas irmãs estivessem aqui, mas as veremos em um dia ou dois quando o tempo melhorar.

Penso nas mulheres que conheci antes dela, incluindo aquela com quem me casei. Nenhuma delas encontraria mágica no Castaway Inn, em Saint George, especialmente quando lhes foi prometido a casa de um astro de cinema em Aspen. Saber que Natalie pode encontrar a mágica, não importa onde estamos ou o que estamos fazendo, é uma das muitas coisas que fazem dela o amor da minha vida.

— Caso não tenha mencionado isso hoje, eu te amo, sra. Godfrey.

— Também te amo, sr. Godfrey. — Ela me olha por cima do ombro. — Podemos voltar aqui para passarmos o Natal todos os anos?

Sorrindo, apoio a mão sobre a sua barriga.

— Se é isso que você deseja, é o que faremos.

— Não seria divertido voltar aqui ano após ano e recriar este primeiro Natal juntos?

— Muito.

— Quanto tempo você acha que vai demorar até precisarmos de todos os quartos?

Alugamos dez dos dezessete quartos do Castaway.

— Um ano? Talvez dois?

Ela ri.

— Se demorar tanto.

No natal passado, pensei que a maior coisa que poderia acontecer no ano novo era ganhar meu primeiro Oscar como ator. Engraçado como isso acabou sendo o mínimo que aconteceu. Com os braços em volta da minha esposa e as mãos em volta do nosso filho ainda não nascido, estou contente de um jeito que nunca estive antes — e tudo por causa de Natalie. Ela é a chave de tudo.

Melhor. Natal. De. Todos.

PRECIOSO

UM CONTO DA SÉRIE QUANTUM

Capitulo 1

Aileen

Acordo no que será um dos melhores dias da minha vida, do mesmo jeito que faço todos os dias agora, envolta nos braços do homem que ama a mim e aos meus filhos mais do que tudo. Ele é meu sonho, meu felizes para sempre, meu tudo. Hoje ele se tornará meu marido. Nunca tive marido, apenas um parceiro que perdi para o vício em drogas há anos e que me deixou sozinha para criar nossos dois filhos lindos.

Mas não estamos mais sozinhos. Agora temos Kristian e a família que estamos criando juntos é minha maior bênção. No final do ano, nosso quarteto aumentará para quinteto quando o bebê nascer. Ainda não contamos a Logan e Maddie sobre o bebê, mas não tenho dúvida de que eles ficarão felizes. Nosso bebê terá muita sorte em tê-los como irmãos mais velhos.

Kris mal pode esperar o bebê chegar. Ele continua dizendo que não pode suportar que leve quase dez meses para fazer um bebê. Ele diz que não é justo fazer um homem esperar tanto tempo para conhecer seu filho.

Rio da sua impaciência e tento tirar sua cabeça da agonizante espera da forma que posso. Há alguns anos, quando estava no meio da batalha contra o câncer de mama, nunca poderia ter sonhado com a vida que tenho agora na incrível casa em Calabasas com a qual Kristian me surpreendeu, duas crianças felizes e prósperas, um bebê a caminho e minha doença sendo um pesadelo distante que poderia ter acontecido com outra pessoa.

O passado parece muito distante, mesmo que eu esteja ciente de que falta anos para ser declarada "curada". A doença pode voltar, então tento viver cada dia com propósito e determinação para não deixar o câncer me governar. Gostaria de pensar que aprendi algumas coisas sobre como a vida pode ser precária e não tomo nada como garantido, especialmente o homem que está no centro dela.

Sua mão, que estava apoiada na minha barriga, desliza para segurar meu centro enquanto sua ereção pressiona minhas costas.

— Há quanto tempo você está acordada?

O som da sua voz é suficiente para fazer meu coração disparar.

— Há um tempo.

— Por que não me acordou? — Ele beija meu ombro e a parte de trás do meu pescoço, me fazendo tremer de emoção do jeito que sempre faço quando ele me toca ou me beija.

Nunca dormi nua até que ele apareceu e me fez achar pijamas estranhos.

— Não queria incomodá-lo. Você tem trabalhado como louco para ficar livre pelas próximas duas semanas e está exausto.

— Nunca estou muito cansado para você.

— Eu não deveria te ver hoje. Dá azar. — Apesar dos meus melhores esforços para convencê-lo de que deveríamos ter passado esta noite separados, ele não concordou.

— Que se dane essa merda — ele diz, me fazendo rir de sua indignação. Agora, enquanto beija minhas costas, ele pergunta:

— Ainda está se sentindo supersticiosa?

— Sim. — Fecho os olhos com força, fazendo o que for preciso para evitar qualquer forma de azar. Nós dois tivemos o suficiente para durar a vida toda. — Não me olhe.

— Certo, faça do seu jeito.

Arqueio a bunda para encorajá-lo.

— Prefiro fazer do seu.

Sua risada baixa me faz sorrir. Adoro ouvi-lo rir. Quando o conheci, ele era tão sério, tão solene o tempo todo, e agora ele ri com frequência, como se não pudesse conter a alegria que eu e as crianças trouxemos para a sua vida. Sua risada é uma das minhas coisas favoritas, especialmente por saber que ele teve uma infância terrível durante a qual testemunhou o assassinato da mãe, entre outros horrores.

Ele me beija e me toca em todos os lugares que me fazem ofegar. Aperto os lençóis com tanta força que minhas mãos doem. Quando ele finalmente desliza para dentro de mim por trás, já estou pronta para o orgasmo que me atravessa com uma força que me tira o fôlego. Era de se esperar que já estivesse acostumada a isso, mas não estou. Acho que nunca vou me acostumar com o jeito que ele me faz sentir. Ele é um amante incrível, inventivo, atencioso, e dominante, que sempre cuida de mim antes de ter seu próprio prazer. Desta vez não é diferente. Somente depois que ele me faz gozar duas vezes, ele se deixa levar.

— Aileen — ele sussurra, seus lábios perto do meu ouvido —, te amo muito. Obrigado por se casar comigo hoje.

Meu cérebro está tão embaralhado que mal consigo respirar, muito menos falar.

— Também te amo. Mais do que você jamais saberá. Mal posso esperar até que você seja meu marido.

— Humm, eu também. Mais do que tudo, mal posso esperar pelas duas semanas a sós com você no Havaí.

Hayden e Addie virão para a nossa casa para cuidar das crianças enquanto estamos fora. As crianças dizem que estão empolgadas com o tio Hayden e a tia Addie, que prometeram estragá-las. Mas estou esperando algumas lágrimas antes de Kris e eu partirmos, especialmente de Maddie, que tem sido muito grudenta nos últimos dias.

Nunca passei mais de uma ou duas noites longe deles, muito menos duas semanas, mas sei que serão muito bem cuidados por Hayden e Addie, além do resto do nossos amigos mais próximos, que ajudarão enquanto estivermos fora. Kris me convenceu a aproveitar esse tempo só para nós, porque nunca mais vamos nos casar ou ter outra lua de mel.

— Não se preocupe em deixar as crianças. Eles ficarão perfeitamente bem e falaremos com eles pelo FaceTime todos os dias.

Não estou surpresa que ele esteja sintonizado com o que estou pensando.

— Eu sei. Mas vou sentir falta deles.

— Também vou. Não consigo mais imaginar um dia sem eles e nem queria que fosse diferente. Nunca mais vou pedir para você deixá-los em casa. Nós os levaremos a todos os lugares conosco.

— Não precisamos levá-los a *todos* os lugares.

— Precisamos, sim. Esperei uma eternidade para ter uma família. Não quero ficar longe deles mais do que você.

— Amo você por isso. Eu te amo por muitas coisas, mas te amo mais do que tudo pela maneira como você ama meus filhos.

— Eles são nossos filhos agora, e eu faria qualquer coisa por eles. Espero que você saiba disso.

— Sei e eles também.

— Hoje vai ser o melhor dia da minha vida inteira.

— O meu também.

Ele beija a parte de trás do meu pescoço e morde minha orelha.

— Tem certeza de que não tenho permissão para olhar seu lindo rosto e beijar seus doces lábios?

— Tenho certeza, mas mais tarde... você pode me beijar o quanto quiser.

— Vou querer te beijar por horas.

— Isso parece perfeito para mim.

Kristian

Todo dia que passo com Aileen, Logan e Maddie parecem algo saído de um sonho, mas hoje... nunca houve um dia que pudesse competir com este. Tudo está pronto. Insisti em contratar alguém para cuidar dos detalhes, porque não queria que Aileen tivesse que lidar com isso. Me preocupo com ela o tempo todo, mais de que nunca desde que descobrimos que ela está grávida.

Ter tudo o que sempre quis é uma coisa engraçada. Enquanto você comemora o fato de que encontrou sua alma gêmea — e seus dois filhos incríveis —, também precisa se preocupar em perder a ela aos filhos ou a felicidade que eles trouxeram para sua vida. Pelo menos é assim que funciona para mim. Não recebemos nada além de boas notícias do oncologista de Aileen em sua consulta na semana passada, mas o medo da recorrência sempre espreita no fundo da minha mente. Também descobri que a gravidez após o câncer de mama pode ser arriscada devido à maneira como os hormônios funcionam, mas Aileen e os médicos me garantiram que é perfeitamente seguro ela ter nosso bebê, mesmo que eu me preocupe o tempo todo com ela, o bebê e as crianças.

O amor me deixou louco das melhores e piores maneiras.

Hoje, estou decidido a deixar de lado minhas preocupações para poder me concentrar na alegria. Me lembro da primeira vez que percebi a maneira eufórica, excitada e feliz que me sentia toda vez que ela estava por perto. Nunca havia sentido nada como isso antes, e esse tem sido um conceito tão estranho para mim quanto a ideia de estar tão apaixonado por uma pessoa que eu não conseguia conceber um futuro que não incluísse ela e seus filhos.

Tudo isso é novo para mim, e sinto que ganhei o maior prêmio da história ao me casar com Aileen e adotar Logan e Maddie. Pensei que o dia de hoje nunca chegaria e só faz alguns meses desde que fiz o pedido na casa que agora chamamos de lar. Nunca estive tão impaciente na minha vida como enquanto esperava esse dia chegar. Não tenho certeza de como vou sobreviver esperando nosso bebê chegar aqui. Nove meses em pânico é uma quantidade interminável de tempo.

Jasper Autry, meu melhor amigo e sócio na Quantum Productions, entra no quarto de hóspedes onde me vesti com o terno azul marinho que havia sido encomendado para a ocasião. Jasper me levou ao alfaiate e tenho que dizer que o resultado final é satisfatório. Espero que Aileen goste. Ela me disse para usar o que eu quisesse, que foi quando pedi ajuda a Jasper. Ele é o mais bem vestido do nosso grupo e, embora eu pudesse pedir a um dos stylists com quem trabalhamos nos eventos para que cuidassem de mim, foi mais divertido atribuir a Jasper o trabalho de me enfeitar para o maior dia da minha vida.

Ele me dá uma olhada cuidadosa, me inspecionando por completo antes de sorrir.

— Você está ótimo, camarada.

Dou um suspiro de alívio. Seu selo de aprovação significa o mundo.

— Graças a você.

— Só precisa saber para onde ir quando quiser o melhor. — Ele puxa um lenço de seda azul claro do bolso e fica ocupado fazendo um quadrado perfeitamente dobrado que enfia no bolso do meu paletó. — Usei isso no dia em que me casei com Ellie e me deu boa sorte. Espero que faça o mesmo por você.

O que isso diz sobre mim e minhas emoções quando um lenço do meu melhor amigo me faz quase sufocar?

— Obrigado, Jasper. Por tudo.

Jasper me abraça.

— Estou tão contente por você e Aileen. Nunca te vi sorrir do jeito que você tem sorrido desde que a conheceu no casamento de Flynn.

Falando nele, Flynn Godfrey entra, carregando sua filha recém-nascida, Cece, e seu sobrinho, o bebê Harrison, que ele entrega a Jasper.

— Como está meu pequeno camarada? — Jasper pergunta ao filho enquanto o aconchega em seus braços.

— Ellie disse que ele está alimentado, fralda nova e pronto para tirar uma soneca, e que você não deve irritá-lo — Flynn avisa.

Sorrindo, Jasper esfrega as costas do bebê.

— Sua pobre mãe não entende o ritual do vínculo masculino.

Uma batida na porta me faz girar para ver Logan enfiando a cabeça na sala.

— Está tudo bem se eu entrar?

— Claro. — Estendo a mão para o garoto que agora é meu filho. Tenho um filho e ele é magnífico.

Logan atravessa a sala para ficar comigo e coloco o braço em volta dele. Quando estou por perto, ele quer ficar comigo e não consigo descrever como é o sentimento de se ter uma criança me admirando desse jeito.

— Como você está? — Dou uma olhada cuidadosa para ele do jeito que faço todos os dias, esperando ver que minha presença aliviou o fardo que ele carregou por tanto tempo. Ele era jovem demais para se preocupar com as coisas que o preocupavam enquanto sua mãe estava terrivelmente doente. Não consigo nem pensar na sua doença ou sei que vou perder a compostura.

— Eu que deveria estar *te* perguntando isso — ele fala com o sorriso brincalhão que eu adoro. — Não sou eu quem vai se casar hoje.

O comentário inteligente e articulado é a cara do Logan, e isso me faz rir.

— Estou bem. Você foi ver a sua mãe e a Maddie?

— Aham. Estão muito bonitas, mas a mamãe disse que não posso te contar nada sobre o vestido dela.

— Ela disse que tenho que esperar.

— Aham. As garotas são muito estranhas.

— São mesmo.

Hayden Roth e Sebastian Lowe se juntam a nós, completando minha festa de casamento. Logan será meu pajem, enquanto Maddie será a dama de honra da mãe. Como queríamos que nossos amigos mais próximos fossem incluídos nas festividades, pedimos a todos que estivessem na cerimônia, o que significa que a maioria dos nossos convidados também está na festa de casamento. Ah, bem. É o nosso dia e estávamos determinados a fazer exatamente como queríamos.

A organizadora de casamentos, uma jovem chamada Jeanette, vem até a porta para perguntar se estamos prontos.

Olho para Logan.

— Estamos prontos?

— Sim.

Aceno para Jeanette enquanto meu coração acelera de emoção e euforia.

— Vamos lá.

A cerimônia acontece sob as pequenas luzes que Flynn, Hayden e eu prendemos no último fim de semana no deque da piscina em nossa casa à beira-mar em Calabasas. Aileen queria um casamento pequeno, íntimo e casual em casa, e é exatamente isso que ela terá.

Achei que estava preparado para ver Aileen vestida de noiva. Não estava. Ela está deslumbrante e banco o bobo com as lágrimas que rolam pelo meu rosto enquanto ela se aproxima de mim. Ela segura a mão de Maddie, que carrega uma versão menor do buquê da mãe. As duas estão tão lindas que tenho que me lembrar de respirar, especialmente quando Aileen abre o sorriso íntimo que ela guarda só para mim e para os momentos mais especiais.

Cada momento com ela é especial. Cada maldito segundo que passo com ela é o melhor momento da minha vida e estou determinado a melhorar ainda mais daqui pra frente.

Minhas preocupações evaporam em face de seu amor. Ninguém nunca me olhou do jeito que ela me olha e, enquanto eu a tiver, posso lidar com qualquer coisa que aparecer no nosso caminho.

Me inclino para abraçar e beijar Maddie antes de pegar a mão da minha amada.

O juiz que preside as festividades é amigo do pai de Flynn, Max. Ele nos guia até recitarmos os votos tradicionais e a troca de alianças.

— Vocês me perguntaram separadamente se poderiam dizer algo para o outro — o juiz fala, sorrindo. — É o seu momento, Kristian.

Levo um instante para encontrar um pouco de compostura para que eu possa aproveitar esta oportunidade para dizer o que ela significa para mim na frente de todos que amamos. Pego suas mãos e olho nos lindos olhos que me olham com pura adoração.

— Há um ano, pensei que tinha tudo. Uma carreira incrível, trabalhando com as pessoas que mais amo, um Oscar, um apartamento legal, um ótimo carro e uma vida tão distante de onde comecei, que mal podia acreditar que era a mesma vida. Mas então te vi no casamento do Flynn e da Nat e, em um segundo, percebi que não tinha nada. Se você tivesse alguma ideia de como me senti obcecado por você depois desse dia, provavelmente pegaria seus filhos e fugiria de mim, e é por isso que só estou lhe dizendo isso agora que está legalmente presa a mim.

Aileen ri e chora ao mesmo tempo. Seu sorriso é enorme. Nunca vou parar de tentar fazê-la sorrir assim.

— Eu não tinha nada até ter você, Logan e Maddie, até ter nossa família, nossa casa e a vida que estamos construindo juntos. Muito obrigado por me amar do jeito que você me ama, do jeito que ninguém mais além de você vai me amar, por me dar dois filhos que prometo amar, cuidar e estar presente todos os dias pelo resto da minha vida. Amo você para sempre, Aileen, Logan e Maddie Bowen.

Sei que devo esperar para beijá-la, mas não posso. Solto minhas mãos e seguro seu rosto para beijá-la, usando os polegares para enxugar suas lágrimas.

Ela envolve as mãos nos meus pulsos e me olha.

— Só para você saber, eu estava igualmente obcecada por você após o casamento de Flynn e Nat. Me deitava na cama, em Nova York, pensava em você e me perguntava onde estava e o que poderia estar fazendo em sua vida glamourosa em Los Angeles. Nunca me ocorreu que um dia você seria meu.

Dominado por suas palavras sinceras, inclino a cabeça contra a dela, encostando a testa na sua e fecho os olhos, querendo memorizar esse momento perfeito para que não haja chance de que eu o esqueça.

— Se lembra da noite em que as crianças e eu chegamos aqui, quando tudo aconteceu com o pai de Jasper e todos nós ficamos na sua casa na cidade?

Concordo. Nunca me esquecerei aquela noite.

— Ficamos acordados metade da noite conversando no pátio, e eu soube naquela noite. Soube que você era a minha alma gêmea, aquela que eu deveria encontrar e amar, mas, mesmo assim, ainda não acreditava que isso pudesse acontecer. Então nos mudamos para Los Angeles e, no nosso primeiro dia juntos, Maddie caiu e se machucou. Você estava do meu lado naquela terrível viagem ao pronto-socorro, cuidando de nós da maneira que ninguém jamais havia feito antes. Por mais que eu desejasse que Maddie nunca tivesse se machucado, aquela noite mudou tudo. Aquela foi a noite que nos tornamos *um só*.

Pisco para afastar as lágrimas quando me lembro daquela noite. Me lembro de cada minuto. Foi a primeira vez que a beijei, a abracei e a toquei do jeito que estava morrendo de vontade há meses.

— Todos os dias, desde então, tem sido algo saído de um sonho. Você é um sonho. O meu sonho, Kristian, e Logan, Maddie e eu vamos te amar para sempre.

Já estamos nos beijando novamente quando o juiz nos declara oficialmente marido e mulher, mas eu o ouço. Estou muito ciente do momento em que Aileen se torna oficialmente minha esposa.

Nossos amigos aplaudem e festejam por nós e quando finalmente nos afastamos para respirar, eles estão prontos para nos abraçar.

Marlowe, Addie, Jasper, Ellie, Hayden, Flynn, Sebastian, Natalie, Emmett, Leah, os pais de Flynn, suas irmãs, cunhados, sobrinhas e sobrinhos, além de Tenley e Devon. A família que criamos... eles comemoram conosco até altas horas da noite.

Passa da meia-noite quando o último convidado vai embora. Aileen não sabe que eu avisei que as festividades terminaram à meia-noite para que minha esposa pudesse descansar o necessário antes de sairmos em viagem pela manhã.

Hayden e Addie estão no quarto de hóspedes, prontos para assumir as crianças quando partirmos para o aeroporto às seis e meia. Quando demos boa noite para Logan e Maddie, eles estavam tão cansados após o dia emocionante que não tiveram muita reação ao lembrete de que teríamos partido quando acordassem.

Sou grato por esse pequeno favor, porque não quero que Aileen fique mais chateada por deixá-los do que ela já está.

Quando finalmente estamos em nosso quarto, afastados do resto do mundo, dou outra olhada no vestido de noiva que ela insistiu em manter em segredo de mim até o grande dia. Fico feliz agora que ela tenha feito uma surpresa, porque nunca me esquecerei do primeiro vislumbre da minha noiva.

— Caso eu tenha me esquecido de mencionar isso mais cedo, você me surpreendeu hoje, sra. Bowen.

— Eu sei. — Amo seu sorriso presunçoso e satisfeito. — Pude perceber pelo olhar em seu rosto. — Ela passa as mãos no meu peito. Meu paletó foi deixado de lado há horas. — Você e Jasper fizeram um bom trabalho no processo. Você estava lindo.

— Que bom que você aprova.

— Claro. Aprovei tudo. Este foi o dia mais perfeito de todos os tempos.

— Para mim também, e é apenas o primeiro de muitos.

— Mal posso esperar por tudo isso.

— Eu também não, mas agora, senhora B, você precisa dormir um pouco.

— É a nossa noite de núpcias, Kristian. Preciso de você mais do que preciso dormir.

— Não quero que você se canse.

— Estou bem. Juro. — Ela fica na ponta dos pés para me beijar e, dois segundos depois que seus lábios se conectam aos meus, me esqueci tudo sobre dormir. Como sempre, quando ela me beija, não consigo pensar em nada além dela.

Envolvo meus braços ao seu redor e me perco nela, a coisa mais preciosa da minha vida.

Podemos dormir no Havaí.

Obrigada por ler esta história bônus da série Quantum. Espero que você tenha gostado de compartilhar o dia especial de Kristian e Aileen. Agradeço à minha editora, Linda Ingmanson, por revisar essa história para mim, e à minha amiga Tracey Suppo pela uma revisão adicional. Muito obrigada aos leitores beta da Quantum: Katy, Molly, Julia, Heather e Tammy.

Beijos,
Marie

Se inscreva na lista de e-mails de Marie para receber notícias sobre novos livros e aparições futuras em sua região.

Siga-a no Facebook e no Instagram. Participe de um dos muitos grupos de leitores de Marie.

Entre em contato com Marie em marie@marieforce.com.

OUTROS LIVROS DE MARIE FORCE

Série Quantum:

Série Quantum

Livro 1: Virtude (Flynn & Natalie, parte 1)
Livro 2: Valentia (Flynn & Natalie, parte 2)
Livro 3: Vitória (Flynn & Natalie, parte 3)
Livro 4: Arrebatador (Hayden & Addie)
Livro 5: Voraz (Jasper & Ellie)
Livro 6: Delirante (Kristian & Aileen)
Livro 7: Escandaloso (Emmett & Leah)
Livro 8: Fama (Marlowe)

Marie Force é autora de romances contem-
porâneos best-seller do New York Times,
incluindo a Serie Gansett Island e Série Fatal
da Harlequin Books. Além disso, é autora de
Butler, da Série Vermont, da Série Green
Mountain e da série de romance erótico
Quantum. Duchess By Deception é o seu
primeiro romance histórico da Série Gilded,
que continuará com Deceived By Desire em
setembro de 2019.

Seus livros já venderam mais de 8,5 milhões de cópias em todo o
mundo, foram traduzidos para mais de doze idiomas e apareceram na
lista de best-sellers do New York Times 30 vezes. Ela também é best-
seller do USA Today e do Wall Street Journal, best-seller da Speigel na
Alemanha, palestrante frequente e apresentadora de workshops de
publicação, bem como editora na Jack's House Publishing. Foi três
vezes indicada para o prêmio RITA® - Romance Writers of America
na categoria romance de ficção.

Seus objetivos na vida são simples: terminar de criar dois jovens
adultos felizes, saudáveis e produtivos, continuar escrevendo livros

pelo maior tempo possível e nunca estar em um voo que apareça nos jornais.

Junte-se à lista de discussão de Marie para receber notícias sobre novos livros e eventos futuros em sua região. Siga-a no Facebook e no Instagram. Junte-se a um dos muitos grupos de leitores de Marie. Entre em contato com Marie em marie@marieforce.com.